小兵传奇

7

前进地球

玄雨　著

南海出版公司

2005 · 海口

图书在版编目（CIP）数据

小兵传奇.7，前进地球／玄雨著.—海口：南海出版公司，
2005.7

ISBN 7-5442-3163-1

Ⅰ.小… Ⅱ.玄… Ⅲ.长篇小说—中国—当代
Ⅳ.I247.5

中国版本图书馆 CIP 数据核字（2005）第 070340 号

XIAOBING CHUANQI　QIANJIN DIQIU

小 兵 传 奇 7 前 进 地 球

作　　者　玄　雨
策　　划　杨　雯
责任编辑　王　欣
装帧设计　郑卫卫
出版发行　南海出版公司　电话（0898）65350227
社　　址　海口市蓝天路友利园大厦 B 座 3 楼　邮编 570203
电子信箱　nhcbgs@0898.net
经　　销　上海英特颂图书有限公司
印　　刷　江阴市机关印刷服务有限公司
开　　本　850×1168 毫米　1/32
印　　张　8.25
字　　数　200 千字
版　　次　2005 年 8 月第 1 版　2005 年 8 月第 1 次印刷
书　　号　ISBN 7-5442-3163-1
定　　价　18.00 元

目 录

人物介绍

莎丽

唐龙手下女兵，在中州星任唐龙领地的军队指挥官，沉默寡言，管理军队很有一套。

唐龙

本书主角，因巧妙机缘成为军人，以一介小兵身份 崛起于混沌的宇宙中。在命运的指引下，展开了绚丽的一生。

洁丝

格斗高手，唐龙领地军队的第二指挥官，性格平和。

爱尔希

负责唐龙领地的建设任务，性格火暴，喜欢使用威力强大的武器，办事雷厉风行。

第一章　申请公司

"那它岂不是无敌了？"

尤娜望着唐龙，担忧地问。虽然她没有指挥过战舰，但光是想到这种不怕打的战舰出现在眼前，心中就涌起一股寒意，她希望唐龙能够找到解决的办法。

唐龙没有听到尤娜的问话，他正皱眉嘀咕着："奇怪，锉刀战舰靠的是厚度和突然爆发的突击力。厚度还好解决，但那能够瞬间增加爆发力的引擎，却不是这么好解决的啊！

"上次的蜂巢战舰还只是外形相似，战舰里面除了安装一个驱动引擎外，还多装了几个能量传递引擎，才能保证万门火炮齐射的威力，并不像游戏里设定的只有一个引擎。难道这次的战舰也是这么回事？不对！多装几个引擎并不能产生威力无比的瞬间爆发力，难道那个神秘的军火制造商，真的研发出了那种引擎？"

看到唐龙发呆，尤娜推了他一下，再次提出自己的问题。唐龙随口说道："它并不是无敌的，只是在战舰近身战的时候，能够发挥巨大的威力而已。"

莎丽立刻问道："那有什么办法战胜这种战舰呢？"

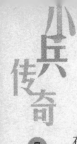
唐龙依然是随口说道："很简单，如果没有办法靠近它们，就在它们四周布雷。然后躲在远处，集中火力瞄准一个地方连续射击，把它射穿就行了。如果靠近了它们，拼着损失几艘战舰，瞄准它们的屁股，也就是引擎处攻击。只要它们动不了，战争结束后，是把它们清蒸还是红烧，你们就随意了。

"还有很多方法，比如直接用导弹炸它们，把它们里面的驾驶员震昏，或把它们炸到星球上，用石头卡住它。又或者把安装到它们锉刀缝隙的电脑探头炸掉，让它们变成瞎子也成。"

听到有这么多方法可以战胜这种锉刀战舰，女军官们都开心地笑了。

尤娜也笑道："用电磁波干扰它们行不行呢？"

"不行，它们这么厚的舰身，完全可以挡住任何电磁波。"

说出这话后，唐龙突然对凌丽说道："凌丽，你要加快对凯撒家的情报收集，看看能不能查出那个卖这些神秘战舰给凯撒家的人是谁。"

"是。"

凌丽猛点头，她当然清楚这个情报的重要性了。看来安置间谍卫星的事，要尽快着手安排了。

"对了莎丽，等一下你带部队出去，在靠近乌兰、温特、欧德星球的附近星域布雷，每一处只留下一条商务通道就行了，同时这三条通道，都安排几艘战舰巡逻。"唐龙对莎丽说道。

"好的，不过这样做，会不会引起这些势力的反感呢？"莎丽有点担忧地问。

"管他们反感不反感，那些水雷是布在我们的势力范围内，轮不到他们说三道四。"

唐龙说完，转头向尤娜问道："三条商务通道够不够？不够可以让莎丽多留几条。"

尤娜叹了口气说道："主公，以前按时间抵达我们星球的商队都没来，而且好几支商队半路就返回了。现在我们等待运走的货物已经堆满港口了，要知道，单单我们原来领地一天的物资，就是十多艘高级运输船的运输量啊，更别说现在整个星球的货物量了。"

"怎么回事？为什么那些商队不来了？是我们的货物质量太差，还是价格太高了？"唐龙很吃惊。

尤娜说道："其他地方的质量我不敢保证，但我们原来领地的那批货物质量都是最好的，而且价格很优惠。像新鲜的冷冻牛肉，一吨只卖一万武莱币，一头标准的活牛，也才卖一万武莱币，比其他地方的价格低了好几倍！"

"既然我们的物品质量价格都这么好，为什么那些商队不和我们交易呢？"唐龙不解。

"也不知道怎么回事，那些商人什么都不肯说，只是表示不会和我们进行贸易。"尤娜无奈地摇摇头。

凌丽看到唐龙望着自己，也摇摇头："对不起，我们情报部并没有得到什么情报。"

"货物卖不出去，民众就没有收入，我们就没有税收！"唐龙站起来，一边嘀咕一边来回走动。

突然，唐龙停下脚步，对尤娜问道："我们可不可以自己组成商队？干脆我们把民众的货物买下来，然后再运出去卖掉。"

尤娜有点为难："可以是可以，但是我们没有商路，也没有销售地点啊，毕竟以前都是靠商队来销售货物的。"

唐龙兴奋地说道："没有就自己去找，自己去创造！而且我们

还可以沿途收集星系情报呢!"

听到这话,凌丽的目光立刻亮了起来,大声赞同,其他人也点头认可唐龙的计划。

唐龙立刻命令道:"莎丽,你拨出一百艘高级运输舰,把它们改造成武装商船!这需要多久时间?"

莎丽想了一下,说道:"高级运输舰和商船结构很相似,只要增加冷冻系统,拆除一些小型武器仓库就行,如果把所有人手安排在这方面,两天就能完成。"

唐龙猛地一拍手掌:"好!还要把间谍卫星安放到船上不易被人发现的地方,这样寻找商路的时候,就可以顺便安放卫星了。还有,找一批善于观察,能说会道兼会喝酒的人来,做生意会有很多应酬的。同时要改造出足够六十人住的舱室,每船配备十名运输舰成员,五十名盔甲兵。

"凌丽,在网上找一下,看这附近的国家有谁需要我们的货物,找到了我送上门去。"

说到这儿,唐龙扭头对尤娜说道:"看看有没有办法在武莱国注册一家贸易公司,有了这个招牌,进出无乱星系各势力范围,应该不成问题。"

"在武莱国申请公司倒很简单,只要填写贸易种类和公司规模,再比武莱国本地人多付一笔外国人注册金就行了,现在就可以马上注册。"尤娜说着,走向凌丽的电脑桌,唐龙等人也感兴趣地围了上来。

尤娜打开电脑,进入宇宙银行系统,在国家类别中选择了武莱国,接着又选择了武莱国的商业服务,最后进入了申请公司的专案。

尤娜问都不问一声,直接在申请人名字一栏填上唐龙的名字。

接着把唐龙的脑袋推到镜头前照了张相，输入到公司法人相片一栏，然后就开始编造相关资料。要填写公司名称的时候，尤娜向唐龙问道："公司名称是什么？"

"我们星球的主要产品是牛，就叫'牛牛星际贸易无限公司'吧。"唐龙想了一下说道。

众人都为"牛牛"这个名字而暗自皱眉，尤娜惊讶地喊道："无限？主公，一般称为无限公司的都是什么事都要插一腿的啊！你取这种公司名，可能会惹来很多麻烦。"

"麻烦？反正我们既卖牛肉进行商业贸易，又搞间谍活动，而且有机会还会购买军火，当然要无限贸易公司的名称才和我们相配。难道一般人不准申请这样的公司名称？"唐龙不解。

尤娜摇摇头，不吭声，继续在下面的注册栏目中填写虚假的资料。到选择公司规模的时候，尤娜还没有询问，一直盯着屏幕看的唐龙就大喊道："选特级的，这名字威风！"

尤娜无奈，点击了确认按钮后，屏幕上出现了注册金十亿武莱币的字幕。唐龙一边掏出银行卡递给尤娜，一边好奇地问道："怎么会要这么多呢？我记得万罗联邦注册一家大公司，最多一千万万罗币。"

尤娜指着屏幕底下的文字说道："唉，我的主公啊，难道你没看这下面的解说文字吗？特级规模的注册金是五亿武莱币，外国人注册加一倍。"说完，晃了晃唐龙的银行卡问道，"转账吗？"

"哼！歧视外国人，我鄙视你武莱国！转账！"

唐龙咬牙切齿，把脑袋探到刚才照相的那个镜头处，准备让银行系统进行认证扫描。

电脑叫了几声，唐龙的卡内就少了十亿武莱币。

看到屏幕提示需要磁卡记录，凌丽不等尤娜开口，就拿出一张空白的电子磁卡递给尤娜。尤娜把电子磁卡插入电脑，点击注册按钮，拔出那张电子磁卡，扔给唐龙："这就是你的营业证了！"

唐龙目瞪口呆。看着唐龙手中那张卡，大家异口同声地问道："这么简单？"

尤娜撇撇嘴："就这么简单。能有多难啊。别被书本上的知识误导你们，武莱国为了增加自己的税收，几乎是只要给钱就能注册公司，根本没有什么审核的。"

"收税？我们做生意挣到的钱他们怎么征税？难道从银行卡里面扣？"唐龙惊讶地问。

尤娜笑道："对于外国人，他们是不收税的。不过他们会要求你每年付出跟注册金一样多的钱来补偿税收，不然就吊销你的营业执照。"

"哼，居然这么烂！要不是需要借武莱国的名头出入无乱星系，我才不要什么营业执照呢！"唐龙愤愤地弹了弹那张营业执照磁卡说道。

"凌丽，商业情报的事就交给你了。还有，这几天最好搞到一份星系图，不然我们只好回万罗联邦做生意了。"

凌丽神色严肃地点点头。

"莎丽，我们快走，快去改造那些运输舰。"

说着，唐龙就拉着莎丽的手快步跑开了。

尤娜呆了一下，才对凌丽问道："主公他不会是想亲自带队去做买卖吧？"

凌丽点点头："按照他的性格，很有可能会这么做。"

"有没有搞错！我们才刚刚占领这个星球啊！他走了怎么运转？不行！我得去阻止他！"尤娜气愤地说完，也跟着跑走了。

凌丽看到不断晃动的大门，耸耸肩，接着就开始思索起来。

现在外地商人不肯进入中州星，无法从他们手中买到星系图，自己当初怎么没注意到这点呢？唉，看来只有指望本地的商人了。

想到这儿，凌丽立刻喊道："来人，替我召集各商会会长！"

"什么？中州星在靠近我们这边的星域布雷，并且安置巡逻艇？！"

乌兰、欧德、温特的领导层同时接到了这个报告。

对这件事，不同星球的人反应各不相同。

乌兰和欧德对中州星怀有野心，两个领导层都下意识地猜想，是不是唐龙发现自己的意图了。有了这个念头后，他们不约而同地放慢了整顿军队的计划，准备先观察情况再作决定。

至于温特星领导层的反应，是立刻按照以往的习惯——开会讨论。

温特共和国议会大厦的议会大堂，坐在主席台首位的是一个脸上长着老人斑的老头。别看他样子不起眼，却是温特议会的议长兼共和国总统。

他先是拿根小木捶敲敲桌子，让那些像菜市场小贩争夺小利一样吵闹的议员们安静下来。然后瞪着有点浑浊的眼睛，扫视了一下在场的议员，说道："对于中州星布雷的事，各位有什么意见？"

他的话音才落下，一个坐在他正对面的年轻议员立刻站起来说道："我们应该向中州星提出抗议！抗议他们这种入侵的举动！"

年轻议员还想说下去，大堂左侧的议员中，也站起一个年轻议员大喊道："反对！他们只是在中州星的势力范围内布雷，并没有进入我们的势力范围，所以我们不能有违民主本意，去干涉其他势力的内政！"

他的话才说完，大堂右侧又有一个议员站起来喊道："现在不是讨论这些的时候，我们应该讨论的是商队的航行安全，我提议向中州星抗议这种不民主的做法，并让它们开通商道，允许商队互相往来！"

"不！中州星是独裁势力！作为民主国家，我们不能和独裁势力商讨任何问题！"一个议员站起来叫喊。

就这样，一个议员刚说完，另外一个议员就站起来反驳，然后被反驳的人再次开始反驳。

一会儿功夫，几乎所有议员都站起来争吵，让原本安静的议会，又开始乱哄哄了。

主席台上的老议员们，好像对这样的场面都习以为常，根本没有制止和理会，而是各自做着自己的事。他们不是和身边的人聊天谈笑，就是喝茶看报。更离谱的是，不少人靠在椅背上闭目养神，那个议长老头，就是这类人中的一个。

大概过了好几个小时，那些议员都吵累坐下休息了，议长才睁开眼睛，抓起小木槌一敲，说道："鉴于这个问题需要长时间的讨论，今天的会议暂时结束，希望明天各位议员准时进场参与讨论。"

说完，他在议员们的起立恭送下，带着一群老议员离开了。而当这些老议员一走，年轻议员立刻吹着口哨，三三两两结伴离去。他们去哪？看他们轿车里面的高尔夫球袋、网球拍以及那些衣着性感、模样娇艳的美女就知道了。

身穿名贵西服，手里拿着一大叠文本资料的唐龙，兴奋地望着眼前这一百艘漆有"牛牛星际贸易无限公司"字样的雪白运输舰，扭头向尤娜问道："都装载完毕了吗？"

尤娜原本想劝说唐龙不要亲自去搞贸易，却被唐龙用无数种理由打败了，只好无奈地说道："全都装载好了，二十艘冰冻鱼两百万吨、十艘冰冻羊肉一百万吨、二十艘冰冻鸡鸭两百万吨、二十艘冰冻猪肉两百万吨、三十艘冰冻牛肉三百万吨，详细的肉类等级和现今知道的各地价格表，都存在电脑里了。"

说到这儿，尤娜担忧地看着唐龙："您真的不需要带上几艘战舰护卫？"

唐龙笑道："不用这么紧张，那些家臣不是说无乱星系虽然混乱，但却是惟一没有海盗出没的星系吗？呵呵，就算遇到海盗，相信他们也不会一看到我们就开炮吧？我们每艘船上还配备了五十名盔甲兵呢。只要海盗敢登舰，这些从百万大军中挑出来的精英，绝对可以让海盗有来无回！再说啦，海盗也不一定会打劫商船，他们也需要商人收购贩卖货物啊。"

尤娜静静地看着唐龙，好一会儿，才关切地说道："如果您遇到海盗，请您一定要保护好自己。"说着伸手替唐龙整理了一下领带。

唐龙为之一愣，但很快注视着尤娜，感激地说道："谢谢，我会的。"

尤娜被唐龙看得不好意思，突然想起什么似的笑道："对了，凌丽要求你顺便收集沿途星球的军事情报，而我则要求你收集商业情报。

"还有，为了发送间谍卫星，这些运输舰都特别改装了几个卫星发射孔，每艘船上都有一百颗间谍卫星，而且这些运输舰的自卫火炮都加大了火力，可以和低级巡逻艇拼斗呢！还有，我们中州星的仓库只能放下一个星期的产量，希望你能尽快联络好客户，假如这些食物囤积时间过久，相信你也知道会造成多大损

9 前进地球

失。"

"保证完成任务!"唐龙笑嘻嘻地向尤娜敬了个礼,说道:"那我出发啰。"说着,走向那一百艘运输舰。

尤娜拉住唐龙,亲了一下他的额头,说道:"祝您好运!"

对于这个万罗联邦亲友间才有的话别礼节,唐龙并没有感到不自在。他向尤娜笑了笑后,跑向了最近的运输舰。而尤娜则站在原地,痴痴地看着唐龙的身影。

登上运输舰,唐龙看到一群身穿黑色西服,跪在一旁迎接自己的护卫,笑道:"都起来,在外面不要行跪拜礼,我们现在是商人。"

"是! 主公!"彪悍的护卫起身后恭敬地说道。

"不对,不要叫我主公,要叫我老板,不然怎么像一个商人呢?"

正说着,唐龙突然从护卫中发现了一张熟悉的脸孔,惊讶地说:"咦? 刘东你怎么在这里? 你不是去当格斗兵团长了吗?"

憨厚的刘东不好意思地摸摸脑袋说道:"属下知道主公要去外面,就跟莎丽大人请求,过来跟着主公了。"

唐龙笑道:"呵呵,有你这样的格斗高手在,更不怕遇到海盗了。啊,你要改口称呼我为老板,别再叫主公了,不然让有心人听到,会怀疑我们的身份。"

刘东虽然憨厚,但并不表示他脑袋不灵光,唐龙一说完,他就立刻改口:"是,老板。"

"好,大家各就各位,准备出发了。"

唐龙一边说,一边走向控制室。他刚进控制室,就嗅到一股熟悉的香味,他没来得及寻找这香味来自何方,就被一个娇柔的身躯缠住了。一个甜美的声音在自己耳边响起:"主公,我也要跟你去。"

唐龙定睛一看，果然是那个李丽纹，此刻她也脱下了军装，换上了白衬衣和黑色吊带中裙。对这个小自己三岁的少女，唐龙总有一种妹妹的感觉，他拍拍李丽纹的脑袋笑道："有你陪我出去挣钱当然好啦，尤娜她们知道你来吗？"

李丽纹点点头："主公放心，丽纹给她们留言了。"

"嗯，这样就好。对了，不要叫主公，要叫我哥哥。"唐龙笑道。

李丽纹闻听此言眼睛一亮，她喃喃了几句："哥哥……哥哥……"然后兴奋地搂着唐龙的手臂，满脸渴望地喊道，"您愿做我的哥哥？"

"怎么？不愿意当我的妹妹吗？"

唐龙一边对李丽纹笑道，一边命令驾驶员启航。

"愿意！愿意！"李丽纹急切地点头。

"那叫声哥哥听听。"

坐在指挥椅上的唐龙，对跪在地上抓着自己手臂的李丽纹调笑道。

"哥……哥哥。"

李丽纹很羞涩地喊了一句，刚喊完，就满脸通红地低下头。

不想李丽纹太过难堪，唐龙笑嘻嘻地摸着李丽纹的脑袋说道："哦，真乖，等一下哥哥买糖给你吃。"

李丽纹起身，满脸通红地跺了一下脚，晃着唐龙手臂，说道："哥哥坏蛋，还把丽纹当小孩，丽纹已经十七岁了。"

"哈哈，十七岁，还没成年呢，哥哥买糖给你吃，很正常啊。"唐龙爽朗地笑道。

"哼，坏哥哥，丽纹不理你了。"

李丽纹甩开手，对唐龙娇嗔地皱皱鼻子。

唐龙笑了笑，打开指挥椅前的电脑，调出凌丽输入到里面的商业资料查看起来。

李丽纹看到唐龙开始工作，就不再吭声，乖巧地靠着唐龙的指挥椅坐在地上，仰起头看着唐龙。

此刻她的脸上净是幸福的神态。虽然她才十七岁，但天生娇柔美丽的容颜，加上后天培养的优雅气质，再配合她那红晕未消的神情，让围在唐龙四周的护卫看傻了眼，一些定力不好的家伙，已经暗自吞起了口水。

担任这次一百艘运输舰盔甲兵团长的刘东，第一个清醒过来。他看到李丽纹坐在金属地板上，立刻跑回护卫寝室。一开始，护卫们还不知道团长去干什么，等看到他拿着一个枕头回来，才暗骂自己笨蛋，这么好的一个献殷勤的机会，自己怎么就没有把握住呢？

刘东走到李丽纹身边，小声说道："小姐，请您坐这个。"

李丽纹一看那枕头，立刻含笑低声说道："谢谢你。"

刘东忙说道："不用客气，这是属下应该做的。"说完退下了。对于这个主公新认的妹妹，他可不敢乱看。

李丽纹坐在枕头上，重新靠在唐龙椅侧，静静地注视着唐龙。

她不知道自己的身份已经在刚才的一瞬间变得跟以往不同了，不过就算她知道，这个纯纯的少女也不会在意。她在意的，只是自己的偶像成为了自己的哥哥，成为了自己的亲人。

看完电脑资料，心中有了决定，唐龙发现运输舰已经冲出了大气层，就向导航员命令道："跳跃到 SK 三四 LI 三方位的冥海星。"

唐龙心中暗赞提供这个准确空间方位的本土商会会长，如果不是他提供这冥海星的资料，自己恐怕真的要回万罗联邦做生意了。

也不知道其他本土商人是搞什么的，除了那个会长，他们到过最远的地方，居然就是欧德帝国，这么近的距离能挣什么钱啊！

"是！"

导航员立刻把这个方位输入电脑，并传给所有运输舰。

"主公……哦，不对……哥哥，冥海星是哪个势力的？为什么要去那里？"李丽纹好奇地问道。

唐龙回答道："那是无乱星系中央地带的一个叫冥海联邦的首都星。根据情报显示，冥海联邦拥有十五颗行政星。至于为什么要去那里，是因为情报显示他们那边肉价上涨，我们这批肉制品，一定能够卖个好价钱。"

唐龙说到这儿，暗自嘀咕起来："会长啊会长，希望你这几个月前的情报还有用，不然我们就白跑一趟了。"

李丽纹想到，自己这边一颗行政星都要拼死拼活才能完全占领，而人家却有十五颗行政星，立刻问道："十五颗行政星？它是无乱星系最强大的势力吗？"

唐龙摇摇头："不大清楚，不过在我们收集的情报中，它确实是最强大的。我们收集的情报很不齐全，也就收集了几家势力的大概情况而已。谁知道有没有拥有上百颗行政星的势力存在呢？"

唐龙看到李丽纹在听到自己的话后，歪着脑袋不知道在想些什么，不由得笑道："快要空间跳跃了，还不回去坐好？"

李丽纹笑道："没关系的啦，这种高级运输舰跳跃时，里面的人不会有感觉的。"

唐龙没有说什么，只是伸出一只手臂，把李丽纹侧抱住。因为空间跳跃开始了。

　　尤娜等人从中州星监控室屏幕上，看到星空中的一百艘雪白运输舰一闪之后消失了，都在暗暗祈祷诸神保佑唐龙安全归来。

第二章　星际商人

无乱星系中央地带，一颗白色星球附近的星域里，一百艘雪白的运输舰突然冒了出来。

李丽纹一看到这颗白色的星球，便很感兴趣地站起来喊道："这就是冥海星了吗？怎么是白色的？"

导航员忙说："小姐，这是因为这颗星球高度现代化的建设，才会这样的。"

说着在屏幕上放大了这颗星球的影像。果然，高清晰图像显示，这颗星球上全都是现代化建筑。

唐龙按着通讯按钮说道："一百号商船，礼物送出去没有？"

立刻传来回应："报告老板，五件礼物已经送出。"

唐龙点了点头，他知道五个脑袋般大的间谍卫星已经开始工作，用不了多久，这颗星球的情报就会传送到运输舰的电脑内。

当然，这传送的信号非常隐秘，其他人如果不知道传送密码的话，只能当成乱流电波。在宇宙中，乱流电波可是每时每刻存在的。

至于为什么不直接传到中州星？没办法，这里离中州星太远了，没有中转站，信号根本不可能直接传到那里。

唐龙刚关掉通讯，冥海星附近警戒的上百艘高级战舰，就已经朝这边扑来。唐龙的通讯员报告道："老板，冥海星军舰的通讯来了。"

唐龙对这些战舰用一幅骑着马的骑士图案做军旗，感到很奇怪，他整了一下领带，点头说道："接进来。"

话音才落下，屏幕上就出现一个身穿雪白军服，肩上有着上校军衔的中年人，他向唐龙行了个军礼后说道："您好先生，我是冥海联邦军凯德姆上校，这里是冥海联邦星域，请您表明身份。"

可能他早就看出这一百艘飞船不是战舰，脸上没有什么紧张的神态。不过他很快就紧盯着李丽纹看，搞得李丽纹满脸厌恶，躲在唐龙身后。

唐龙强自压下想回礼的习惯，向这个凯德姆上校微微弯了下腰，含笑说道："本人是武莱合众国牛牛星际贸易无限公司的老板，此次听说贵国缺少肉食制品，特地运了一百艘的冷冻肉制品，希望能为贵国肉类市场的稳定起到一点帮助。"

说着，掏出那张记载了营业资料的电子磁卡，示意通讯员把内容传送给对方。

凯德姆上校可能是觉得唐龙这个公司的名字怪怪的，皱了一下眉头，但很快变得热情起来："哦，原来是武莱国的商人啊，带来了一百艘的肉制品？那真是太好了，现在市场肉价太贵了，我们这些普通军人都吃不起呢。"上校一边说话，一边检查传送过来的资料。

唐龙心中一喜，看来情报没有过时。

他立刻展开拉拢手段，说道："哎呀，我是第一次来这里做生意的，还希望长官多多关照才行呢。这些战舰都是长官麾下的吧？没什么见面礼，就每艘战舰送十吨上等牛肉，让大伙开开荤吧。”

已经检查完资料的凯德姆上校，听到这话眼睛一亮，但还是忙挥着手说道：“不行不行，这哪行呢，这不是受贿吗？”

唐龙笑道："哪能算是受贿呢？要不是我来得匆忙，这点不值钱的东西，还真是拿不出手啊。见笑见笑，请一定收下，大家交个朋友嘛！不知道长官这里有多少艘战舰？我好让手下替您准备。”

躲在唐龙背后的李丽纹偷偷吐着舌头，没想到自己的哥哥居然能够说出这些话来。

"呃……那就却之不恭了。呵呵，我这里有一百二十艘战舰，都是我的部下。"凯德姆上校立刻同意了。

"好的好的，刘东，去挑一千两百吨最好的牛肉，替长官送去。"唐龙说着，向刘东使个眼色。刘东立刻会意，退下去安排了。

看到刘东走路的动作，凯德姆上校笑道："唐老板，你的手下和商船都很不错啊，如果我没看错的话，你的手下当过兵，你的商船是军用运输舰改造的吧？"

他已经从那份资料中知道唐龙的名字了，但完全只是随便说说而已，因为他已经确信，唐龙这个帅气小伙子是武莱国的商人。

听到这话，唐龙心中却是猛地一跳，不过他仍保持平和的笑容："一般啦，主要是家里人不放心我一个人跑出来创业，所以派了一批保镖来保护我。至于商船嘛，因为我喜欢用军用品。这种高级军用运输舰的容量，不但比巨型商船大，而且还更坚固安全。"

凯德姆上校笑道："呵呵，军用品当然好啦。哦，您说这些是

高级军用运输舰改造的？每艘都要几十亿的武莱币吧？"

他开始羡慕唐龙家境的富裕了，如果不是钱多得发烧，有谁会用高级军用运输舰来做商船的。

唐龙摇摇头："呵呵，哪里需要这么多钱啊，这些高级军用运输舰是我一个朋友介绍的，一艘才十二亿而已。"

凯德姆上校听到这话，眼睛再次一亮，自己军队里面就有这样的运输舰，听说采购价格是二十二亿武莱币，没想到现在居然听到十二亿就可以买一艘！能卖运输舰就能卖军舰，运输舰的价格那么便宜，相信军舰的价格也是一个让人闻之心跳的数字。只要能搭上这个商人那个朋友的线，自己还不立刻发财？

想到这些，凯德姆上校满脸笑容："唐老板不靠家里，自己出来创业，真是年轻有为啊！像唐老板这样门路多、人缘广的好朋友，真是要好好地交往交往才行呢。"

唐龙当然知道他的心思，刚客气了几句，刘东上前来说道："老板，上等牛肉都在三十三号船上，但由于所有的船只都是满载的，无法腾出……"话还没说完，就被唐龙制止了。

唐龙假装不高兴地说道："真是的，怎么能让长官等待呢？既然腾不出来，就把一整艘十万吨的上等牛肉给长官送去，还来问什么？"

"是！老板！"

刘东向凯德姆上校恭敬地问道："对不起长官，我们应该送到哪里去呢？"

凯德姆上校忙说道："哦，送到我这分舰队的驻地去，我会让人引导你们前去的。"

说着就派出一艘战舰向唐龙这边驶来。他可没有往其他方面想，唐龙给他的印象，是个有钱又大方的二世祖。早就得到指示的牛牛星际贸易无限公司三十三号商船立刻迎了上去。

唐龙突然一拍脑袋，想起什么似的，对凯德姆上校说道："哎呀！看我只顾和长官说话，居然忘了请你们上来检查一下，唉，真是耽误长官的工作了。"

凯德姆上校乐呵呵地说："呵呵！不耽误，反正我们的工作就是四处逛逛。检查？不用啦，像唐老板您这样的大老板我还会信不过吗？不用检查了，你们可以在第二十三号宇宙港登陆。我也不耽误唐老板挣钱了，我休息的时候，一定去找您聊聊。相信到时候只要一打听就能知道您的住处，希望您不要那么快离开哦。"说完示意战舰让开一条通道。

"请一定要来找我，能交到您这样的朋友，真是我的荣幸呢。"

唐龙也一边示意商队往冥海星二十三号宇宙港驶去，一边向凯德姆上校告别。

唐龙很高兴，没想到刚来就认识了一个上校，而且还可以得到一个军事驻地的情报。唐龙相信，三十三号商船上的情报员不会让自己失望的。

很快，在二十三号宇宙港调度员的指挥下，唐龙的九十九艘雪白漂亮的商船停泊在冥海星上了。

不知是唐龙的武莱商人身份起的作用，还是那个上校曾对海关做了交代，唐龙等人很快就完成了通关手续。

当然，还要一天时间来等待海关对商船上的肉类进行卫生检查。

当唐龙挽着一个娇柔美女，身后跟着一群身着黑西装的大汉来到商务署时，周围的人全都侧目而视。

商务署的员工只是用好奇的目光打量着唐龙他们，而在商务署进行商务工作的商人，有的用厌恶的目光瞥唐龙一眼，有的则

用很感兴趣的目光直盯着唐龙。

唐龙来到桌上写有"业务服务"的一个小姐跟前，把自己的营业证明递给她，说道："您好！不知道我能不能在这里开家分公司？"

唐龙知道，拥有十五颗行政星的冥海联邦，不可能只有一个星球缺少肉制品，一定是十五个行政星都缺少肉制品，才会造成首都星物价上涨。

一定要在这里建立一家分公司，准备进行长期业务。就在进入首都星大气层的时候，唐龙发现这颗星球几乎没有绿地，全都是现代化的建筑物和工厂，也就是说，没有生产蔬菜肉类的农场。

当然，建立分公司也是为了更好地收集情报，不过这方面就不需要唐龙烦恼了，那些随船而来的凌丽手下，会完成这个任务的。

好不容易才从唐龙那张英俊脸孔上收回眼神的小姐，一边接过唐龙的营业证明，一边笑道："当然可以，我们冥海联邦欢迎任何商人前来建立公司。"

唐龙要求的是开分公司，所以把那份资料拷贝一份，再加入一份冥海星分公司的资料就行了。

小姐看着电脑对唐龙说道："不知道先生您的分公司地址在哪里？负责人是谁？注册资金是多少？准备进入哪一行业？"

唐龙目瞪口呆。他刚想说不是随便乱填都可以，只要给钱就行了吗？但很快想到只有武莱这个国家才会这么特殊，这个小姐说的才是正规注册的过程。

唐龙忙笑道："对不起，我是第一次来贵国，还没有公司大楼。"

"哦，那么请您先确认公司地址，再来……"那个小姐依依不舍地说。她还没有把话说完，旁边柜台的一个中年人就立刻靠了过来。

他的动作让唐龙的护卫们一阵紧张，立刻有四五个大汉上前拦住他。那个中年人慌张地摇着手说道："我没有恶意，我没有恶意。"这下子，立刻引起了众人的注意。

唐龙刚想让护卫们退下，那些围观的商人中突然有人冷笑道："哼！还以为自己是王公贵族啊，那么紧张干什么？在冥海联邦没有人会谋害你的！"

唐龙当然知道这是冲自己来的，看来自己带了一群护卫让人看不惯了。他没有在意，示意护卫们不要冲动，就是那个想反驳的李丽纹，也被唐龙拉住不让她说话。

唐龙的人没有说话，那个被拦住的中年人反而冲人群大喊道："谁在唧唧歪歪乱喊啊，我都没出声，你喊什么喊！"

说完，不等有没有人回应，他就向唐龙笑道："这位老板，您需要办公大楼吗？我在首府的黄金路段，有好几层的办公室出租。保证宽敞明亮，而且安全设施齐全。有没有兴趣呢？"

"哦，谢谢，我并不需要办公大楼，不过我想购买一栋附带有巨大仓库的大楼，面积越大越好，不知道您有吗？"唐龙礼貌地说道。

中年人一呆，张开嘴巴喃喃了一句："购买一栋大楼？"然后苦笑地摇摇头："抱歉，我没有。"

中年人很沮丧地离开了。四周那些商人和柜台小姐，听到唐龙的话，全都用恭敬的眼神看着唐龙。

唐龙搞不懂这中年人。不会因为自己不租他的办公室，情绪就这么低落吧？唐龙想叫住中年人，询问他知不知道哪里有楼房出售，这时一个坐在大厅休息地带，衣冠楚楚，嘴角咬着雪茄，身后站着五个黑衣保镖，一看就是富豪的中年男子，站起来向唐龙招招手："这位老板，我有几栋大厦出售，过来商讨一下，怎么样？"

"哦，好啊。"

唐龙一边说，一边向柜台小姐点点头，就向那中年男子走去。

李丽纹则上前一把抢过那小姐握在手中的电子磁卡，向这小姐做个鬼脸，就紧跟在唐龙身后。她早就看这个小姐不顺眼了，谁叫她老是盯着自己的哥哥看啊。

大厅中的人很快停下动作，惊讶地望着唐龙那一群人，因为他们听到一个不同寻常的声音，那是数十人同时抬脚同时踏地的声音。

那个中年男子眉头跳了跳。白痴也看得出，那个年轻帅气小伙子的保镖是军人出身，看来这小伙子还真有可能是王公贵族呢。中年男子一边想，一边热情地和唐龙握手："我是卡尔夫·约翰子爵。"

"子爵？"唐龙愣了一下，很快报出自己的名字，"我叫唐龙。"

看到唐龙疑惑的样子，卡尔夫·约翰笑道："看来先生还不清楚本国的制度呢！呵呵，本国是君主立宪制的联邦国家，拥有爵位并没有什么特权，只是一种身份的象征。当然，也不是什么人都能得到国王册封的爵位，需要对国家做出一定的贡献，由皇家议会提名才可以的。"

唐龙问道："外国人也可以获得爵位吗？"

"哈哈，当然不行，不是本国公民，怎么可能得到本国的爵位呢？来，这几处都有我的大厦，您看看有没有合适的。"

卡尔夫·约翰透过茶几上配备的电脑系统，调出了冥海星的立体地图，指着上面几十个闪亮的点说道。

唐龙大略看了一下，指着靠近海边的一个亮点问道："这个地方怎么样？有没有巨大的仓库？"

　　卡尔夫·约翰立刻敲击控制按钮，让电脑虚拟出一栋漂亮大楼的立体图像，一边介绍道："噢，这是地面五十层，地下十层的现代化大厦。每层面积十万平方米，地面楼层都有停放漂浮车的阳台。

　　"这栋大楼才建成两年，上面水电、网路、消防、警卫系统统统齐全，随时可以使用。虽然没有巨型仓库，但这大厦向海的十平方公里土地，包含十公里长的海滩都是我的，如果您感兴趣的话，可以把这些土地连同大厦一起买去，到时您就可以建设一个港口，方便您的商船出入。"

　　说着，他又调出星球全图，指着临海的一块标着长十公里、宽一公里的长方形红色块给唐龙看。

　　看到这块地有十公里的海岸线，而且可以建设港口，唐龙满意地点头说道："嗯，我非常喜欢。不知道这些土地连同大厦需要多少钱呢？"

　　"三百亿武莱币，怎么样？"卡尔夫·约翰小心地说。他已经认定唐龙会嫌贵，做好讨价还价的准备了。

　　四周的商人听到卡尔夫·约翰说出的价格，都撇撇嘴，心中暗自想道：真够敢开口的，那片偏僻的海边之地，根本就卖不出去，不久前还以五十亿的底价拿去拍卖，结果没人竞价流拍了。现在看到对方是外地人，居然提高了六倍价格？真是够奸的！

　　当然，没有谁会提醒唐龙。毕竟这是本地人宰外地人的买卖，谁会笨到得罪本地人呢？

　　"嗯，没问题，我们这就去公证所找律师公证如何？"唐龙爽快地说道。

唐龙居然不还价就同意了！卡尔夫·约翰立刻说道："太好了！我们不用去公证所，这商业署就有派驻的律师！"

说着，示意自己的保镖去叫人。四周的商人看到唐龙居然这么大方，全都两眼放光地吞口水，在他们心目中，唐龙头顶已经挂上一个"好骗的大富豪"的字样。

不一会儿，几个律师跟着那个保镖快步走来，寒暄了几句，就开始检查卡尔夫·约翰地契的合法与完整性，确认无误后，做了公证交割，并把存有产权证明的电子卡片交给唐龙。

至于佣金，这些律师当然不会忘记跟唐龙和卡尔夫·约翰两人收取。

看到自己银行账号内多了扣除交易税后的几百亿武莱币，卡尔夫·约翰兴奋地握着唐龙的手笑道："哈哈，唐老板真是豪爽之人，以后有什么我能帮忙的，请尽管来找我，这是我的名片。"

说着，递给唐龙一张印有他头像和通讯号码及公司位址的金属卡片。

唐龙接过卡片，在身上摸了一下，不好意思地说道："真是抱歉，名片刚好用完，等印出来后，立刻给您送去。"

唐龙这样说，是因为他没有意识到当商人要有名片，所以根本没有准备。

听到唐龙这么说，卡尔夫·约翰立刻尴尬起来，他以为唐龙看不起他呢。不过他不敢发火，一个随时可以掏出三百亿来买楼的人，根本不是他能得罪的，他只是打个哈哈："啊，那好，等到名片印好后，一定要送张给我。"说完就带人走了。

"刘东，让人去租车，我们去看看那栋刚买的大楼。"

唐龙说完，带着李丽纹再次走向那个注册公司的柜台小姐处。很快，牛牛星际贸易无限冥海分公司就记录在冥海星商务署的资料库里了。

他们坐着刘东从宇宙港租借的大型漂浮车，按照房产证明卡里的地址，对照着车上的城市地图，驶向目的地。

唐龙正在欣赏窗外风光，刘东靠上前来说道："老板，后面有辆漂浮车从我们离开宇宙港后，就跟着来了。"

唐龙回头看了一眼后面穿梭不息的车流，没怎么理会："不用管他，反正我们没犯什么事。"

刘东虽然不再说什么，但还是命令部下要小心注意。

很快，唐龙一行人来到了靠近海边的那栋大楼。不过，一进入自己的土地范围内，唐龙就开始皱眉。因为从主干线下来，居然找不到一条公路或指示牌，遍地都是小石块和杂草，如果不是有漂浮车，众人会被这种路面震散骨头。

如果没有房产证上的方位标号，恐怕还找不到这里呢。

李丽纹看到路况，不满地向唐龙说道："哥哥，怎么没有路的？而且你看四周除了杂草就是石头，你会不会被那个家伙骗了？"

唐龙想了一下，说道："我想是因为这里都是私人土地，由于没有卖出去，卡尔夫也懒得来整理，所以才变成这样。不过希望大厦的状况跟卡尔夫说的一样，不然我不会放过他的！"

唐龙双眼散发出一股慑人的寒光。

很快车子来到被杂草包围的那栋大厦的大门口处，几个带着保安标志的大汉，恭敬地站在门口迎接，看来卡尔夫已经通知看守大厦的人，这栋大厦易主了。

果然，几个大汉一开口，就要查看房产证明。

在看过唐龙的房产证明后，一个大汉立刻交给唐龙一大串的电子钥匙卡片，同时还交给唐龙一张这栋大厦的立体结构图和一

张这块土地的立体地图，并让唐龙签下接收证明，然后就热情地带着唐龙去参观这栋大厦了。

从地下逛到楼顶，唐龙满意地点了点头。

这栋大厦虽然建成两年都没有人使用过，却还非常干净，几乎看不到灰尘。

卡尔夫为了保证大厦的正常运转，或者说是为了让买家满意，让中央空调和中央电脑运转了两年。虽然多了一笔电费，却可确保大厦一切系统正常运转。到时候，只要购买一些办公用品和招聘一些员工，很快就能有个公司的样子了。

站在楼顶，依靠楼顶安置的望远镜，唐龙准备好好欣赏一下自己的私人海滩，可他在把脑袋凑向望远镜的一瞬间就呆住了。

因为他看到的海滩，不是想像中拥有椰树、沙滩、蓝色波浪的美丽风景，而是除了茂密杂草就没有其他植物！虽然也有沙滩，但沙滩上全是东一堆西一块的锋利珊瑚礁！而海中则是礁石与漩涡四布的烂风景！

也跟着凑上望远镜观看的李丽纹惊讶地喊道："这哪里是海滩啊！全都是礁石和漩涡！"

那个负责介绍情况的大汉笑道："小姐，只要有沙滩有海的地方，就叫做海滩哦。"

看到李丽纹气鼓鼓地看着自己，同时也注意到唐龙的保镖正怒视着自己，他忙说道："其实就是因为这附近有近十公里的乱石滩，这栋大厦才会两年都没有人过问。"

听到这话，唐龙好奇地问道："既然知道是乱石滩，为什么你们老板还买下这片土地，建造这栋大厦？"

大汉耸耸肩："因为我的老板贪便宜啦。他看到政府用很低廉的价格拍卖这块地，还没搞清状况就抢先投拍了。等他发现拍卖的是乱石滩附近的地时，后悔也晚了，因为根本没有人和他竞价。这栋大楼也不是老板建的，是连同地皮一起带来的。"

这个大汉发现唐龙脸色不好看，连忙说道："请放心，这栋大楼确实才建成两年，而这些装修，也都是老板为了把大楼卖出去，而重新装修的。"

唐龙不说话，沉着脸下了楼顶。突然间，那个大汉感觉到一股股的杀气直逼而来，偷偷看一下，发现都是从那些保镖眼中射过来的。

大汉缩缩脖子，一边嘀咕："关我什么事啊，又不是我骗你们买下这块地方的！而且只要投入大笔资金，这里也可以变得很漂亮啊。"

出了大厦大门，唐龙突然发现一辆小型漂浮车停在自己那辆大型漂浮车跟前，唐龙身边的护卫立刻围住唐龙。

小型漂浮车门突然打开，下来一个戴着圆礼帽的中年人。

这个中年人摘下帽子鞠个躬，大声说道："唐老板，我是建筑承包商——格姆斯·隆德斯！听说您要建一个码头，不知道能不能让我的公司来承包呢？"

唐龙皱皱眉头："这些商人还真是神通广大，居然跟踪到这里来拉业务。他知道我姓什么，可能他刚好在商务署办事，听到我的自我介绍了。"

看到唐龙皱眉，这个叫格姆斯建筑承包商立刻掏出张卡片说道："请放心，我的公司对工程估价是最实惠的，同时建筑质量也是最好的，而且我的公司信誉等级是七颗星！"

说着，就把这卡片交给唐龙。

唐龙接过卡片，一按卡片上的按钮，这家名为隆德斯的建筑公司的详细资料就立刻显现出来。

上面详细记载了这家公司参与哪些工程的建设，得到过多少建设安全奖项之类的资料。这张卡的最后，还有由冥海联邦建筑工会给予的七颗信誉金星。

看到这些，唐龙猛地想起什么，立刻对格姆斯笑道："好啊，我对你们公司很感兴趣，不如找个地方谈谈吧。这栋大厦里面没有招待客人的地方。"

格姆斯满脸喜色："唐老板还没有找到住处吧？我有一家五星级的酒店，不如我们去那里如何？"

唐龙点点头："好的，麻烦您带路。"

说完，就招呼部下上车。而那些卡尔夫的部下，看到没自己的事，也就关上大厦大门，从一边的停车场开车走了。

在酒店某总统套房内，唐龙拿出大厦结构图和那张土地状况图递给格姆斯，然后指着那张立体土地状况图上的十公里海岸说道："我要在这角落建一个五公里宽的港口，剩下那五公里海岸线，你帮我建设成美丽的海滨。港口那边的五平方公里，你给我建满储备仓库，有地下仓库的那种。海滨这边的五平方公里，建些公园、别墅、酒店之类的娱乐休闲场所，反正怎么漂亮就怎么建设，给我弄出个美丽舒适的休闲带就行了。

"当然，配套设施一定要一流的，像公路、路灯、绿化之类的，相信搞建筑的你是很拿手的。不知道你有没有把握接下这个工程呢？"

格姆斯带着几个助手坐在唐龙对面，一边听唐龙的要求，一边估算价格，但是越听唐龙说，他们就越惊讶。

他们虽然不大熟悉这片土地的环境，但一看那立体影像上的景色就知道，这是一片乱石纵横、杂草丛生的荒地。特别是那海岸，更是布满石礁，不要说建设工程了，单单把这些清除掉都要耗费一大笔钱。

　　现在，唐龙不单是要建设一个港口，而且还要建设一个豪华的休闲胜地，这可是需要投入天文数字的钱才能完成的啊。

第三章　私人律师

　　格姆斯虽然惊讶于唐龙居然肯在这片土地投下巨额资金，但这也说明自己将接到一个巨大的业务。

　　他看看自己的几个助手，他们都露出了喜悦的神情，并且用渴望的表情望着自己。

　　格姆斯苦笑了一下，看来自己的这帮助手没有意识到一个关键问题，不过他还是立刻点头说道："我们当然可以完成这项工程，我们从事建筑多年，手下拥有多个顶级的设计师，绝对不会让您失望的。

　　"嗯，虽说我们建筑行业行规是客人先付一半，等完工后验收合格才给另外一半，但这项工程实在是太大了，我们一间公司，根本没有这么多的资金，所以我希望您能允许我们寻找合作伙伴，共同完成这项工程。请放心，我们的合作伙伴都和我们是同一等级的，不会出现什么工程不合格的问题。"

　　听到这话，他的助手们就没那么高兴了，他们这才想起，自己公司没有那么多钱，看来不能独吃了。

　　"你们不能独立完成这项工程吗？"

　　唐龙皱眉问道，他觉得要是有两家公司共同施工，出现问题的时候，会不知道找谁好。

"我们可以独立完成这项工程，但我们没有那么多资金，因为按照您的要求，我们大约估算了一下，先期工程就需要投入上百亿武莱币，到工程结束的时候，投入将高达两千亿！我们公司虽说是大公司，但让我们独自拿出一千亿来，也是不可能的，所以我们才需要寻找合作伙伴。"

格姆斯无奈，他也不想将两百亿的工程费分给别的公司啊。

"没问题，我可以先拿出两千亿武莱币给你们，等工程结束后再做结算。"唐龙笑道。

"啊！这个……这个……"格姆斯震惊得说不出话来。他做了这么多年的建筑，还没有遇到过能够一下子拿出两千亿武莱币的客户。

"怎么？还有困难吗？"

唐龙看这个家伙婆婆妈妈的，有点不耐烦了。

"噢，没问题，完全没问题！"

格姆斯立刻点头说，他怕自己迟回答一步，大财神就走人了。这可是单工程费就高达两百亿的大工程啊，要是让它飞走了，董事会的董事们会把自己给生吞活剥的！

满心欢喜的格姆斯趁机卖人情给唐龙："对了，不知道唐老板有没有政府许可的港口建筑证呢？如果没有的话，也不用担心，我认识很多议员，这方面我可以帮您解决的。"

"噢，那太谢谢您了，您不说，我还忘了需要政府许可才能建设港口呢，真是辛苦您啦！"

唐龙忙起身道谢。

两人客气了一阵，唐龙扭头向站在自己身后的刘东问道："刘东，大律师还没有来吗？请的是哪里的大律师？"

"刚才打电话去问，已经在路上了，是冥海皇家律师事务所的。"刘东恭敬地回答。

已经轻松下来就等律师来签约的格姆斯听到这话，再次吓了一跳。皇家律师事务所？少于一千万律师费就不提供服务的皇家专用律师？

他偷偷瞥了一下自己带来的律师，发现他擦把汗舒了口气，不由得暗笑道："也难怪他慌张，几乎没有其他律师可以打赢皇家律师代理的官司，不过这次不是打官司，而是签订工程合约而已，只要两千亿进账，工程没出事故，绝对没有问题的。"

他一点也不奇怪唐龙这个外国人怎么能够请到皇家律师。一大叠钞票砸下去，有什么律师请不到的？

格姆斯向唐龙问道："相信唐老板您也不可能时常待在冥海星，不知道监督以及勘测设计方案这些工作，您派谁来负责呢？"

唐龙想了一下，回头喊道："文涛。"

唐龙身后站着的一排黑衣大汉中，立刻走出一个英俊潇洒的年轻小伙子，他向唐龙鞠躬行礼后，恭敬地问道："老板，有何吩咐？"

"你待在这里，负责监督这项工程。你可以挑选十个弟兄来帮你。嗯，把你的银行卡给我。"

唐龙话一说完，这个叫文涛的小伙子立刻弯下腰，恭敬地说道："属下绝不辜负老板的重望！"

说着，就掏出银行卡递给了唐龙。他这么惊喜很正常，虽然一开始从情报部被挑出来的时候，就被告知将会负责某区域的情报工作，但没想到这么快就成为一方领导者。

格姆斯想知道唐龙会给手下多少钞票，所以偷看着把自己银行卡和文涛那张银行卡对接正进行转账的唐龙。很快他的眼睛突了出来，嘴巴也张得大大的，他看到唐龙的卡片上居然显示转账十亿武莱币。

格姆斯咋舌了，他没想到眼前这个少年居然不把钱当钱看，随便就给手下十亿武莱币，难道他不怕手下携款潜逃吗？

唐龙没有格姆斯那种担忧，他一贯是疑人不用，用人不疑，在把银行卡递给文涛后，就向格姆斯说道："他叫文涛，是我在这个星球的全权代理，以后有什么事，尽管找他。"

"噢，您好，很高兴认识您。"

格姆斯忙站起来和文涛握手，并向他介绍自己的助手。

原来根本没有吭过声的文涛，突然像变了一个人似的，和格姆斯谈笑风生起来。

对于文涛的变化，唐龙觉得还不错，毕竟他是从中州星这么多人中挑出来的善于察言观色、口若悬河的特工人才。不过他也变得太快了点吧？

唐龙不了解中州星那些在家族制度教育下长大的人所具有的隐藏性格。

按照家族制的规矩，一群侍候主公的家臣中，不用请示就能够和主公说话、能够表露自己见解的人，只有家臣中地位最高的几个。

现在文涛被唐龙任命为负责人，那么他就和刘东一样，属于现在主公身边家臣中地位最高的，所以他就能自作主张和格姆斯谈笑起来。

而那些没有被任命的护卫们依然面无表情、一声不吭地站在唐龙身后。

唐龙正准备找点饮料来喝，门铃响了，站在门边的护卫在刘东说"可能是律师来了"后才把门打开。

背对着房门的唐龙听到一个甜美但语气中明显带着疑惑的声音："请问……你们是牛牛星际贸易无限公司的人吗？"

唐龙回头一看，发现一个身穿黑色中裙套装，手里提着一个大大的公事包，身材窈窕，容颜秀丽，但神色中却透着刚强，脸上戴着一副金丝眼镜，年约二十的金发美女，正戒备地看着满屋的黑衣大汉。

唐龙当然知道这个美女在戒备什么，自己这些部下的打扮，给人一看就像黑社会。他站起来向那美女点头笑道："是的，我就是唐龙。您是皇家律师事务所派来的吗？"

美女一边惊讶于唐龙这个看起来比自己还小的少年，居然是满屋彪形大汉的头目，一边有点慌张地点头："是的，我是皇家律师事务所的见习律师——菲莉·艾塔。"

看她的样子，已经把牛牛星际贸易无限公司当成是黑社会控制的公司了。

"见习律师？"

唐龙皱眉，瞪了刘东一眼，刘东立刻恐慌地低下头，在心中把皇家律师事务所那个接电话的人骂了个狗血淋头！在收了一千万武莱币后，居然只派了个见习律师过来！

"只是职务是见习律师而已，我有律师牌的！"这个叫菲莉·艾塔的美女看到唐龙不乐意的样子立刻声明，并且从自己那个大公事包里，拿出一张卡片对唐龙晃动起来。

看到美女紧张的样子，唐龙不由得笑了："好了，你不用这么激动，我相信你是律师。请进来吧，菲莉小姐。"

那个菲莉·艾塔听到这话，意识到自己失态了，脸蛋立刻一片通红。她一边手忙脚乱地把卡片塞回公事包，一边小心翼翼地低着头走了进来。

"请坐，喝什么？"

看到这个美女这么害羞，唐龙想起带着几个人出去购物的李丽纹。突然间唐龙有了个念头，很感兴趣地盯着菲莉看。

菲莉·艾塔坐在沙发上，大公事包放在大腿上。稳定了情绪后，她抬起头来说道："谢谢，咖啡就可以了。"

才说完，就发现唐龙正笑嘻嘻地盯着自己，不由得脸蛋又是一红，不过她没有低下头，一边躲避着唐龙的眼神，一边说道："那么您需要我们皇家律师事务所为您做什么呢？"

看到眼前这个皇家御用律师只是个刚出炉的小菜鸟，原本很拘束的格姆斯的律师立刻恢复底气，干咳一声，示威地瞪了菲莉·艾塔一眼。

菲莉游移不定的目光立刻集中在这个干咳的人身上，她的直觉告诉她，这个人是律师，而且不是委托人请来的律师，也就是说，他是自己这次战役的敌人！

看到两个律师互相瞪着眼，唐龙笑道："菲莉小姐帮我做契约书吧。"

"噢，好的。"

清醒过来的菲莉·艾塔慌忙从公事包里拿出两张专用的空白磁卡，再拿出便携电脑系统，准备妥当。

"我为这块土地的建设支付两千亿武莱币建设费给格姆斯先生所在的建筑公司。"

唐龙说着，指了一下桌上的那张立体地图。

听到两千亿这个数目，菲莉震动了一下，但很快恢复过来。把这些文字输入电脑后，她迫不及待地问道："建设规格、材料来源等具体方案呢？"

唐龙瞥了菲莉一眼，说道："这些事你和格姆斯先生的律师商

讨，看看这个契约书应该怎么来写。文涛，你留在这里参与商讨。我去休息一下，等签约的时候再叫我。"说完，唐龙起身离开。

"是，恭送老板。"

站在一旁的文涛用九十度鞠躬礼送走了唐龙。菲莉懊恼地看着唐龙带着那帮黑衣大汉离开，心中想道：难道就因为我性急一点，就把我扔在这里？真是没见过这样的客户！居然什么情况都不和律师说清楚，这契约书怎么写啊！

看到唐龙走开，不知怎么的，格姆斯突然觉得松了口气，他向已经挺直腰的文涛笑道："看来，文涛先生很敬佩您的老板啊。"

文涛严肃地说道："我可以为老板牺牲一切。"

说到这儿，他恢复笑容："好了，现在我们来商讨一下这个契约书该怎么写吧，我的老板不喜欢拖拉。"

众人听到这话纷纷点头，却都在心中猜测文涛刚才说的那句话的真实性。菲莉则在心中嘀咕道：哼！黑社会分子的典型宣言！

"刘东，你派人出去看看，能不能买到冥海联邦的星系图、商品种类及物价表，冥海联邦商业气息浓厚，我想书店或者商会应该有卖这些资料。还有，去海关看看我们货物的卫生检查做得怎么样了，顺便帮我印一批名片，就写那栋大厦的地址好了。"

唐龙进入自己的卧室，向刘东命令道。刘东领命出去时，唐龙突然叫住他："等等，三十三号商船的船长是陈文杰吧？"

"是的，老板。"

刘东一边点头，一边按下刚收起来的小型记录机的录制按钮。没办法，下属为了能够准确完成上级给予的任务，都会用小型记录机记录上司交代任务时的话，免得自己忘了或者做错了。

唐龙想了一下说："让他带着三十三号商船先回去，告诉尤娜再准备一百艘牛牛星际贸易无限公司的商船。这一百艘商船交给陈文杰，让他负责中州星到冥海联邦的贸易线路。

"还有，叫他顺便把那五颗卫星收集的资料，和我们收集的资料都带回去。对了，买到星系图和商品种类价格表后，也让他带一份回去。把我任命文涛和陈文杰的消息，也让陈文杰带回去，尤娜知道怎么安排。"

"是，属下这就去办。"

刘东行礼，帮唐龙轻轻把门关上。

嗯，还有什么事要做呢？对，冥海联邦的商业和建筑都这么发达，说明科学经济法律都发展得不错。嗯，应该叫尤娜派些人来吸取他们的经验，这样中州星的建设也就不用摸索着前进了。

躺在床上的唐龙思索了一阵后，慢慢闭上眼睛睡着了。

"哥哥，起来了啦。"

听到李丽纹的声音，唐龙睁开眼睛，第一件事就是观察四周情况，这是他在机器人教官的严酷训练下养成的习惯。

看到李丽纹脸红彤彤地站在自己身旁，唐龙笑道："怎么这么快就回来了？"

"还快呢，已经晚上七点。菲莉姐姐让我来告诉你，契约书已经写好了，就等你去签约呢。"李丽纹扯着唐龙的手说道。

"菲莉姐姐？"腾身下床的唐龙一边整理衣服，一边问道。

"对呀，人家比我大嘛，当然叫菲莉姐姐啰。"

李丽纹一边整理床被，一边回答道。刚说完，就看到唐龙准备出去，忙拉住唐龙喊道："等等！哥哥，你衣服全都是皱纹，不能这样出去啊！"

唐龙一看，自己的西装皱得不成样子，不由得拍拍脑袋，自

己还以为穿着军服呢。唐龙习惯穿着外衣睡觉，这也是在新兵训练营留下的习惯之一。

"哼，还好丽纹替哥哥买了一套西装，不然看哥哥你怎么办！还不谢谢我！"李丽纹从身后掏出一个礼品袋，皱皱鼻子说道。

唐龙乐呵呵地接过礼品袋，摸摸李丽纹的脑袋笑道："呵呵，妹妹照顾哥哥是天经地义的事，我才不谢呢。"

"咦？不是哥哥照顾妹妹才是天经地义的事吗？"李丽纹歪着脑袋，不解地问。

"哈哈，我就是喜欢妹妹照顾哥哥啊。"

唐龙一边说，一边脱下起皱的西装外套，换上新的西装外套。

"好啊，以后哥哥就交给我照顾了。"李丽纹两眼放光，挽住唐龙的胳膊，往门外走去。

总统套房的会客厅内，格姆斯等人已经在那里等待着了。

"唐龙先生，契约书已经写好了，您看看。"

菲莉递给唐龙一张卡片。

唐龙按动卡片按钮，开始看内容。发现契约上要求格姆斯一年内完工，不然扣违约金时，不由得抬头看了看文涛，看到他点点头，唐龙也点点头，把卡片递回给菲莉，笑道："很好，那么可以签名了吗？"

"嗯，请您先把两千亿资金拨给格姆斯先生。"菲莉用职业化的语气说道。

在她和那个律师的注视下，唐龙把钱转入格姆斯的卡内。双方确认无误后，菲莉再次说道："好的，请您把拇指按在这里，然后用电子笔在这儿签上名字，这份契约就算完成了。"

照着她的话做完的唐龙，看到格姆斯也在他律师的指点下开始签名。当格姆斯签完字后，他和他的助手都鼓起掌，搞得唐龙也被迫跟着鼓掌。

在格姆斯的盛情邀请下，唐龙一伙人接受他的招待，开了几桌宴席。在酒席上，唐龙向坐在自己身旁的菲莉问道："不知道能不能请你担任我的私人律师，以及请你们皇家律师事务所担任我分公司的法律顾问呢？"

菲莉呆了呆，不解地问道："这两个请求有什么区别吗？"

唐龙点点头说道："有区别。因为我可能很久才来一次冥海星，当我的私人律师是要跟在我身边到处走的。"

唐龙刚说完，坐在唐龙另一边的李丽纹就已经兴奋地叫道："好耶，菲莉姐姐你就当哥哥的私人律师嘛，现在哥哥身边只有我一个女生，想说话都没有伴，真的好无聊，你就答应哥哥嘛。"

菲莉想了一下："办事处那边我这就帮您问一下，至于我，请容我考虑考虑。而且就算我愿意，也需要事务所的同意才行。"说着，就起身要去打电话。

"好的。"唐龙点点头。

看到这一幕的刘东，走上来悄悄地向唐龙问道："老板，需要调查一下她吗？"

唐龙微笑："我知道你在担心什么，担心她那冥海皇家御用律师的身份。不过有什么值得担心的呢？怕她知道我们的事吗？冥海联邦在无乱星系中央，离我们十万八千里远，和我们没有冲突，就算有冲突，也是当我们势力范围抵达这里的时候。我们的势力扩张到这一地步，还需要害怕任何人吗？"

刘东信服地点点头。是呀，当主公势力抵达无乱星系中央地带的时候，主公已经占据了半个无乱星系，到了这个时候，根本就不用害怕谁了。

看着刘东回到自己的坐位，唐龙想道：看来尤娜她们对士兵

的教育很成功，像刘东这样原来只知道打斗的士兵，在短短几个月内，就变得会开始自己分析问题了。嗯，回去得好好地表扬一下她们，不过这样做的话，我恐怕会被她们K一顿吧？

这时，出去打电话回来的菲莉，向唐龙点点头说道："只要贵公司每年付出一亿武莱币，事务所就同意成为贵公司的法律顾问。"

唐龙笑道："这没问题。文涛，联络皇家律师事务所的事情，就交给你负责了。"

文涛立刻起身点头："是，老板。"

唐龙又向菲莉问道："那么你呢？愿意做我的私人律师吗？你的事务所同意吗？你的家人同意吗？"

菲莉咬了下嘴唇，有点怨恨地说道："事务所表示，只要您付出一百万武莱币，我就可以成为您的私人律师！"

唐龙立刻明白，菲莉在事务所地位非常低，想想就知道了，居然一百万就可以让菲莉离开事务所，要知道菲莉才刚完成一笔上千万酬劳的业务啊。

唐龙也意识到，菲莉没有说她家人同不同意的问题，说明菲莉可能不用顾及家人，或者她是个孤儿。

唐龙决定以后不再提菲莉的家人。

唐龙想了一下："你现在是事务所的签约律师吗？"

菲莉摇摇头："我们这些见习律师和事务所签的是试用合约，不算签约律师，所以他们只要一百万就让我做你的私人律师。"

"哦，如果你毁约另投其他事务所，会有什么后果？"唐龙再次问道。

菲莉觉得奇怪："后果？只是赔偿十万武莱币而已，没什么后果。不过我根本没这么多钱。而且毁掉皇家事务所的合约，根本没有其他事务所敢用我的。"

唐龙点头说道:"那好,我把本来该付给事务所的一百万直接转给你,希望你在成为自由律师后,再来当我的私人律师。我保证,以后你一定能够拥有属于自己的事务所。"

菲莉愣了一下,看着唐龙,开始胡思乱想:为什么他要我当他的私人律师?像他这么有钱的人,随便都可以请到更好的律师啊,为什么一定要我呢?难道……难道他看上了我?怎么办?怎么办?去还是不去?不行!镇定下来,让我好好分析一下……

我在事务所里只是做些端茶倒水的活,如果不是这次事务所没有其他的律师,恐怕也轮不到我来接这项很简单的委托。待在这样看资历的事务所,就算我的知识再渊博,没有接到业务来锻炼,也不可能成为大律师,走了也好!

好!现在可以确定,事务所不值得留恋了。那么再来分析一下唐龙这边。

他模样英俊、气势不凡,而且非常富有,看他手下对他的态度,好像是做大事的人。而且他的身边还有一个可爱美丽的妹妹。拥有这些条件的人,绝对不可能对我来硬的。如果他追求我怎么办?嗯,女人被人追求是很正常啊。好,我决定……

沉醉在自己思维中的菲莉,突然被人摇醒,定神一看,发现李丽纹正摇着自己的手臂问道:"菲莉姐姐,你想什么想得这么入神?"

菲莉看到唐龙也在注视着自己,想到自己刚才想的事,不由得脸蛋一红,低下头说道:"唐妹妹,姐姐没有想什么。"

刚说出这话,菲莉觉得李丽纹抓住自己的手突然变得僵硬,抬头一看,发现李丽纹脸色已经变得非常难看,而且身子开始微微颤抖,眼中也露出了包含着害怕、担忧等等感觉的复杂神色。

注意力集中在李丽纹身上的她，没有发现唐龙在听到自己的那句话后，眼中光芒一闪。如果她看到了这眼神，一定会判断出那是喜悦的眼神。

菲莉正想询问李丽纹怎么了，突然听到唐龙语气柔和地说道："唐丽纹，不要缠着人家，过来告诉哥哥，今天去买了什么好东西。"

奇怪的是，李丽纹在听到这话后，身子居然立刻恢复正常，不再抖动，脸上也恢复了笑容。

她眼中居然有泪光。

李丽纹，哦，应该称呼为唐丽纹，眼中含泪，欣喜地扑到唐龙身边叫了声哥哥，然后才带着哭腔，低声向唐龙说道："对不起哥哥，丽纹擅自更改了自己的姓氏。"

唐龙爱怜地摸摸唐丽纹的脑袋，低声笑道："没关系，我刚认你做妹妹的时候，就想让你跟我姓了，不过怕你不愿意改姓，所以没有说出来。好了，现在你就是唐丽纹，我唐龙的妹妹。"

"嗯，谢谢哥哥。"

唐丽纹把脑袋依在唐龙的手臂上。

靠上前来偷听的刘东，立刻把李丽纹变成唐丽纹的事告诉自己的弟兄们，他可不想弟兄们无意之间得罪了小姑奶奶。

心情开朗起来，唐丽纹向满头雾水的菲莉问道："菲莉姐姐，你决定得怎么样啊？哥哥还在等着你的回答呢。"

"嗯，我愿意以自由律师的身份，成为唐龙先生您的私人律师。"菲莉非常肯定地说道。

"哈哈，谢谢，来，为我们的自由律师干杯!"唐龙说着，站起来举杯。

"哦，哦! 干杯!"

在酒席上和文涛低声畅谈的格姆斯，虽然不知道为什么干杯，但看到唐龙等人都站起来举杯，也忙跟着举杯。

菲莉感动得说声谢谢，就一饮而尽，而唐丽纹也高兴得放开唐龙，转而缠住菲莉了。

大家都坐下后，唐龙对刘东说道："刘东，明天你替菲莉小姐去皇家律师事务所，支付十万武莱币的违约金。记住，一定要把菲莉小姐和事务所签的合约要回来，交给菲莉小姐。"

"是，老板。"刘东点点头。

听到这话，菲莉忙说道："不用麻烦刘先生，明天还是让我亲自去吧。"

唐龙笑道："不用这么麻烦，反正只要付了违约金，他们就拿你没办法。你亲自去的话，可能还会受他们的刁难。再说我明天还有许多事需要你帮忙呢。"

"呃，那么辛苦刘先生了。"

菲莉也不再坚持，站起来向刘东鞠躬道谢。刘东连忙站起来，摇手说："不辛苦不辛苦。"

坐下后，菲莉想了一下，问道："唐龙先生，不知道您准备雇用我多久呢？"

她很在意这个问题，如果只是一年两年，那自己脱离皇家律师事务所，岂不是很白痴的行为？

唐龙随口说道："一辈子。"

他的意思是，菲莉加入了自己的势力，岂不就是为自己效力一辈子吗！

他要菲莉成为自由律师，就是想把菲莉拉到自己这边来，让她成为自己的第一位律师。

现在唐龙势力内别说律师了，连法官都没有，所有审判刑罚，

43 前进地球

都是彭文峰和张开这两个警员总长负责的。

菲莉听到这话却会错了意，她低下头，用异常温柔的语气问道："那……那明天需要我准备什么？"

听到菲莉语气怪怪的，她身旁的唐丽纹好奇地眨眨眼睛。

唐龙说道："哦，我有九十九艘船的肉制品，明天应该通过卫生检疫了。你帮我查查，这些肉制品卖给谁获利比较多。"

浑身不自在的菲莉听到这话，立刻站起来说道："好的，我现在就回去查找资料。"

说完就拿着公事包，不等唐龙同意就逃一般走了。她一激动，连签合约决定待遇的事，以及明天怎么联系的事都忘了。

唐龙看到菲莉急匆匆的样子，含笑点点头，心想：嗯，不错，办事不拖泥带水，想到就做，我喜欢这样的人。

如果唐龙知道菲莉因为什么而离开的话，恐怕他会惊讶得瞪大眼睛，张开的嘴巴忘了合回去。

第四章　拓展商机

第二天一早，送牛肉给凯德姆上校的三十三号商船船长陈文杰，带着收集到的情报和唐龙他们的消息回到了中州星。

此刻，他正一边等待挑选出来的一百艘运输船改装完成，一边参加由尤娜等几个美女上司特别为他编写的商队队长培训课程。

刘东早早带着银行卡，领着几个部下急匆匆朝皇家律师事务所奔去。

文涛也带着十个手下来到那块烂地，开始全程监工了。

他可没少带东西去，光是各种资料磁卡，就带了满满一大袋，他准备监工学习两不误呢。

他知道自己的底子，虽说接受过一定的情报收集分析分类的训练，但现在自己不单要收集情报，还要把这里建成一个据点啊。

听主公说，最少一个礼拜后，中州星就会开来一百艘运输船。自己可是要配合这支商队，占据冥海星的市场，稳定贸易航线。

而且，自己还要在冥海联邦的其他十四颗星球安放间谍卫星、组建情报网、拉拢人脉，缺乏专业知识怎么能够完成这些任务呢？

至于菲莉，她已经来到酒店，陪着唐丽纹吃早点了。

她因为一晚没睡而两眼通红，却是精神奕奕。

菲莉记得，好像自己刚考上律师资格，准备皇家律师事务所面试资料的时候，才有过像现在这样一整晚都不觉得困的状况。

菲莉拍拍自己身边公事包中厚厚的一叠资料卡，露出幸福的表情。

不管怎么说，从现在开始，自己就是真正的律师了，像这样忙碌的日子，可以预见将来会有很多很多。

"早上好。"

换上唐丽纹购买的西装，向这边走来的唐龙，微笑地打着招呼。

"哥哥，你起床啦，快尝尝这糕点，很好吃哦。"

唐丽纹高兴地拿了块糕点，放在唐龙碟子中。

"老板您早。"

菲莉向唐龙打招呼。

唐龙看到菲莉金丝边眼镜后的通红眼睛，关切地说道："你熬夜了吗？以后要注意点，不要搞坏自己的身体。"

菲莉心中一暖，脸上一红。

她为了摆脱这种让自己心跳加快的感觉，连忙说道："老板，我调查了一下冥海联邦的商业情况，发现冥海联邦的肉价上涨是人为操作的，几家大贸易公司故意减少出货的数量，同时打压外地货商。不是把外地货商挤压离境，就是逼迫外地货商低价把货物卖给他们。

"而物资统筹部的价格又太低了，所以我认为直接把肉制品卖给那几家贸易公司是最好的。因为所有肉贩都是那几家公司控制的，他们不可能购买您的货品。"

"物资统筹部？这个部门给出的价格是多少？把市场价和那

些肉制品公司的收购价说来听听。"

唐龙皱眉，他没想到肉价涨起来是人为的，一开始还以为是肉制品货源不足呢，现在敢情是几家大公司囤积大批物资后，一点一点地来卖。

菲莉想也不想："以牛肉为例，市场价一百克十六元武莱币……"才说到这儿就被唐龙打断了。

"一百克十六元?! 吃蓝金啊？"

唐龙一喊完，就立刻闭嘴，他可不想让人知道，这个价钱是天价。

菲莉有点得意："我们冥海星的居民收入高。"

说完，她又继续刚才的报告："那几家公司的收购价为一百克八元，而物资统筹部收购价是四元。"

"四元？怪不得物资统筹部收购不到物资来降低价位。他们是干什么吃的，不会提高价格和大公司抢物资吗？或者告这几家公司一个扰乱金融秩序罪，查封了他们，不就什么事都没有了吗？"

唐龙摇摇头。人家就算比市场价低了八元，也比政府收购价高一倍，那些卖不出货的商人，理所当然会把货直接卖给大公司，而不是卖给政府。

菲莉叹道："唉，政府也不是不想提高价格，但是物资统筹部根本没有多少资金，这一百克四元的价格还是民众抗议，议会才调整的。刚开始的时候，物资统筹部的收购价是两元呢。政府也不是没有告过这几家公司，但是法院判定政府不得干涉贸易自由，法律根本没法对付他们。"

一直专注于吃糕点，直到此刻才听清楚菲莉和唐龙说什么的唐丽纹，对菲莉说道："菲莉姐姐，你这边买肉是以克来算的吗？

我们那边是按斤来算的。"

唐龙心里立刻喊糟糕，忘了自己身边有个什么都不懂的唐丽纹，只能祈求她不知道肉价了。

"按斤计算？一斤五百克，唐小姐，请问您那里一斤牛肉多少钱啊？"菲莉很感兴趣。

"普通的一斤一元，好一点的一斤两元，上等的一斤要十元，而且市场上还没得卖呢！那都是要出口的，普通人根本买不到。听说最最高级的牛肉，一斤可以卖到两万元呢。"唐丽纹随口说道。

唐龙立刻对唐丽纹说道："你怎么会知道的？难道你买过菜？"希望自己打岔而让菲莉没有听清。

"哼，丽纹虽然没有买过菜，但是丽纹帮过尤娜姐姐整理资料啊。"唐丽纹对唐龙的惊讶很不高兴。

"那您用的是武莱币吗？"已经被牛肉价格震昏头的菲莉，再次向唐丽纹问道。

"当然是武莱币啦，不然用什么货币交易？"唐丽纹点点头说。

菲莉突然扭头看着唐龙："老板，您那九十九艘船上的肉制品是什么等级的？一共有多少？"

唐龙耸耸肩说道："都是二等货，也就是丽纹说的'好一点'的那种。共运来二十艘冰冻鱼两百万吨、十艘冰冻羊肉一百万吨、二十艘冰冻鸡鸭两百万吨、二十艘冰冻猪肉两百万吨、二十九艘冰冻牛肉两百九十万吨。"

听到唐龙报出资料，菲莉闪电般掏出计算器，开始计算起来："一吨等于一百万克，按照政府的最低价位贩卖，一吨可以卖四百万，一艘十万吨可卖四千亿。"

菲莉猛地抬起头，对唐龙嚷道："老板！单单您那二十九艘冷冻牛肉，就可以卖近十二万亿啊！"

唐龙的下巴立刻掉了下来。虽说早在听到冥海星牛肉市场价居然是一百克十六元后，就意识到自己能大捞一笔了。可没想到按一百克四元这个最低价格卖给政府部门，单单牛肉就能卖十二万亿！虽说唐龙对钱不怎么在意，但还是觉得自己心跳加快了。

唐龙有点迟疑："没有算错？不可能那么多吧？"

菲莉头也不抬："哪有可能算错？老板这次所有货物可以卖出四十万多亿的价格，如果不是卖给政府，而是卖给那些大公司的话，将会超过八十万亿。嗯，扣除成本……"

说到这儿，菲莉向唐龙问道："老板，您的成本价是多少？"

唐龙眨眨眼："运送成本十元一吨。"

"呃，那肉制品的成本呢？"菲莉再次问。

"好像一吨一万元，而且其中大部分都是我的农场生产的，不用什么钱。"唐龙想了一下后说道。

"一吨一万？哦，天哪！也就是说这次卖多少钱您就挣多少钱？"菲莉吃惊地问。

"嗯，应该是这样。"唐龙点点头。

"呃，老板准备卖给谁呢？不过我可以告诉您，那几家公司绝对没有这么多钱来购买您的货物，他们全部加起来，也就囤积了十多万吨的肉制品。"菲莉说道。

"咦？怎么你们这边的公司规模这么小？"唐龙好奇地问。

菲莉感叹道："还小啊，他们每家公司都有上千亿的资金！可惜您带来的货物只够整个冥海星的人吃上一年的，按照这些物资的产量，恐怕您需要一个星球农场才能生产出来。"

唐龙点点头。中州星确实是一个星球农场，整个星球上面几乎没有什么重工业，全都是畜牧养殖业。

看来得让尤娜把那些从红狮星抢来的工厂建设起来才行，不过尤娜应该已经开始忙这方面的事了吧？嘻嘻，一千亿资产就被当成大公司，陈抗那能够生产几千艘战舰的公司，岂不是宇宙超级大公司了？

想到这儿，唐龙猛地一震，按照陈抗的说法，他那家公司是新成立的，可是跟他买战舰的时候，几乎没听他提过需要制造战舰的时间，而只是说需要多少天路程时间，才能运来。这岂不是说，他的公司拥有许多战舰，或者说他们的公司有年产上千艘战舰的能力？

这样一家公司，会是新公司吗？而且普通的军火公司会要求控制你的经济吗？唐龙对陈抗的疑惑进一步加深了。

"老板，您还没说要卖给谁呢？"菲莉看到唐龙发呆，再次问道。

被唤醒的唐龙，有点好奇地问道："既然那几家公司没有这么多钱来购买，那只有卖给政府了，不过政府有这么多钱吗？"

菲莉笑得很美，对唐龙说道："老板，难道您不知道冥海联邦是无乱星系最富有的国家吗？五六十万亿的资金，物资统筹部还是能够拿出来的。政府不是没办法对付那几家公司，而是政府怕被人以参与商业行动的罪名推下台，所以才没有行动！"

听到这话，唐龙愣了一下，暗自骂自己白痴。

上次红狮星那些拿不走的三十多万亿资金，还有自己占据中州星后，从唐家搜刮的二十多万亿资金。这些看起来很落后的星球，都有几十万亿的资金存在，像冥海星这个一看上去，就知道是发达星球的国家会没有钱？打死都没人信。

唐龙正想说什么，一个中年胖子带着几个彪形大汉，往唐龙这边走来，还没靠近，就被待在四周警戒的唐龙护卫拦住了。

那个胖子并不在意，径自张口喊道："喂！唐老板，我是凯米公司的经理，有事跟你商量！"

唐龙看了菲莉一眼，菲莉立刻说道："那几家公司中的一个，可能是来让您把货物卖给他。"

唐龙问道："他们公司能够吃下我多少货呢？"

"大概十万吨左右。"

菲莉奇怪地看着唐龙，难道他想散卖？

唐龙一边向护卫示意让那个胖子过来，一边向菲莉阴笑道："我八元一百克卖他十万吨，然后四元一百克全部卖给政府，到时候政府会怎样做？他们公司又会怎样呢？"

菲莉眼睛一亮，兴奋地低声说道："政府会五元一百克卖出，而他们就亏大本了！"

唐龙满意地点点头："这些任务就交给你了。"

"好的，我绝不会让老板您失望。"

菲莉说完起身，满脸职业笑容，向那个胖子伸出手说道："您好，我是唐老板的私人律师，有什么事请跟我说。"

胖子恼怒地看了唐龙一眼，因为唐龙居然当他不存在。

不过在商海里玩过水的他，当然知道这个人是自己惹不得的，不说他带着一百艘不知道装了什么货物的高级运输舰，单单在商务署，随便花三百亿买下一块烂地，就知道他的实力了。

一开始，商人们确实认定唐龙是个好骗的大傻瓜，因为没有谁会花三百亿买块不值钱的烂地。可在听到唐龙投入两千亿改建那块烂地，准备把这烂地变成休闲地带的事后，所有人都目瞪口呆：这家伙有钱得吓人，还是不要惹他。

就算他是个很好骗的傻子，也不要去骗他，因为他是有钱人，因为当他知道上当后，肯定会进行恐怖报复的。至于商人们为什

么知道？格姆斯接到这么大的生意，还会不四处宣传吗？

"嗯，我听军队的朋友说，唐先生非常大方地赠送了十万吨牛肉，给他们改善伙食。刚好鄙人的公司是做肉制品贸易的，这次前来，希望唐先生能把手中的肉制品卖给我们，这样唐先生就可以快速回收资金了。"

胖子对唐龙说道。他还是不想和一个律师谈生意。

唐龙没有理他，只是和唐丽纹聊天。而菲莉走到胖子面前说道："我的老板当然不会拒绝这种快速回收资金的事了，不过我们并不是专门搞肉制品贸易的，所以在送出十万吨牛肉后，我们就只剩下十万吨的牛肉制品了。"

听到菲莉的话，胖子立刻松了口气。他就怕唐龙那一百艘商船装的全是肉制品，那种十万吨载量的商船，只要有三艘运的是肉制品，就足以让自己这几家贸易公司倒闭。现在只有十万吨，完全可以吃下来。

想了一下，胖子说道："我们出八元一千克的价格收购如何？"

原本满脸笑容的菲莉，立刻沉下脸："你欺负我老板是外地人吗？你们对外开出的收购价是一百克八元，而且我们这十万吨牛肉都是上等货色，比你们现在市场卖的好多了，现在当普通牛肉卖给你们，你们已经占便宜了！如果您没有诚意的话，请不要浪费我们的时间。"

胖子当然知道那些牛肉是上等货，这个他已经从军队那里得知了。他忙摇着手说道："不不，我们真的很有诚意，只是我们没有这么多钱，毕竟这十万吨就要八千亿啊！"

"没有这么多钱？笑话，你们这几家公司每家都是上千亿资产的，会没有这么多钱？而且现在市场供量稀少，不说冥海联邦的其他星球，单单这首都星就可以售出几万吨。你可以去银行贷款啊，反正钱一转手马上就回笼了。"菲莉故意暗示他们去银行贷款。

胖子迟疑了一阵。他的公司不是没钱，不过大部分的资金都在吸纳肉制品时用光了；也不是没有去贷款，贷到的钱，绝大部分用来跟那支军队用四元一百克买了五万吨牛肉，现在再要贷款的话，恐怕要把房子抵押进去了。

唐龙看到胖子在迟疑，说道："算了，反正那些牛肉我准备送给政府的，如果你真的想要，那就收你一百克四元的价格吧。"

菲莉听到这话，刚想张嘴，但她想起，那几家公司在囤积了这么多肉制品外，应该没什么钱了，如果价钱不便宜一点，他们恐怕不会去贷款。

所以，她配合了唐龙："哎呀，你看我老板多么大方，直接按政府收购价卖给你们了，也就是四千亿，如果再迟疑的话，我老板可是要直接送给政府啰，反正我老板也不在乎那几千亿。"

53 前进地球

胖子想到那些从军队买来的牛肉，一天功夫就销出一大半，而且是以十元一百克的价钱销给肉贩的，可想而知，用不了多久，自己就可以大大挣上一笔。银行贷款？没问题，两三天就能把上次的贷款还上。

想到这里，胖子一咬牙，说道："好！成交！请给我们两个……不，三个小时筹集资金，三个小时后，一手交钱一手交货！"

"没问题，船就停在宇宙港，只要钱一过账，你立刻可以搬运。那么我就在这里等你三个小时了。"唐龙起身说道。

"谢谢。"

胖子道谢后，立刻转身走了，跑起来的速度比他的保镖还快。

此刻唐龙好奇地向菲莉问道："你们这里银行效率有这么高吗？三个小时就能够审核完毕，并支付四千亿贷款？"

"我们没有国家银行，冥海联邦的所有银行，都是宇宙银行的分行，速度当然快了。"菲莉笑道。

唐龙点点头。

全宇宙第一大的宇宙银行，对这些审核抵押物品、发放贷款的事，是所有银行中速度最快的，难怪那个胖子敢说只要三个小时。

唐龙想了一下："菲莉，你帮我联络物资统筹部，就说我有上千万吨的肉制品，愿以一百克两元的价格卖给他们。"

菲莉听到唐龙降低价格，不由得一愣，但她很快问道："不知道老板您对政府有什么要求？"

她可不相信，一个商人会好心地把货物以比客户出价还低的价格卖给政府。

唐龙笑道："我是商人，为了扩展业务，我需要冥海联邦政府收藏的星系图。告诉他们，不要拿街上可以买到的来敷衍我。还有就是和我签下贸易合约，我保证每个礼拜都有一百艘、每艘十万吨载量的商船，替冥海联邦运来各种蔬菜和肉类商品。这些商品的价格，就由你去和政府商讨了。"

"好的，我会尽量帮您弄到冥海联邦上最好的星系图。对于那个贸易合约，我相信冥海政府一旦知道，就会迫不及待和您签约，毕竟冥海联邦没有农场。这应该不算什么条件，老板您不换一个吗？"菲莉想了一下后笑道。

"不用了，反正我是为了挣钱，才提出这两个条件的。"

唐龙摇摇头。除了这两个条件，他还真是想不出要提些什么条件才好。

"那么，我这就去办了？"菲莉问道。

"嗯，越快越好，我这个人性急。"唐龙点点头。

菲莉去了两个小时就回来了。她拿起冷饮，喝了几口后说："老板，物资统筹部在知道我的来意后，直接把我介绍给总理。而总理听到我带给他的消息后非常高兴，答应在签约后，立刻给您一份政府收藏的最新款的星系图。

　　"总理还让我转告您，他们也不想让您亏得太多，而且您的货物都是上等货，准备用五十万亿购买您的所有物资。还有，这是物资统筹部开出的交易种类和价格表，只要签了约，以后您的公司就可以按照这个价格来交易了。"说着递给唐龙一张磁卡。

　　虽然觉得一个总理来处理这件事有点小题大作，但唐龙也懒得去管这些，对菲莉点点头："嗯，干得好，等我们卖出那十万吨牛肉后，立刻去和总理签约。"

　　他接过磁卡，看也不看就放进了怀里，反正不管冥海联邦政府怎么样压价，自己都是赚的。

　　菲莉非常理解唐龙这句话的意思，含笑跟着点了点头。而唐丽纹早就因无聊过头，睡午觉去了。

　　没过多久，和那几家公司交易完毕的唐龙，也和冥海联邦政府签下贸易合约，除了得到一份珍贵的星系图外，还得到凡是"牛牛星际贸易无限公司"的交易只收税百分之八的优惠。

　　至于卖给政府的那些肉制品，政府以什么的价位推向市场，就不是唐龙所关心的。但唐龙确信，那几家公司很快就会倒闭。

　　当天晚上，众人商讨是返航，还是继续做贸易的问题。唐龙思考了一下后说道："我们不用担心有人会找到家里去，敢找上门的大都被我们打怕了，所以现在正是开展贸易的时候，只要我们富裕起来，根本不用怕谁！大家商讨一下。"

　　虽说无论做什么，都是唐龙一句话的事，但他依然认为，广集众意才能选出最好的决策。

听到唐龙的话，大家想到唐家被灭、凯撒家元气大伤，而剩下的三家势力也不大可能攻打自己，可说现在正是大力发展的时候，也就认同地点点头。从家臣们的表现来看，唐龙的广集众意只能作罢了。

菲莉看到大家不吭声，就提醒道："老板，冥海星的特产是高科技电子产品，像小型电脑、悬浮轿车之类的产品，在其他星球都是很好卖的呢。"

"对，明天大伙儿出去购物，凡是有喜欢的，就买来装他几艘商船！"

卡里有几十万亿资金，唐龙财大气粗地说道。才一说完，唐丽纹就兴奋得跳起来，其他黑衣大汉也是一脸高兴的神态。

"老板，我说的是贸易采购啊。"菲莉急切地说，她还以为唐龙没有听懂她的话呢。

"这你就不明白了，我这就是贸易采购啊。我们是以普通人的心态去购物，能让我们喜欢并愿意花钱买的，其他人也同样会愿意花钱买。这样一来，我们就不会进到没人要的货了。"唐龙晃晃手指头说道。

"原来是这样。"菲莉听到这话恍然大悟，看来老板还真的懂得客户心理呢。

唐龙宣布散会，突然想起什么似的叫住菲莉说道："你收拾一下自己的东西，过几天离开冥海星后，就不知道什么时候才能回来了。"

菲莉点点头。

第三天，花费了一天功夫让九十九艘商船装满五花八门产品的唐龙一行人，驾驶着商船离开了冥海星的大气层。

看着电脑内冥海联邦政府版本的星系图，唐龙赞叹道："不愧是无乱星系第一富裕国家收集的星系图，整个无乱星系的星球方位，居然被他们收集了五分之一，厉害厉害！"

唐龙又惋惜地摇摇头，因为这星系图是商业版的，上面每个星球的特产都有介绍。对于渴望得到军事版本的唐龙来说，当然是可惜了。

趴在唐龙肩膀上，跟着观看星系图的唐丽纹，突然指着星系图一角问道："哥哥，那是什么星球啊？怎么它四周没有其他星球呢？"

顺着唐丽纹的手指看去，唐龙发现在星系图左下方处，有一个小小的行政星孤零零地待在那里。可以断定这个星球的星域，除了它和恒星外，就没有任何一个星球存在了。

为什么这么说？因为在星系图上它的位置四周一片漆黑。

看到这么孤独的星球，唐龙立刻感兴趣地点击这颗星球来查看情报。

原本豆粒般大的星球，立刻变得像足球那么大，星球上方也出现了"地球"这个名字。

第五章　革旧鼎新

唐丽纹立刻嚷道："明明是水球嘛，为什么叫地球呢？"

刘东则笑道："跟我们的家乡好像啊。"

听到这句话，除了菲莉没感觉外，其他中州星的人都赞同地点点头。

"你们知道吗？据说万罗联邦前身的起源，就是远古时期一个叫做地球的星球联合其他几个星球建立的。同时根据各国史学家考证，那个地球也是宇宙中最早的文明星球中的一个。"唐龙悠悠地说道。

"呃，这个地球不会就是那个地球吧？"菲莉不大懂这些，问道。

唐龙笑道："呵呵，哪有可能，原来那个地球不知道多少年前，就依照宇宙法则消失了。"

"是哪个商人给它取的这个名字？"菲莉皱眉说道。

"是同名！"唐丽纹高喊道。

唐龙点点头："嗯，应该是这样。毕竟除了无人星外，按照宇宙惯例，但凡星球的命名，都要按照星球上的本土智慧生物，对这个星球的称呼来命名。有可能那颗星球上的智慧生物，就是用

'地球'这个名字，来称呼这个星球的。"

唐龙一边说，一边调出这颗星球的介绍资料，这些资料是由第一个发现它的人撰写的。

这里的第一个发现，指的是一个国家内第一个发现的人。也许这个星球早就被其他人发现过，但由于冥海联邦星系图没有他的资料，当冥海国的人第一个发现它时，就可以为冥海国星系图上的这颗星球撰写介绍文字。

关于这个星球的介绍是这样写的：

"今天真他妈的倒霉，那该死的导航员，居然会输错空间方位码，把我们弄到这从来没到过的地方来，而且我们的能量不够跳跃回去！该死的导航员，在我死之前，我一定要吊死他！

我们真他妈的幸运，能源快消耗完毕的时候，居然让我们发现了一颗星系图上没有的星球。哦，感谢宇宙大神！等我撰写这个星球介绍文的时候，一定要把我的这本日记的内容写进去！

他妈的狗屁宇宙大神！这个星球的人全都是变态，小小的一个星球，居然有几百个国家存在，比整个宇宙的国家还多！虽然所有国家的领导人都把我当猴看，不过这里的小妞却非常不错，皮肤更是白嫩嫩的。嗯，我和我船员的心情都开朗起来了。

妈的！完了，我这回完了。我根本没有想到，这个星球会变态到这个地步，他们居然不用武莱币！而且也没有宇宙银行在这里开分行！

妈的，小小的一个星球，居然有数百种货币，要这么多种货币有屁用啊，我为他们的商人感到悲哀。

嗯，还有更让人昏倒的是，他们居然不会生产太空船使用的能量！直到现在我才明白，这个星球虽然是在无乱星系内，但星球上的人都是原始人类！

不行，我再也忍不下去了，这里没有立体电影，没有虚拟游戏，更可怕的是，根本没有什么值得我们购买的货物！

我要回去，我一定要回去！我已经从他们的几百个领导人眼中，看到了肉食动物的绿光，再不走，这帮变态的原始人肯定会把我给分尸的！

今天看了一场几百万原始人表演的打斗戏，他们这几百个国家为了争夺我们这些人的拥有权，居然组成几个联盟打起仗来了。

听到他们打仗的理由，如果不是顾忌他们的火药枪伤害我们，我早就和他们拼了！妈的，我是你们这些还在使用螺旋桨飞机的低等生物能够拥有的吗？

哈哈，终于可以回家了。这帮变态的原始人，居然找到了一种能够产生巨大能量的矿物，看他们的意思，是想把这矿物制造成威力巨大的武器，用来消灭其他一些争夺我们的原始人。

妈的，我好不容易找到可以代替太空船能源的东西，我会让你们浪费掉吗？假装说可以帮他们制造出威力更大的武器，我一下子就搞到了可以完成一次跳跃的能量。嘿嘿，再见了该死的星球，再见了该死的野蛮原始人。

我回去后，一定要在星球介绍里写上："这是一颗物资贫乏、没有任何商品，而且居住着一群野蛮好斗的原始人，根本不值得做任何投资的星球。"

看完这篇日记似的星球介绍，唐龙沉思起来。

唐丽纹晃晃脑袋："什么都没有的星球？哥哥，我们不要去那里，那些原始人会吃掉我们的。"

菲莉也点点头："老板，从介绍来看，这是一个未开化的原始星球，单单看这星球有几百种货币，就知道他们有多落后了。我们还是选另外一个星球吧，到这个星球恐怕什么商品都卖不出去。"

唐龙沉思了一阵,向导航员命令道:"回中州星!"

听到这话,大家一愣,但很快欣喜地忙碌起来,自己可以回去向家人夸耀冥海星的风景了,而且自己还为家人买了许多他们见都没见过的礼物呢。

菲莉则在心中嘀咕道:"中州星?没听说过这个星球就是老板的家嘛。"想到这儿,她也开始兴致勃勃地准备看看老板的家是怎么样的。

就这样,离开中州星才三天,唐龙又带着商队回来了。

跟着唐龙走下飞船,菲莉立刻被吓了一跳,因为宇宙港码头的人一看到唐龙的身影,立刻跪下高呼:"恭迎家主归来!"

直到此刻,菲莉才知道,唐龙居然是个家主。她对于跪拜礼倒没什么不适应,因为她的祖国——冥海联邦是君主立宪制,虽说是民主政治,但国王出巡或接见子民的时候,民众还是要行跪拜礼的。

"主公,怎么这么快就回来了?"

尤娜笑呵呵地向唐龙问道。当然她主要不是问这个,而是问唐龙身边的这个美女是谁,不见她一直盯着菲莉看吗?

"突然有个计划,所以回来了。"

感觉到尤娜的目光,唐龙说完,立刻替菲莉和尤娜两人互相介绍道:"这是我的私人律师——菲莉·艾塔。这是我的财政总长——尤娜。"

"您好,欢迎您来到中州星,我是尤娜·唐。"尤娜很自然地向菲莉伸出手。

"您好,谢谢您,我是菲莉·艾塔。"

菲莉很有礼貌地轻轻捏了一下尤娜的手。

对于这个高雅不凡的尤娜·唐，虽然是第一次见面，但她立刻感觉，这个美女对自己很有威胁。

唐龙奇怪，尤娜怎么在自己名字后面加了个唐字，但他也不在意，对尤娜说道："通知所有家臣，两个小时后到海城开会。商船上有大批的高科技民用产品，让人运到各地以成本价卖给民众，也让我们的民众享受一下高科技。这是和冥海联邦签署的贸易合约，复制一份让陈文杰带着。还有，这是记录了无乱星系五分之一星域的商业星系图。"

尤娜点着头，一边替唐龙整理领带、衣角，一边向身旁的人传达着唐龙的命令。

菲莉看到尤娜的动作和她偶尔瞥向自己的眼神，暗自咬牙：她是故意做给我看的！可恶！她到底是唐龙的什么人？

想到这儿，菲莉看了看身旁的唐丽纹，准备偷偷向她打听。可这一看，菲莉愣住了，唐丽纹没有像以往那样缠住唐龙，而是乖巧地站在原地低着头不吭声。

菲莉轻轻碰碰唐丽纹，悄声问道："怎么了？"

唐丽纹抬头看了一下尤娜，然后对菲莉悄声说道："我是偷跑出来的，如果不表现得好一点，大姐不会放过我的。"

唐丽纹是小孩子心理，故意夸大自己害怕的程度，这样一来，即使自己受到处罚，也不会怎么丢脸了。

"大姐？"

菲莉不解，这个成熟稳重美丽的女人是唐龙的大姐？不像啊。

"我那么多姐姐中她最大，所以她是我大姐。"

唐丽纹吐吐舌头，低下头，因为她发现尤娜瞪了自己一眼。

"那么多姐姐？"

菲莉觉得头有点晕，原本以为对自己有威胁的只是一个尤娜，没想到还有不知道多少个呢。

她清醒过来，想再次发问，发现唐丽纹已经挽着尤娜的手，和尤娜有说有笑地跟着唐龙向外走去。唐龙回头对她喊道："菲莉，走，我们去开会了。"

在中州星各地忙碌的家臣们接到通知后，立刻跑回海城这个新的行政首府。

依照惯例，这个会议是在海城首府门外广场召开的，所以得到消息的民众，都扔下手中的工作跑来观看，把广场四周围得水泄不通。

待在海城首府内的菲莉，吃惊地看着外面那满满的人群，就算待在屋内，也能感受到民众的喧闹声，她非常怀疑这么多人挤在一起，这个露天大会到底能不能开得成。

让菲莉吃惊的事发生了。民众好像得到什么命令似的突然安静下来，让开了一条宽敞的通道，一个个身穿笔挺的蓝色军服、手持镭射步枪的士兵，踏着整齐的脚步，从通道口走进广场。

菲莉惊讶地暗自叹道：单看他们的军容，就可以看出比冥海联邦的军人厉害多了！中州星，到底这是一个什么样的星球？家族制度能拥有这么厉害的士兵吗？

军队在广场四周竖起人墙，民众们再次喧闹起来。看到这些，菲莉不再注意，开始察看起这个房间来，可她还没有看清楚房间的布置，窗外的喧闹声又突然静了下来。

菲莉回头看去，发现从刚才那个通道中，走出一大批或中年或青年的人来。这些人有个特色，就是下巴微微往上扬，也就是抬头挺胸地走着路。在这批人经过人群时，人们都低头行礼。

这时房门被人敲了敲，一个声音说道："菲莉小姐，该我们入坐了。"

菲莉立刻听出这是尤娜的声音，她忙一边开门，一边说道："好的，尤娜小姐。"

尤娜笑道："干脆我们不要小姐小姐的叫，很难听的。"

"那姐姐叫我名字吧，这样显得亲热呢。"

菲莉不管怎么说都是个律师，很会察颜观色，她立刻借尤娜的话，拉近两人的关系。

她知道尤娜一人之下，万人之上的地位后，就开始琢磨怎么巴结她了。现在自己是唐龙阵营的一员，得罪这个二号人物，对自己根本没有好处。

"走，我们去外面，负责各部门的姐妹都到了，我替你介绍。"尤娜以大姐的身份说道，一边拉着菲莉往外走。

"谢谢姐姐。"

菲莉暗自思考"负责各部门的姐妹"这句话，心中暗自猜测，难道唐龙手下部门负责人都是女的？

出来一看，果然全都是女的。

前面的一排无脚椅子上坐着五个女子，而且是五个非常漂亮的美女。

一看到这些美女，菲莉的心就开始翻腾起来：这五个美女加上尤娜，她们和唐龙是什么关系？

她在尤娜替自己介绍的时候，只会带着呆滞的笑容点头："您好，很高兴认识您。"

凌丽等人对这个很有礼貌的律师很感兴趣，同时也知道唐龙带她回来是想干什么，她们都热情地招呼她。

被尤娜拉着坐下后，菲莉才清醒过来，四处看了看，发现唐丽纹不在，便悄声问道："尤娜姐姐，怎么不见丽纹妹妹呢？"

"哦，她还没有资格参加会议，这会儿可能不知跑哪儿玩去了。"尤娜随口应道。

菲莉心中一惊,唐丽纹身为唐龙的妹妹,都没有资格参加会议,那个也才十几岁的凌丽居然能够参加会议?看来唐龙这个家族制度,只要有才能就可以登上高位,不然唐龙的至亲为何不能参加会议呢。

这么说来,这六个美女并不是单单只有美貌的人,而是才色兼备的人才。自己要想在这站住脚,得好好表现才行。

"参见主公!"

唐龙让大家免礼,在那张面向所有人的无脚椅子上坐下。

他说道:"我先介绍一下我的私人律师,同时也是我们中州星上的第一名律师。"

说着,他向菲莉摆了下手,示意她起身做自我介绍。

菲莉当然不怕这些大场面,起身向众人点点头笑道:"我是菲莉·艾塔。"

家臣们立刻含笑点头回礼,主公身边的私人律师,得罪不起啊。

菲莉坐下后,身旁的尤娜立刻靠上来说道:"我们中州星现在除了你,没有其他律师,也没有一名法官,希望你以后能够培养一些合格的律师和法官,同时我们中州星的宪法也需要你帮助修改成型。"

听到以后中州星的律师、法官和宪法都由自己来培养和修改,菲莉立刻兴奋地点头:"我会努力的。"

唐龙不知道她们的悄悄话,他继续说道:"相信大家都知道,我们现在的商品卖不出去,因为没有商队肯来我们这里交易。

"但是大家不用担心,我们根本不用在乎那些商队来不来我们这里交易,因为我们产品的质量和价格比是最好的!"

唐龙说到这儿，发现民众和家臣都露出了自豪的神态，点点头继续说道："几天前，我运了一百艘商船的货物去到无乱星系中央地带的冥海联邦，那里的肉价被人为拉高了，你们知道那里牛肉的价格高到什么程度吗？"

唐龙故意等众人摇头表示不知道后，才继续说道："冥海联邦是无乱星系最富有的国家，在这个富有国家的市场价中，一百克我们市场上一斤卖一元的那种牛肉，需要十六元武莱币！"

所有的人，不论是民众还是家臣，或者是那些面无表情地、谨守岗位的士兵，全都两眼放光地看着唐龙，他们不敢相信这是真的。但是自己的主公又不可能说假话，那么说这件事是真的了？

唐龙看到大家气息有点重了，忙加以安抚："当然，这是市场价，而且是被人为提高的市场价，像那种卖一百克十六元的牛肉，他们政府的收购价是四元一百克。"

大家的气息又急促起来。

他们都学过数学，清楚地知道自己这边一斤一元的牛肉，在冥海联邦可以卖到二十元！足足二十倍的利润啊！

"我运去的一百艘，足足卖了五十万亿武莱币！"唐龙说出这话，那些憋了好久的人群，立刻高声欢呼起来。

唐龙等自己的子民欢呼好一阵后，举手让他们安静下来。不愧是家族制度教育下的民众，看到唐龙把手举起，民众立刻闭上嘴巴，静静地聆听唐龙接下来的话："我已经和冥海联邦政府签下了贸易合约，保证每星期有一百艘商船，把他们所需的蔬菜和肉类运往冥海联邦。"

听到这话，民众又是一阵激动，这岂不是表示，每个星期都有几十万亿的收入！

看到民众这么激动，菲莉觉得非常奇怪。她想不通，这些民众为何如此兴奋？那些钱都是唐龙的啊，和他们有什么关系？

看到菲莉的神色，已经猜到原因的尤娜低声笑道："他们之所以会这么高兴，是因为他们把自己和主公当成一体。而且这个星球是主公的，这些民众也是主公的，主公有钱，一定会让他的星球和子民变得更好。"

菲莉听到这话，看看那些民众真诚的笑容，若有所思地点点头。

"不过为了让我们大家都富裕起来，我将从那一百艘商船中，拨出五十艘用来运载民众的私人货物，统一销售，然后按照比例分配资金。当然，也不是什么人都有资格让商队帮他销售货物，只有那些产品质量最好的人，才有资格让商队帮他销售！"

唐龙很聪明地做了这个决定。这样既可以让民众努力生产，又不会让民众为了扩大产量而降低质量。只要你的质量差，就没有让货物上船的资格，也没有机会得到翻倍又翻倍的利润。

唐龙突然站起来喊道："为了扩展我们的商业行动，我准备把那五百多艘客船改装成商船，然后免费租借给所有有能力的商人，出去进行贸易，可以去贸易管理署申请，当然，这是需要抵押品的。

"对于这些出去做贸易的商人，我只有三个要求：

"第一个是希望你们扩展我们的贸易，把我们的产品带出去，同时为我们的民众带回更多更好的产品。

"我这里有份记录了无乱星系五分之一星球空间方位和商业资料的星系图，可以让大家共用，希望你们能完善它，这就是我的第二个要求。

"对于能够为这份星系图增加星球资料的人，我将按照宇宙惯例，给予发现星球的人为发现星球撰写介绍的荣誉，同时只要发现一颗新的星球，并收集一定的商业和军事资料，那么就可获得一百万武莱币的奖金。

"当然，各位出去做贸易的商人，回来后别忘了，要在星系管理署交换星系图，以及去贸易管理署汇报自己开展贸易的状况，发展得好的，可以享受降税的奖励。

"至于第三条嘛，呵呵，那就是别忘了缴税哦，从现在起税收降为百分之十。这么低的税收，可不能逃税了，我还要靠税收吃饭呢。"

听到唐龙幽默的语气，所有的人都笑了，民众更是一边笑，一边打着主意，等散会后，就去贸易管理署申请商船。

尤娜猛地一拍自己额头，低声呻吟道："天哪，一下子就多出两个新部门来，看来我没得闲了。"

菲莉好奇地看着尤娜，问道："那贸易管理署和星系管理署，以前不存在吗？"

"以前根本不存在，也就是在主公说出的这一刻才算存在！"尤娜恶狠狠地说。

菲莉乖巧地闭上嘴不问了。

唐龙看到家臣们听到这话后开始蠢蠢欲动，忙说道："为了不让官员为了财富而忘了自己的职责，从现在开始将推行爵位制度。

"爵位共分为一至三等的勋爵、子爵、男爵、伯爵、侯爵、公爵、王爵共二十等。最低的三等勋爵，月俸为一千武莱币，二等勋爵月俸为一千五百武莱币，一等勋爵月俸为两千武莱币，依此类推，每高一级爵位，就增加五百武莱币。

"爵位不能世袭，拥有爵位者必须六十岁退休，拥有三等公爵以上爵位者，退休后不取消爵位。拥有爵位者退休后，不论爵位还在不在，都将永世享用在职月俸。还有，拥有爵位者，只要退休前没有被剥夺爵位，将永世享受免费医疗，永世免费使用各种公共设施。

"不过请记住，拥有爵位者在职期间，不得经商、滥用职权、以权谋私，违者一律枪决！不愿拥有爵位者，可以向直辖上司请辞，但如果发现曾在辞职前私下经商、滥用职权、以权谋私，则立刻枪决！"

唐龙可不想自己下面的官员捞了一笔后说辞职，就可以光明正大去经商了。

一开始听到那些爵位制度，家臣和民众都在怀疑，自己主公是不是准备要称帝了，可听到后面感觉又不像帝制。不过到了这个时候，家臣也不管主公是不是要称帝，全都兴奋地交头接耳起来。

以前那个唐家的什么家老、家将的级称，根本无法和这爵位相比啊，像以前人家叫什么家丁大人好、家部大人好，能够有现在叫什么爵爷好这样动听吗？

还有啊，不但月俸比以前高了好几倍，而且那些永世免费医疗、永世免费使用公用设施，退休了还可以领工资领到死的待遇，真是让人觉得可爱啊。

哪像以前唐家，退休后就只能吃自己以前存下来的老本了。对于在职期间不得经商的事，这些官员们都不在意，当着官的时候，哪里还有时间去做生意啊，要挣钱的话，退了休再去挣，反正六十岁还年轻。

不过那个"滥用职权"和"以权谋私"这两条，就让家臣们有点胆寒了，都在心中提醒自己不要犯事。

"还有重新更换军队军衔，按照宇宙惯例的列兵、一等兵、

前进地球

上等兵、下士、中士、上士、准尉、少尉、中尉、上尉、大尉、少校、中校、上校、准将、少将、中将、上将、大将、元帅共二十级来划分。

"没有立功的一年兵为列兵、没有立功的二年兵为一等兵、没有立功的三年兵为上等兵，士兵没有立下功勋，不得担任下士以上职务。列兵每月月薪为五百武莱币，一等兵每月为一千武莱币，上等兵每月为一千五百武莱币，以此类推，每升一级加五百武莱币。

"所有现役军人将享受和拥有爵位者同样的福利待遇，军龄四十年以上或者少将军衔以上退役的军人，将享受和拥有爵位退休者的同等待遇。战死者的抚恤金，将是在职月薪的一百倍，这一条将随着经济的发展而调整，绝对保证所有烈士亲属，都将受到政府的照顾！"

唐龙说完这些，士兵们也开始兴奋起来。这样一来，自己就有奋斗目标了。既可以提升级别，又可以增加收入。哪像以前，拼死拼活也得不到提升，因为唐家的军衔级别就那么五六级。

原本还有些想退役专心务农挣钱的士兵，现在也安心待在部队不愿意走了，按照自己这些年立下的功劳，足以当个中士什么的。

至于那条需要四十年军龄，或者少将以上退役，才可享受跟那些有爵位者一样的待遇，士兵们没有什么意见。很多人都不认为自己能够做到少将，但当兵四十年才退役，不是也可以享受退休金吗？

最让士兵们感动的是"战死者抚恤金将是在职月薪的一百倍"，这样就算是个最底层的列兵，战死了也有五万武莱币，就算通货膨胀，这抚恤金也会跟着增加，即使战死也不用担心自己的身后事。

坐在尤娜身边的菲莉，听到尤娜嘀嘀咕咕不知道说些什么，忍不住再次好奇地问道："尤娜姐姐怎么了？"

"唉，我们这个主公随便说几个决定，就让我们这些人忙死啊！看看，现在又多了两个任务。真是的，也不提前告诉我们!"

"咦？难道老板说的这些决定，都没有和你们商量吗？"菲莉吃惊地说。

"商量什么啊，他习惯想到哪儿说到哪儿，也不知道是什么刺激了他，居然在新增了两个部门后，又一下子来了两条大的政策措施。"尤娜撇撇嘴。

"啊！我看老板说得有条有理，还以为是你们商量过了呢。"菲莉非常惊讶。

"这只是他的临场发挥，事后你让他再说一次，肯定和现在不同，所以我们都要做记录。"

尤娜说着，晃晃手中的记录器。菲莉好奇地四处张望一下，发现所有坐着的人手中都拿着这个东西。

"嗯，我还不算忙，只是拨出资金就行了。不过莎丽、洁丝和丽舞就要为主公的这两个政策忙昏头了。"

尤娜看看不远处额头已经冒汗、正和几个手下商量着什么的丽舞笑道。

不过当她看到自己身旁另一边坐的莎丽和洁丝，神态平和地聆听着唐龙的话，不由得问道："怎么你们两个不心急？丽舞已经冒汗了。"

莎丽和洁丝闻听此言笑道："大姐，我们哪里需要心急啊，直接把万罗联邦的军制拿过来用就行了。至于那些军队官兵的月薪嘛，可就是大姐您的事啰。"

"呵呵，还真有你们的。不过我也没什么事啊，只要你们把工资表格交上来，我拨款就行了。"尤娜笑道。

菲莉暗暗点了点头，看来她们分工很明确呢。

第六章　前进地球

　　唐龙也不管下面的部下和民众议论纷纷，径自挥手说道："各部门按照刚才我说的行事，军部人员进首府继续开会，其他人散会。"说完，起身走进身后的首府楼内。

　　民众和文官知道主公要进行军议了，都很好奇主公这次的目标是什么。而武官则急切地跟在唐龙身后，他们非常渴望发动战争。

　　菲莉看到尤娜并没有跟着唐龙离开，问道："尤娜姐，您不用去里面开会吗？"

　　尤娜摇摇头："我是负责财政的，军政不属于我管。你跟我来吧，我们的法律系统还要你来组建呢。"

　　首府会议室内，唐龙扫视了一下众人，发现多出了好几个新面孔，疑惑地望着莎丽。

　　那些新人看到唐龙的样子，满脸渴望看着莎丽，希望她尽快把自己介绍给唐龙。

　　他们这些人虽然被选入军部，但还没有资格参与讨论。因为他们的身份地位，都还没有获得唐龙的认同，他们都是莎丽、洁丝提拔起来充当副手的，如果没有得到唐龙的允许，他们只能坐

在边上点头或摇头。

莎丽了解唐龙眼神的含意，忙起身介绍道："这位是刘易辉，那五十艘高级战舰的临时指挥官。"

一个模样彪悍，身高两米的大汉起身向唐龙行礼："属下刘易辉参见主公！"

"嗯，听说你把那五十艘战舰指挥得不错，以后那五十艘高级战舰就交给你指挥了。请坐下参加军议。"唐龙含笑点头。

他不会怀疑在场这些人的忠诚。能够让莎丽等人带来参加军议，说明他们都过了凌丽这个监察者的关，不然他们不可能出现在这里。

"谢主公！"刘易辉满脸兴奋地坐下，他知道自己此刻才算真正加入了唐龙的核心组织。

莎丽继续介绍道："这位是李嘉民，那二十艘蜂巢战舰的临时指挥官。"

一个沉着冷静，脸上没有什么表情的中年汉子起身，不卑不亢地行礼："属下李嘉民参见主公。"

"好，请坐下参加军议，以后蜂巢战舰就交给你指挥，我们中州星就交给你护卫了。"唐龙听到过李嘉民的名字，据说是个非常稳重的人，现在给人感觉果然如此。

唐龙这话等于让李嘉民当守备司令，但李嘉民并不因升官而在脸上出现欢喜神色，依然是那副冷静沉着的表情应了声"是"，就坐回自己的位子。

唐龙看到这一幕，含笑点头。

"这位是张冠华，第五分队临时指挥官。"

一个身材高瘦，样子有点柔弱的年轻人起身行礼："属下张冠华参见主公。"

"噢，好，以后第五分队就交给你了，好好干，请坐下参加军议。"唐龙愣了一下后，含笑说道。

唐龙之所以会一愣，是因为自己让莎丽把 X 战舰分为五个分舰队，并且示意莎丽尽量从 SK 二三连队中挑选分舰队指挥官。这个张冠华能够被莎丽任命为临时指挥官，说明他的能力比 SK 二三连队的大多数人都强。

"是，谢谢主公错爱。"张冠华礼貌地道谢后坐下。

"这个是宇明，临时参谋。"莎丽向唐龙介绍新人中的最后一个。

那个曾替唐纳文调查唐龙的宇明，恭敬地向唐龙行礼："属下宇明参见主公。"

唐龙一边打量这个和自己差不多年龄的小伙子，一边说道："请坐下参加军议，以后还需要你多出主意。"

"是，属下誓死为主公效力。"宇明再次恭敬地行礼后，小心地坐回自己位子。

唐龙看莎丽已经介绍完毕，按动了会议桌的按钮，调出星系图后，指着那个标着"地球"两个字的星球说道："这是颗原始星球，根据资料显示，原居民还处于未进入宇宙航空的时代。而且这颗星球并不是统一的星球，有数百个政体存在。"

听到这话，周围的人都露出不可思议的表情。一个星球上居然有数百个政体？原始星球就是原始星球。

"主公，您是想把这颗星球纳入我们麾下？"担任参谋的宇明小心地看了一下众人，发现大家都不吭声，而且好多同僚都用若有若无的眼神瞥着自己，知道自己这个参谋要开始执行任务了，只好第一个开口问道。

"是的，我在知道这颗星球还没有加入任何势力后，就想占据它了。"唐龙点点头。

"可是主公，这颗星球除了五十多亿人口外，根本没有什么我们特别需要的物资啊，而且这颗星球离我们中州星太远了，中途又没有信号传送器，会不好控制的。"已经看完那颗星球资料的莎丽说道。

唐龙笑道："我就是需要他们的人口！相信大家都知道，我们整个中州星才三亿五千余万人，除去老幼，年轻力壮的只有几千万人。这么点人不但限制了经济发展，同样限制了军备发展，这对我们以后非常不利。"

莎丽恍然大悟："是的，我们的人口确实太少了，就算我们这片星域五个星球的人口加起来，也才十七亿人，这点人根本不可能支撑起以后的星际战争。"

那些新人大都感慨于小小一个地球，居然能挤下五十亿人口。要知道，连武莱的首都星也没有这样的人口密度，但没人意识到莎丽这句话里的意思。

唐龙说道："没错，虽然不久后会有上千万的猿人加入我们，但是，猿人怎么说都还比原始人差了一个等级，虽然猿人可以务农、战斗，但很多方面的工作却是他们做不来的，所以我们急需大量的人员加入我们的建设。我想五十亿人中，不会连一两万个人才都找不出来吧？"

莎丽想了一下后说道："主公，他们没有太空船，太空战的胜利绝对是属于我们的，可是不管怎么说，这个星球都拥有五十亿人口，最低也会有几千万的军队。相比起来，我们的格斗兵人数只有十万左右，而且还不大可能适应地面战。

"可单靠战舰轰炸的话，却又有可能使得这些人成为我们的死敌，这样就完全失去了让他们成为我们一员的初衷。再说如果不能很快获得胜利，占领这颗星球的话，那么附近的势力将很有可能会来干涉我们。"说到这儿，莎丽看着唐龙，希望他能够有办法解决这些问题。

唐龙思考了一下，点点头："看来这次不能单靠武力解决了，如果这些人把我们当成仇敌，就根本不可能为我们服务。莎丽，集结二十艘满员 X 战舰，十艘装满军备的运输舰，三十万格斗猿人兵以及运输他们的舰艇，需要多长时间？"

唐龙刚说了不能用武力解决，却又突然集结起武备来，众人都不由得一愣。

莎丽很快清醒过来，和身旁的洁丝商讨了一下，回答道："主公，如果只是集结 X 战舰和运输舰，不需要多少时间，随时可以出发。但准备三十万格斗猿人兵，需要至少十二个小时才行。"

"嗯，准备好了通知我。"唐龙点点头，"对了，现在我们的武备是什么状况？"

莎丽说道："我们现在有五十二艘 X 战舰，其中三十艘是俘虏原唐家的。五十艘高级战舰、二十艘蜂巢战舰，原来有四百四十艘高级运输舰，但因主公下令改造两百艘为商船，所以现在只有二百四十艘高级运输舰。

"整个中州星太空兵二百三十余万人，地面部队三百一十余万人，其中那一百万猿人全部算入太空兵员中。"说到这儿，莎丽示意洁丝说下去，她不愿什么都由自己一个人来表现。

洁丝接着介绍道："太空兵中，正规格斗兵有十万人，不过一百万猿人兵随时可以转换出五十万格斗兵，战斗机五百五十架，原唐家的 X 战舰的战斗机，大都在战斗中毁坏了。

"地面战车一千架，已经全部分配给地面部队，特种盔甲十万套，已装配给格斗兵。战略物资足以支撑一支标准舰队高强度

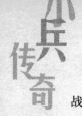

战斗一个月。"

其他人听到这话，都在担忧战略物资的问题，唐龙却满意地点点头。因为唐龙他们的计算，是参照万罗联邦原来的标准，也就是说，现在唐龙储备的物资，可以让一万艘高级战舰高强度作战一个月。

"很好。"唐龙点点头，向一直没有说话的凌丽问道："凌丽，我们这星域的几个星球最近有什么情况？"

因兼职军情职务而来参加军议的凌丽起身说道："主公，虽然没有确切的情报，但是根据从各方收集的消息来看，乌兰星、欧德星都有侵犯我们的可能。"

听到这话，那些军部成员都是一震，疑惑地看着凌丽，他们很想询问什么，但顾忌自己的身份而没有出声。

终于有人问道："不是说不能攻击不同制度的吗？为什么帝制势力和宗教势力会来攻打我们？"

凌丽摇摇头："这点我也不清楚，不过，可能和原唐家正副家主分别投靠他们有关。"

"可这也不能攻打不同的制度势力啊！"洁丝说道。她的话让军部人员点头不已。

唐龙看到自己部下的样子，不由得皱眉："谁规定不能攻打不同制度势力的？难道你们还不清楚胜者为王的规则吗？"

听到这话，所有的人都是一愣，对呀，谁规定不可以攻打其他不同制度的势力呢？为什么别人就不能图谋自己呢？胜者为王，只要是胜利者，说什么都可以啊，为什么自己到现在才明白呢？

"刘易辉，你率领舰队加强边境巡逻。李嘉民，中州星的防御就交给你了。"

唐龙话音才落，刘易辉和李嘉民就立刻站起来，敬礼说道："遵命！"

　　唐龙点点头："凌丽、莎丽、洁丝、宇明留下，其他人去加强军队训练。"

　　众人知道唐龙肯定有机密的要事商讨，向唐龙敬礼后退下了。

　　宇明整个人呆在那里，他没想到自己刚被提拔为参谋，就有资格参加机密会议，要知道凌丽这几个人才是唐龙的真正亲信，自己只是一个非常普通的参谋啊。

　　"莎丽，刚才集合军舰的任务取消。"唐龙等人走光才开口说道。

　　闻听此言，莎丽等人都是一愣。

　　宇明问道："主公不打算用武力？"

　　"不，武力还是需要的。"唐龙摇摇头，继续说道，"除了张冠华的第五分队，其他X战舰和运输舰全部给我调集起来，同时集合十万格斗兵及所有能格斗的猿人兵。"

　　"主公不可！这样一来，中州星的防御力量将大减，要知道乌兰教和欧德帝国随时会来入侵的！"凌丽站起来反对。

　　唐龙没有在意，反而笑着问道："五十艘高级战舰、二十艘蜂巢战舰、十艘X战舰能抵挡多少敌人？"

　　凌丽愣了一下，但很快意识到什么似的坐下，心平气和地回答："这要看敌方用什么战舰和双方的指挥官能力，才能分析出来。"

　　"嗯，留守的是你们，敌方是乌兰教和欧德帝国，这样你估计能抵挡多少天呢？"唐龙再次问道。

　　凌丽思考了一下，说道："这些势力大概都有二百五十艘左右的兵力，扣除留守部队，大概只能调动一百五十艘的兵力来攻击

79

前进地球

我们。如果是单个势力攻打我们，我们大概可以抵挡一天，或者可以惨胜。但如果是两个势力同时攻打我们，我们只能抵挡两个小时。"

莎丽等人静静地听着凌丽和唐龙的对话，都在心中揣测唐龙的意图。

唐龙深思起来，好一会儿才说道："好了，这次会议就开到这儿，散会。"大家都起身敬礼，准备离去，唐龙突然对宇明说道："宇明，你留下来。"

走出会议室后，洁丝忍不住问道："主公怎么在知道乌兰教和欧德帝国都有意图入侵的时候，反而把大部分的战斗力调走，去攻打那个人口众多的地球星呢？难道主公认为他们短期内不会入侵我们？"

莎丽笑了笑，没有说话。

凌丽回答道："洁丝姐，你认为主公是这样自大的人吗？而且我相信只要主公把部队调走，乌兰教和欧德帝国肯定会得到这个消息，目标兵力突然大减，如果是你，你会怎么样？"

"我会先调查清楚是不是陷阱，然后才决定出不出兵。"洁丝想也不想就说道。

"那如果你知道对方这些调走的兵力，是去遥远的星域攻打一颗星球的话，你会怎么做？"凌丽再次问道。

"当然是点齐兵马趁此良机消灭对方了。"洁丝刚说完，心头一震，说道："呃……如此一来，我们不是危险了？"

"危险是有，但不会特别危险。主公询问我们能抵挡多少时间，不是由于好奇才询问的。好了，我们还要让六十万猿人兵登舰呢，快走吧。"莎丽插嘴说道。

因为唐龙的命令，中州星热闹了起来。

新成立的贸易管理署，排了数条等待申请成为商人和获得商船的长龙，不过星系管理署却一个人影都没有，因为大家都还没成为商人，还不那么急切需要星系图。

而那些刚从红狮星转移过来的工厂，也在加班加点进行商船改造，希望尽快把原来那些客船改造完毕。

首府的议政厅更是热闹非凡，官员们都在为军政级区分的事忙得不可开交，不过他们大部分时间都浪费在什么人应当获得什么爵位的争吵中。

至于平时没什么事干，在唐龙示意下跑去帮民众干活，以期搞好关系的猿人兵，在接到军部通知后，立刻跑向最近的军营，换上蓝底白边的唐家军服，按照分配登上依然漆着蓝龙图案的运输船。

唐龙为什么没有更换唐家旗帜？一是唐龙不想让其他势力以为自己是外来人，二是他喜欢蓝色巨龙图案，三是尤娜认为不必把钱浪费到这上面。这三个原因使唐龙还使用着原唐家的旗帜和军服。

几天后，唐龙带着自己的私人律师——菲莉、随军参谋——宇明，以及四十二艘X战舰、两百四十艘运输舰，瞒着大众偷偷地离开了中州星。

唐龙这支舰队上有三百五十架战斗机、一千架地面战车、三台大功率食物制造机。总兵员八十万，其中后勤战舰战机人员十万、格斗兵十万、猿人兵六十万。

虽然X战舰不可能容纳这么多人，但是那些高级运输舰很容易改成每艘可容纳五千人的运兵舰。为了装下这些兵员，唐龙这两百多艘运输舰内，只有四十艘运输舰装载了战备物资。

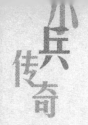

唐龙这支舰队离开中州星的时候，密切关注着中州星动静的乌兰教和欧德帝国，都在第一时间得到了消息。

"唐龙把四十二艘 X 战舰带走了？嗯，命令我军戒备！"乌兰教少宗主——兰珑说道。

"少宗主，为什么戒备？这是一个好机会啊！"兰珑的一个侍女不解地问道。

"哼，你想唐龙会没有注意到我们最近的举动吗？知道我们有图谋他的意图，他还这么做，你想这是怎么回事？"兰珑冷笑道。

侍女恍然大悟："少宗主是说，这很有可能是个陷阱？"

"嗯，唐家不就是因为中了唐龙的计，才连家都丢了的吗？"兰珑点头。

"可是，如果唐龙真的因某些事离开了，那我们……"侍女有些迟疑。

兰珑听到这话，不由得沉思起来，好一会儿后她才说道："加强情报收集，搞清楚唐龙到底干什么去了！"

兰珑下达这个命令的时候，欧德帝国的皇帝也下达了相同的命令。他们虽然怀疑这是个陷阱，但又怕唐龙真的有事带兵走了，白白浪费一个机会，所以都全力探听情报。

而与此同时，中州星情报部门长官——凌丽，正在向部下下达命令："把消息传出去！"

没多久，乌兰教和欧德帝国都得到了唐龙是去攻打地球星的消息，但是他们都不清楚这个地球星在哪里，而且这个消息还是从中州星情报部官员口中传出来的，更让他们相信这是个陷阱，于是更是小心翼翼地戒备起来。

名为地球的星球上，某个国家的天文台内，一个黑头发的年轻人正用巨大的天文望远镜观看着星空。

一个声音在年轻人的身后响起："怎么？又在找外星人啊？都说那传说是骗人的，你又不信。"一个端着两杯咖啡的黑发年轻人走了过来。

观看星空的年轻人转身接过咖啡，笑道："传说？世界各地都流传了几十年的事，会是传说吗？而且现在各国这几十年来，居然连一场局部冲突的战争都没爆发，全都在大力兴建天文台，大力发展外太空技术，如果那个传说是假的，为什么会这样呢？"

端咖啡的年轻人撇撇嘴："如果真的有外星人，为什么连外星人的影像都没有留下来啊？"

"可能外星人不想让我们留下影像，或者各国的政府高层把这个当成绝对机密吧。"观看星空的年轻人喝了口咖啡。

另一个年轻人刚想说什么的时候，连接天文望远镜的电脑屏幕上，突然出现了几百个光点，观看星空的年轻人随手把咖啡杯一放，紧张万分地按动电脑按钮，让电脑屏幕上的光点渐渐变大。

两个年轻人在看到逐渐变大的光点后，整个人都呆住了，好一会儿，他们才惊喜交加地喊道："外星人！"

在这两个年轻人大叫的时候，地球上几乎所有的天文台都发现了太空中朝地球驶来的外星飞船。而接到报告的各国政府立刻下令封锁消息，并在第一时间召开地球联合大会。

"我认为应该全球总动员，抵御外星人入侵！"A国的元首挥舞着手臂高喊道。

B国元首冷笑道："总动员？不怕引起外星人的误会吗？"

A国元首恶狠狠地喊道："误会？难道你没有看出这些都是战

舰吗？还是说你准备投靠外星人，当我们人类的叛徒?!"

B国元首不甘示弱："谁说要投靠外星人？我是说，我们应该弄清楚外星人的来意再做出判断，这难道有错吗？"

两个大国的元首为是战是和而吵起来，依附他们的其他小国纷纷替自己的老大说话，联合会议的会场立刻变得像菜市场一样喧闹。

这时，坐在主席位的一个黑头发的中年人，拿根小木槌敲敲桌子说道："请各位安静!"

听到透过喇叭传来的巨响，国家元首们才想起现在不是吵闹的时候，都坐回原位。

而A国元首立刻醒悟这个中年人还没发表自己的立场，立刻问道："C国元首，你准备怎么办？"

B国元首听到这话也立刻喊道："对，快说出你的办法!"

C国元首很平静地说道："我们应该一边备战，一边向外星人做出友好的姿态。"

一听这话，A国和B国元首都嘀咕道："老奸巨猾!"

正当会议要讨论怎么备战、怎么向外星人示好的时候，元首们接到报告，外星人已经在地球附近的太空停下来了，而外星人的影像，也通过同步卫星播放出来了。

屏幕上那四十多艘巨大的飞船，让元首们都吸了口气。看到那些狰狞的炮管，谁都不会认为这些是普通飞船。

不过更让大家吃惊的是，这些飞船上都漆有一条蓝色的巨龙图案，这龙的图案元首们都很熟悉，因为这是C国的民间图腾。而一艘被护卫的战舰身上漆着的文字，更让大家发愣，因为那是C国古代的文字啊！

唐龙的旗舰陨石号上，唐龙向宇明问道："接通他们的通讯系统没有？"

宇明这个参谋，一上战舰就兼任了唐龙的副官。

"主公，已经接通。"宇明恭敬地回答。

"噢，我应该用哪种语言和他们谈话呢？"唐龙一边问，一边调弄自己耳边的同步翻译器。

宇明立刻说道："主公，根据分析那些轨道飞行器的信号显示，他们虽然使用很多种难以理解的语言，但却有五分之一的人会使用万罗语。"

"万罗语？呵呵，那我不用戴这个东西了。"唐龙说着摘下耳边的同步翻译器，示意可以接通通讯。

在这一时刻，地球上的人们突然发现电视信号出现跳频，在跳频结束后，居然出现一个身穿奇怪制服、一脸帅气的东方年轻人。这个年轻人开口说的话，让五分之一的人误以为今天是愚人节，其余五分之四的人则满头雾水。

而地球元首联合会议室内，元首们呆呆地听着这个年轻人说话：

"地球的居民们，你们好，我是中州星的最高统帅——唐龙，此次前来，希望能够和你们结成盟约。三分钟后，我的舰队将降落于XX海面，请放心，我没有敌意。"

随着唐龙这简短的话语，屏幕上出现了地球的地图，在某个海域出现了一个亮点。

通讯消失后，元首们一片寂静。他们都发现，这个所谓中州星的最高统帅说的是C国话，而且这个年轻人的模样，跟C国人一模一样，所有元首都盯着C国元首不吭声。

"C国元首，你说这是怎么回事？为什么那个外星人会说C

国话？"A国元首盯着C国元首问道。

B国元首也说："对呀，模样长得像C国人还说得过去，但他为什么会说C国话呢？要知道，以前的外星人根本不会我们地球上任何一种语言啊！"

"我也不清楚。"C国元首无奈地摇摇头，他真的不清楚为什么这个外星人会说C国话。

A国元首还想继续追问的时候，各国的警戒部队发来通讯："报告！外星人所有舰队进入了大气层，已经抵达目标海域！"

"现在不是讨论他为什么会说C国话的时候，我们还是去和这个外星人见见面吧。"C国元首提议道。

这个提议并没有获得所有人认同，一大半的元首都找借口回国去了，他们怕外星人把自己给扣押了。最后，只剩几个大国的元首才表示愿意同C国元首一起去见外星人。

一架直升机，在数百艘海面战船、数十架战斗机的护卫下，朝唐龙规定的地点驶去。消息灵通的电视台记者，早就开着游艇跑到飞船附近拍摄起来，而各地的电视台也都转播着外星人降临的消息。

终于意识到这些消息不是骗人的民众们，又喜又忧地看着新闻，他们既期盼外星人的友好，又担忧外星人的入侵。

途中，元首们通过屏幕，再次认识了外星人和本星球的科技区别有多大，那些无比庞大的太空战舰，居然悬浮在海面上。而且一大队好像工程兵的人员，从一艘比战舰还大的飞船上弄下许多设备，飞快地在海面上建了一个巨大的、可以容纳几万人的金属平台。

平台上，除了一张宽大的金属桌子外，连一张椅子都没有。元首们反而松了口气，他们怕外星人只搞一张椅子，让自己这些人互相争抢。

　　元首们抵达这个平台的时候，平台上已经站着近万名全副武装的人员。而让元首们吃惊的，不是这些武装人员手中那科幻片中才有的武器，而是这一万名武装人员中，居然有一半是脸上长毛的猿人！

　　另外一半的人员，模样和本星球的人一样，要是他们没有穿着那蓝色的军服，没有拿着那彪悍的武器，往人堆里一站，谁也分辨不出哪个才是外星人。

　　当然，除了这些人外，还有几个被唐龙从海上那些电视台快艇中随便挑出来的记者正在做着现场转播。这些记者很明白这个时候的状况，没有像以往那样对着镜头说三道四，只是专心将地球人和外星人相见的一刻，传给全世界的人观看。

第七章　联合会议

当元首们从直升机上下来的时候，唐龙也刚好带着宇明和菲莉两人从陨石号下来，双方站在那张大桌子对面，互相打量。

元首们暗自嘀咕着：这些人怎么看都像地球人，难道宇宙的外星人都长得差不多？

C国元首为了避嫌，第一个开口说道："您好，我是地球C国的元首，请问您为何懂得我国的语言？"

"你国的语言？哦，你是指万罗语吧？"唐龙很快醒悟过来。

"万罗语？这万罗语是……"C国元首小心地问道。

"万罗联邦的语言，也是这一片星域的通用语。你说的C国话，可能是许久以前从万罗联邦传过来的。"唐龙说道。

"万罗联邦？这是一个什么样的国家？"C国元首听到联邦这个词非常感兴趣，这起码说明这个国家是民主制度的。

"万罗联邦拥有十一个星系，行政星六千七百多个，在宇宙中属于中下的国家，不过现在万罗联邦已经不存在了，被军阀分裂成数十个势力。"唐龙话题一转，"我这次来找你们建立盟约，主要也是因为第二次宇宙大战即将来临。"

A国元首熟悉C国语，他听到唐龙这话，立刻说道："那么，

不知道您准备与我们签署什么样的盟约呢？"

A 国元首的举动，让 C 国元首很不高兴，他还准备询问宇宙大战的情况呢。

"我想和地球签署攻守同盟，经济、军事、科技、资源等一切资料双方共享，同时希望地球居民可以移居到我的领地——中州星。"唐龙说完，示意菲莉把中州星的资料拿出来，给那些元首们观看。

看到科幻片里面才有的立体虚拟图像，元首们呆了一下，接着他们就开始仔细查看中州星的资料了。

看完资料，元首们互相望了望，如果这资料属实的话，中州星起码比地球先进了上千年。

前进地球

A 国元首首先表态："没问题，我国非常乐意和阁下组成攻守同盟。阁下所掌握的先进科技技术，不知道何时能够给予我国呢？"

B 国元首也不甘落后："我国衷心希望能和阁下签订攻守同盟，请到我国首都签约，顺便休息休息，如何？"

C 国元首听到这些话，暗自骂道："一群白痴！人家明确表示是和地球签署盟约，不是和你们这些国家签署盟约！"他看到唐龙皱眉头，更是确定自己的想法，说道："虽然我非常希望和阁下签下盟约，但请阁下稍等几天时间，我们需要经过联合会议商讨后才能决定。"

AB 两国首脑听到这话都是一愣。直到此刻，他们才想起外星人是要和整个地球签约啊。虽然他们暗自嘀咕道：开什么联合会议，浪费时间，只要我们几个强国同意不就行了。但也没有吭声。

"好的，我可以等两天时间，不过我希望地球能够出现一个统一的政府机构，在宇宙各国中，根本没有一个星球上会有数百个国家政体存在的。"唐龙说到这儿，指着宇明和菲莉说道，"这是我的副官和私人律师，希望能让他们参与贵方的联合会议。"

宇明和菲莉都很有礼貌地向元首们点头，介绍自己。

元首们暗想这个外星人怎么这么不识趣？这可是决定我们地球是否和你结盟的会议啊，你怎么能够派人来参加呢？难道他们那边都习惯这样？

想到有可能是对方的习惯，元首们不吭声了，虽然没有和外星人接触过，但相信和其他民族交往一样，要尊重他们的习惯。在这个想法下，元首们都点头同意了。

唐龙谢绝元首们让自己去他们国内休息的提议，让宇明、菲莉带了四个盔甲战士，开着登陆艇跟着元首们的直升机去开会。

至于宇明在会议上会怎么做，相信自己不用教他，他也会的。而菲莉这个律师，相信会替自己争取到最大的利益。

回到飞船上的唐龙不知道自己和元首们的对话，被电视台播出去后引起了多大的轰动。街上瞬时就出现了大游行，绝大部分民众要求政府和外星人结盟，只有极少部分的民众大喊外星人滚出地球的口号。

各国政府在知道外星人降临后，第一时间下令国内不准出现对外星人不友好的情况。当知道外星人来找盟友，更是不允许出现这种状况，如果因为这些民众示威而使外星人恼羞成怒，那就是好事变坏事了！

"停下！你们想干什么？"唐龙舰队外围海面的一艘A国巡逻艇，拦住一艘载满人的商船，用广播喊道。

"我们没有恶意，我们是想向外星人表示我们的友好。"商船上的一个人说出这话后，示意大家拉出标语，什么欢迎光临、我要跟你走、我爱你等等奇形怪状的标语都冒了出来。

巡逻艇上的军官摇摇头说道："不用去了，刚才外星人传过话来，没有允许，任何人不得靠近飞船一公里范围，你们没看到我们这些军舰都在外面警戒吗？"

商船上的人闻听此言，向四周看了看，果然发现地球的军舰都在附近巡游，没有靠近那巨大的外星飞船，只好无奈地开船往回走了。

军官身旁的士兵看着远处的飞船，满脸羡慕地说道："真是够大的，长度起码有两三千米，看那密密麻麻的炮口，攻击力肯定非比寻常，要是能驾驶这样一艘战舰，可真是爽到极点。对了，长官，你说我们政府会不会答应和外星人签署攻守同盟啊？"

军官点点头："一定会。"

士兵好奇地问道："为什么这么肯定？"

"很简单，单单这些外星战舰，就可以摧毁我们地球的所有军事力量。只要一开战自己就注定会失败，那么你会选择结仇还是结盟？"

士兵撇撇嘴："当然是选择结盟了，我可不想打注定失败的战争。我们的军舰和他们一比，简直就像条毛毛虫，那么大的炮口，随便一发就可以把航母轰个稀巴烂。

"而且他们还可以随时离开地球，从外太空来攻击我们，我们根本没有还手之力，只能任人宰割。"说到这儿，士兵露出渴望的神态，"如果结了盟，我们这些人不是可以去外星球看看？啊，不知道外星球是什么样的风景呢？"

"好了，别幻想了，工作吧。"军官打断士兵的遐想，专心致志地执行着自己的任务。

其他没有去见唐龙的元首们，早早就等在联合会议的会场了，他们可是一直关注着新闻，听到要和外星人结盟，还不马上赶来？

当然，会场外面也布置了超规格的警卫部队，警卫力量比以前强了数十倍，会场附近的几个国家，都把手中的秘密精锐部队调来当警卫了。毕竟这次有两个外星人来参加会议，要是他们出了什么事，鬼知道那个叫唐龙的外星人会不会用武力报复地球，小心点没错的。

除了警卫力量的增加，记者的人数也比以往多了数百倍，除了会场附近的记者近水楼台先得月来齐了以外，其他各国的记者也搭着专机陆续涌来。

当那艘外形漂亮、悄然无声悬浮在半空的登陆艇缓缓驶进挤满记者的停车位时，无数的闪光灯亮起，所有的镜头都对准了这比地球科幻片里还漂亮的小型飞船。

从电视上看到这一幕，老百姓在想着，和外星人结盟后，就可以享受外星科技了。商人想着，怎么利用外星科技大赚一笔，而军人则想着，如何大幅度提升军事力量。

负责警戒的特种部队在登陆艇出现的时候，就分布在登陆艇四周护卫起来。登陆艇降落后，警卫背对着登陆艇围成了一个圈，阻拦那些不要命冲过来的记者。

宇明和菲莉出来时，记者们的闪光灯再次亮起，并且大多数镜头都对准了菲莉这个外星美女，虽然这个美女的模样和地球人没有什么区别。

在宇明、菲莉两人被元首们和警卫们簇拥着进入会场后，会场内早就等待多时、被特别挑选出来的世界最有名的电视台，立刻开始现场转播。电视前的观众也屏住了呼吸，静静等待着这个关乎地球命运的会议开始。

会议开始后，C国元首在和其他元首商量后，示意宇明先说几句话。

宇明也不客气，起身对着上百架摄像机说道："各位好，我代表我家主公来参加这次会议，我觉得很荣幸。我家主公希望和地球签订攻守同盟，希望这次会议能够达成让双方都满意的结果。"

C国元首好奇地问道："你们中州星称最高统帅为主公吗？"

宇明笑道："在回答这个问题之前，我先说说这个宇宙的情况如何？"

元首们都点头，他们对宇宙的了解太少了。

宇明想了一下，说道："这个宇宙原来有数百个国家，不过现在已经被互相吞并成只有一两百个国家了，这些国家中最强大的是武莱合众国，也就是宇宙第一大国。"

A国元首立刻兴奋地问道："这个宇宙第一大国和阁下是什么关系？"

宇明摇摇头说道："没有关系，因为实在是太远了。不过也不能说没有一点关系，我们使用的货币就是武莱币。"

A国元首不死心，再次问道："那么，万罗联邦和武莱国之间的实力对比，是怎么样的？"

宇明说道："如果没有解体前的万罗联邦是一，那么武莱国就是五十。"

元首们听到这话，都露出若有所思的表情。

宇明看到元首们的表情，知道他们在想些什么，说道："我们中州星是一的话，那么现在分裂的万罗联邦就是一百。"

元首们一听这话，脸色立刻变得一片沉重，许多元首的眼睛都滴溜溜转动着，其中以A国元首最甚。

宇明知道，这帮元首开始考虑要不要和这个弱小的星球结盟了。他嘴角露出一丝笑容，说道："我们中州星和你们地球，都处于一个叫做无乱星系的星系中，这个星系有行政星三万多颗，独立势力有两万多个。

"万罗联邦称我们无乱星系为蛮荒之地，而万罗联邦又被武莱合众国称为蛮荒之地。我们这些偏远地区，在中心地区的人眼中，全都是蛮子。"

听到这话，元首们不禁惊讶于自己所处的星系居然有这么多势力存在，又了解到自己与武莱合众国的差距之后，大部分原本准备和宇宙第一大国结盟的元首，都打消了念头，因为武莱合众国根本不会把自己放在眼中的。

"你们想不想知道地球在无乱星系中，又被称为什么吗？"

宇明突然冒出这句话，让元首们一呆。元首们虽然知道评价肯定好不到哪里，但又非常希望听到外星人对自己的评价，所以都点了点头。

"原始星球。"宇明淡淡地说出这句话，立刻让元首们脸色难看到极点。

A 国元首第一个站起来喊道："为什么说我们地球是原始星球？！你们的很多士兵都是猿人呢！"

宇明依然带着笑容："不是我们说你们是原始星球，而是无乱星系最富有的势力说的。不过也难怪他们会这么说，因为整个宇宙中，相信除了地球外，没有其他星球在一个星球上存在着几百个势力，而且，地球的科技也还没有进入太空时代。

"至于我们那些猿人士兵，他们是被人从猿人星捕捉去贩卖时，被我家主公解救过来的。"宇明说了假话，毕竟说那些猿人是买来的很不好听。

"宇宙中还有人口贩子？"Ｃ国元首吃惊地问。

Ａ国元首听到这话，不耐烦地瞪了Ｃ国元首一眼，奇怪他怎么老是问这些琐碎问题。

宇明脸色沉重："宇宙并没有因为科技的进步而使得这些事情消失，各种丑陋邪恶的现象，依然在宇宙中蔓延。"说到这儿，宇明脸色一转，带着笑容，"请各位开始开会吧，我家主公还在等消息呢。"

元首们开始商讨起结盟的事宜。这个时候已经没有什么异议了，大家都同意和中州星结盟。

Ｃ国元首对宇明问道："不知道你家主公对于盟约有什么详细的要求吗？"

一直没有吭声、低头忙碌的菲莉听到这话，起身操作起会场的电脑。不一会儿，一列文字透过电脑出现在各元首坐位前的电脑屏幕上。

元首们忙低头看着电脑的内容，可是越看越吃惊。

盟约的第一条：为了更好履行盟约，地球只能有一个政府机构存在。

对于这点元首们没有异议。以前就有人提出要成立一个地球联邦，而且看世界形势这是迟早的事，只不过因外星人提出结盟的事而提前了。

盟约第二条：盟约双方攻守互助，科技、文化、军事、物资一切共享。

元首们立刻猛点头，这样一来地球可是占足了便宜，一旦出现"共享"这两个字，都是弱小的一方占的好处多。

盟约第三条：中州星担任地球星太空防务，地球星只需要负责防务人员的伙食和基地。

元首们考虑了一下也同意了，反正自己没有太空战舰，有人保护还是好的，对于那点伙食和基地，他们还没看在眼里。

盟约第四条：地球星和中州星通商，商业行为由商人自己负责。

这点元首们更没意见，商业行为政府不出面更好。

盟约第五条：地球星居民可往中州星移民，移民者享受中州星民众所拥有的一切权利和义务，移民中的违法者将按照中州星法律处罚。

元首们点点头，心中暗乐，这样一来，地球的人口压力可以大减了。中州星才三亿多人，移十几亿地球人过去，中州星也将变成地球的了。

盟约第六条：地球星的新政府官员比例为地球星八，中州星二。

元首们不乐意了，中州星居然派官员来参与地球政务？不过想到自己还占了八成，政府的运转还处于自己的掌控中，而且到时占据中州星后，怎么办还不是自己说了算？元首们在经过一番讨论后，通过了这条盟约。

盟约第七条：地球星地面部队除警察、防爆武装外，所有军队转成太空兵，并且为了便于训练，指挥权归于唐龙。

元首们脸色一变，这不是等于把地球的军队拥有权剥夺了嘛，这怎么行！

不过元首们很快意识到一点，那就是这些将被训练成太空兵的军队，将会是舰队成员，如果他们被安排去指挥战舰的话，那么这战舰就等于是地球的了！因为不管怎么说，他们都是地球人啊！

有了这个想法，元首们勉为其难地同意了。

很快，整个地球数十亿人都知道了盟约的内容，不过大部分民众对盟约没什么反应，很多民众跑到民政部询问什么时候可以移民。

当然，也有一部分的民众反对某些盟约，举行"地球不需要外星人护卫，不需要外星人来指手画脚，地球要自由行使外交权"之类的示威游行。

唐龙懒得管这些。他在地球待了两天，在留下宇明、十艘 X 战舰、两百艘运输船、六十万猿人兵及十万格斗兵后，就带着菲莉及剩下的舰队、运输船不知道跑到什么地方去了。

留在地球星上的宇明，一边安顿七十万攻击力吓人的格斗兵，布置那一千台地面战车，一边忙着移民问题。

同时，他还抽空去被命名为地球联邦议会堂的地方，坐在偏僻角落，端着茶水，冷眼旁观那些元首们为争夺地球联邦总统之位，争得面红耳赤。

"怎么回事？唐龙他真的去攻击那个什么星球了吗？"乌兰教少宗主兰珑苦恼地看着手中的情报，上面显示，最近中州星的商船在附近星域频繁进出，很多是往一个方向驶去的。

一个教士快步走进来禀报："少宗主，根据情报显示，那些商船前去的地方，据说是唐龙新近占领的一个星球。"

"噢，情报来源属实？"兰珑眉毛一挑。

"情报属实。这是打入中州星的间谍传来的，他亲自跟着商船抵达那个地方。"

"唐龙的舰队呢？"兰珑在意的是唐龙那躲起来的 X 战舰。

"据情报显示，唐龙在得到那个星球后，又发现了一颗没有多大势力的星球，现在正在进攻那个星球。"

"打入中州星的间谍确认这个消息了吗？"兰珑问道，她可不想上当。

"这个倒没有，不过我们的间谍报告，发现有好几艘装载战备物资的运输船离去，并且这些船回来的时候多了好几艘运输船，船身上都带有一点伤痕，那些运输船的人员一回来后，就去酒店醉生梦死地狂欢。"

兰珑思考了一阵下令道："命令护教圣军准备出战！"

教士领命而去。

得到相同情报的欧德帝国皇帝，向等待自己命令的军部大臣问道："你说我们该怎么办？"

军部大臣想了一下后说道："我们坐山观虎斗，等乌兰教把中州星防御力量打得差不多的时候，再出动一举吞并中州星！"

"不，不。"欧德皇帝摇摇头，晃晃手指："我们不要攻打中州星。"

军部大臣吃惊地问道："不攻打中州星?!"

"当然不攻打中州星，唐龙那二十艘蜂巢战舰可不是摆着好看的，而且我们拼死拼活打下那中州星，也没什么用，要知道中州星上只有些农场啊！"

军部大臣小心地问道："那陛下的意思是……"

欧德皇帝阴笑道："嘿嘿，我们的目标是那个拥有某种东西的星球，为了那种东西，就算把它上面的人全部杀光也是值得的。"

军部大臣愣了一下，但很快也露出和欧德皇帝一样的笑容，点了点头。

他正要离去，欧德皇帝叫住他，低声说道："那个唐纳武，为了避免他到处宣扬我们不遵守约定的事，把他给……"说着，比画了个割脖子的动作。

军部大臣会意："遵命，陛下。"

第八章　失　策

　　乌兰星上，那些黑色的兰花中，突然出现数百点闪烁着的光芒。随着这些光芒越来越大，可以看出是乌兰星护教圣军的乌兰战舰。这些战舰外形和常见的高级战舰一样，只不过舰身上漆有一朵黑色的兰花而已。

　　战舰飞出大气层后，开始快捷地排列成一个三角形阵势，然后引擎全开朝中州星飞去。

　　当飞抵中州星布下的水雷阵时，乌兰战舰没有停留，而是一边释放数千枚导弹，一边继续前进。

　　排在战舰前方的导弹，碰到水雷后立刻引爆，因而引起了连锁反应的大爆炸。而紧随其后的乌兰战舰，只是加强防护罩，冲入火海中。

　　导弹和水雷的爆炸能量消失时，乌兰战舰已经远离这道水雷防线，冲进中州星警戒范围了。

　　"战争警报！发现乌兰教战舰进入我方警戒范围，数目三百二十艘高级战舰！"雷达发现乌兰战舰的踪影后，中州星太空指挥塔立刻向中州星军部报告。

　　监视员都很疑惑，为什么上头要自己一发现乌兰战舰，就立刻发出战争警报？难道宗教势力会攻击中州星吗？

虽然他们疑惑不已，但还是按照要求发出了警报。

接到报告，莎丽神色一震："三百二十艘?! 怎么会这么多？足足是我们的四倍！"

洁丝不以为意："只是四倍而已，每艘战舰消灭四艘敌舰，就可以把他们灭个精光。"说着，向莎丽使了个眼色。

莎丽刚想摇头，但看到洁丝的眼色，立刻明白自己身边还有许多士兵，因此也故作轻松地说道："没错，只是三百二十艘敌舰而已。不久前，主公指挥二十多艘战舰出征红狮星，不但己方毫无损伤，还夺得了七十艘战舰和一个星球呢！

"现在我们有八十艘战舰，其中还有二十艘蜂巢战舰，这些入侵的敌舰根本没有什么大不了的！"莎丽大声喝道，"听我命令，所有战舰出击！消灭入侵敌舰！"

原本因听到敌方兵力是己方的四倍而惊慌不已的士兵们，听到莎丽的话，立刻士气高涨，大喊："遵命！"奔向自己的岗位。

看到士兵们的样子，莎丽和洁丝苦笑了一下。说是这样说，但面对四倍的敌人，自己根本不可能轻易获胜，而且就算获胜了，残存下来的战舰，恐怕一个巴掌都数得下来。

希望主公的计划能够打退这四倍的敌人吧。

莎丽和洁丝互相点了点头。莎丽留在太空指挥部指挥，兼职地面防空基地司令官的洁丝，则赶去地面防空基地，指挥防空基地进入战斗准备。

接到莎丽的命令，那些平时停泊在大气层内的二十艘蜂巢战舰，在李嘉民的指挥下穿出大气层，立刻在星球轨道附近开始布防。

李嘉民向麾下舰队喊话："弟兄们！乌兰教这些妄想着把教义

传遍宇宙的家伙，发现他们的教义在我们中州星没有市场，开始用武力来让我们信仰他们的教义！

"相信弟兄们都知道，乌兰教的教义，是要求信教者把自己的一切都献给乌兰教！也就是说，教徒的生命、家人、财产都是属于乌兰教的！

"你们说，我们能不能让这样的乌兰教进入我们的中州星？我们能不能屈服于乌兰教的淫威之下？"

听到这话，士兵们立刻大吼道："绝对不能让乌兰教进入我们中州星！""消灭乌兰教！"

难怪这些士兵激动，乌兰教的教义他们都清楚。如果是在原来唐家的统治下，身无分文的他们加入乌兰教，还可以获得心灵的寄托。

可是在唐龙的统治下，他们的生活多了盼头，而且看唐龙这段时间推行的政策，可以断定以后日子会越来越好。就像自己这些天正盘算着推行军衔的时候，自己能够获得什么军衔，能够得到多少工资……面对如此美好的前途，怎么能允许乌兰教来破坏呢？

"对！大家说得很对！消灭这帮好吃懒做的乌兰教！"李嘉民大喊道，"大家不要以为乌兰教有三百二十艘战舰，而我们这里只有八十艘的战舰，四比一绝对打不赢！大家别忘了，我们脚下的是什么战舰啊？是被誉为移动堡垒的蜂巢战舰！宇宙中还没有哪种战舰能够承受我们的一次攻击！

"我们一次攻击，最低限度都可以消灭二十艘战舰！乌兰教那三百二十艘战舰，只要让我们咬他十几二十口就会全部完蛋。所以不用紧张，按照命令操作就行了！记住，胜利属于我们！"

"胜利属于我们！"被李嘉民鼓动得士气高涨的士兵们跟着喊

道。

李嘉民的蜂巢战舰冲出大气层。在中州星附近巡游的刘易辉指挥的五十艘高级战舰，接到命令立刻驶回预订目标，开始准备阻拦乌兰战舰。

刘易辉也开始鼓舞士气了：

"兄弟们，对方有三百二十艘战舰，我们才八十艘战舰，兵力对比是4：1，你们怕不怕啊？"

"不怕！"士兵们大喊道。

"对！我们不怕！我们为什么不怕？因为我们是守卫自己的家园，我们是正义的！既然我们是正义的，我们何必害怕邪恶的入侵者呢？虽然我们兵力薄弱，但相信大家也知道，主公曾以二十艘战舰就俘虏了七十艘战舰，并且还占领了一个星球，虽然我们不能和主公相比，但我们也不会丢主公的脸面！

"再说了，我们身后有二十艘蜂巢战舰和中州星来做我们坚强的后盾，根本不用担心什么。相信大家也知道蜂巢战舰的厉害，如果我们不努力的话，这三百二十艘敌舰会被蜂巢战舰给独吞掉。

"如果有人问你，在抵挡侵略者的时候你做了什么，你回答说：'不好意思，我就待在太空看热闹，侵略者都给友军消灭了。'你们能这样回答吗？"

"不能！我们要亲手消灭侵略者！"士兵们高喊起来。

他们一开始非常担忧敌军兵力过于强大，但在听到长官的话后，想起主公的威风史，想起自己代表着正义，幻想自己立下功勋后世人崇拜的目光，不由得士气高昂起来。

刘易辉见士气已经鼓舞成功，说道："好！我命令，接下来的

战争以各分队为主，每一分队为一个阵势！对于你们我的要求不高，每个分队每次齐射都要瞄准一艘敌舰，务必每次攻击都消灭一艘敌舰！有没有困难？"

五个分队长立刻敬礼说道："没有！"

听到这些话的士兵们都在心中想到：十艘打一艘？当然没问题啦。

张冠华指挥的那十艘 X 战舰，刚好停泊在港口内休整，现在正在忙碌着起飞事宜。

当然，张冠华在指挥士兵登舰的同时，也不忘向士兵们喊话：

"弟兄们！我们是主公直辖舰队的第五分队成员，我们的战舰也是宇宙战舰中最精锐的 X 战舰。不用多说，大家也知道，我们是这次抵抗侵略者战争中的主要力量！我们的战斗力将决定这场战争的走向！来吧，让我们去取得胜利！让我们成为王牌中的王牌！让世人以我们为荣！"

"让世人以我们为荣！"想起 X 战舰的威力，士兵们都兴奋地高喊起来，而登舰速度也跟着士气大幅度提高。

虽然中州星即将面临战火的侵袭，但地面的民众却懵然不知，依然过着安稳的日子。

不过也不是完全没有影响。接到警报，宇宙港就命令商船停止出入港，而地面部队也接到命令，配合警察部队巡逻地方。

首府内，尤娜神色安定地审阅着各项开支的预算单，而丽舞则无奈地看着那些负责军政爵位的官员们，在为谁该处于什么地位的问题吵闹不休。

爱尔希则带着手下满星球乱窜，看到计划中要毁坏的建筑物举炮就轰，或是对着那些建筑工程挑毛病。

她们都忙着自己的工作，但如果有人有留意到她们的话，会发现她们时不时望向天空。只有在她们望向天空的时候，眼中才会流露出担忧的神色。

如果问整个中州星哪里因乌兰战舰的到来而慌乱的话，只有那个由数十个特级警卫看门的情报部门。

情报部门的人员脸绷得紧紧的，焦急地在这里进进出出，每个进入情报部长办公室的人员，都会小心恐慌地低下头。

而待在情报部长办公室的凌丽，一边忙碌着察看各种汇报上来的情报，一边冲着几个低头不语的情报人员怒喝："你们干什么吃的?! 居然把没有收集齐全的情报汇报上来! 说什么乌兰星只有两百五十艘战舰。可是，现在却有三百二十艘战舰来袭!

"由于你们的情报错误，将会有多少热血将士因此而丧生! 我早就告诉过你们，情报的准确与否，决定着未来局势的走向! 一个错误的情报带来的危害，将是无法想像的!"

凌丽此刻懊恼极了。自己还被誉为收集情报的高手，居然会出现这么严重的情报错误。要不是一开始就是按照欧德帝国和乌兰教同时入侵，做好了迎战三百艘战舰的准备，恐怕现在早已手忙脚乱了。

她现在最为担忧的，是欧德帝国会同时入侵，或者是在己方惨胜后，来趁火打劫。

凌丽对几个低着头的情报员喝道："现在立刻调查欧德帝国的军事动向，一定要查清楚欧德帝国到底有没有意图、什么时候进攻我们，这可是你们将功赎罪的机会!"

几个情报员立刻满脸肃穆地说道："是! 属下一定完成任务!"说完，快步离去了。

凌丽大力支持唐龙发展商业，除了增加财富外，更重要的是增加情报部的势力范围。就这几天功夫，大量的情报人员已经随

着商船进入各个势力的星球了。

逼近中州星的乌兰战舰，立刻发现了中州星前面的敌舰。这三百二十艘乌兰战舰的指挥官，是个身穿白色绸袍，胸口绣有七朵黑兰，身形高大，模样粗壮的年轻人。

只见他浓眉一挑，眼睛大瞪，把手一挥，用响雷般的声音喊道："所有飞弹、镭射炮发射！全舰突击！"

数千枚飞弹和数千道镭射光束，飞一般地朝挡在他们面前的五十艘高级战舰、二十艘蜂巢战舰扑去。乌兰战舰在射出飞弹后，一边开炮一边往前冲锋。

这种不要命只管往前冲的战术，是宗教势力最常用的一种战术——死攻。

刘易辉发现对方炮口正在充填能量，向舰队命令道："能量罩集中舰首，各分队瞄准敌阵飞弹，光束及飞弹同时发射！"

李嘉民也不迟疑，在刘易辉开口的时候，他也命令道："瞄准敌方阵型尖角处，各舰锁定一艘敌舰，发射！"

就在乌兰战舰发射出飞弹和光束的时候，中州星的战舰也释放出了上千枚的飞弹，紧接着待在这五十艘战舰后面的蜂巢战舰，也把二十万道激光束射了出来。

乌兰战舰发射的飞弹，立刻被这二十万道光束摧毁了大半，剩下的又大半被五十艘战舰的飞弹和光束击毁，能够到达五十艘战舰面前的乌兰飞弹，只是寥寥几颗。

当然，二十万道光束不可能在摧毁几千颗飞弹后就耗光能量，那些没有击中飞弹的光束，按照离开炮膛前瞄准的方向继续飞行，齐袭到乌兰战舰的头阵。这头阵的防护罩加到最强，也被准确地轰碎了二十艘，乌兰舰队的三角阵型变成四角阵型了。

乌兰指挥官被那猛烈的炮火吓了一跳，但很快发现自己只是损失了二十艘战舰，于是再次高喊："冲啊！"

喊出这话的时候，他捏了一把汗。要是自己跟训练那时一样排在最前头，现在恐怕就去见乌兰大神了。

乌兰教残存的飞弹和光束，击中了刘易辉的五十艘战舰和李嘉民的二十艘蜂巢战舰。

皮厚的蜂巢战舰对于那些射中自己的光束没有什么感觉，只是舰身上的防护罩消耗了十几度能量而已。

而排在前锋的五十艘高级战舰，却没有这么好运。虽然集中在舰首的能量罩可以挡住那些光束，也能挡下几枚飞弹，可惜有三艘战舰分别遭到十几枚飞弹的摧残，终于抵挡不住猛烈的打击，化为了宇宙尘埃。

得到损失报告，刘易辉神色不变地说："友军需要一分钟时间充填能量，给我全力攻击！记住不能后退！后退一步就是我们的家园中州星，绝对不能让中州星暴露在敌军炮火下！"

"遵命！"

各舰传来响亮的呼应声，随着这声音的响起，四十七艘战舰的飞弹光束全速发射，扑向迎面飞来的乌兰战舰。

坐在指挥椅上的李嘉民，紧捏着拳头看着屏幕上充填能量的倒数器，在口中喃喃自语："五四、五三、五二……"

而待在宇宙港正准备起飞事宜的张冠华，则对着驾驶员喊道："快点！战争已经开始了！"

"是，还有一分钟就可以起飞了！"驾驶员慌忙说道。

"一分钟！快点！再快点！"张冠华喃喃自语道，虽然一分钟很快就会过去，但在宇宙战中，一分钟足以决定一场战役的胜负。

在中州星上空出现了典型的战舰对轰场面。双方完全没有战术、没有任何技巧地互相炮轰着。在这样直接对战的情况下，敌我双方只能依靠战舰性能的高低，炮手准确度的高低来分优劣，除此之外，根本没有其他能够获得胜利的方法了。

"三号舰被摧毁！"

"三十四号舰被摧毁！"

"本舰能量罩下降五十度！"

"五号舰防护罩毁坏！"

"五号舰被摧毁！"

"本舰能量罩下降二十四度！"

"十号舰被摧毁！"

……

刘易辉一边听着部队损失的汇报，一边沉着地命令炮手集中攻击。

虽然他的脸上毫无表情，但此刻他心中苦涩不堪。和敌人舰队正面对峙还没有一分钟，就被摧毁了二十三艘战舰，看来战争靠的还是战舰数目啊。

他相信自己的舰队训练，比得上主公直辖的最强舰队，但是面对四倍于己的敌人，而且自己不能进行游击战，自己的五十艘战舰，只能面对灭亡啊！看来今天就是自己牺牲的日子。

刘易辉胡思乱想的时候，李嘉民终于等到能源充填完毕的消息，他立刻下令："瞄准友方舰队四周敌舰，依次扩散射击！"

正被敌人挤压得快动弹不得的刘易辉舰队，发现自己后面居然像打排炮似的，一万道一万道的激光束，依序朝围攻自己的敌军阵势轰去。

这次蜂巢战舰使用扩散射击，遭到打击的乌兰战舰并不是二十艘，而是五十多艘。这五十艘乌兰战舰的能量罩度数，原本就被刘易辉打得差不多了，现在遭到这几千道光束的攻击后，立刻爆炸沉没了。

排头兵被一下子干掉，乌兰战舰阵势的中间居然穿了个洞。乌兰战舰在这一分钟内，虽然干掉了中州星二十艘战舰，但它也被中州星部队干掉了八十多艘战舰。

也就是说，刘易辉沉没的二十艘战舰，换了乌兰教三十艘战舰。

"什么?! 从战斗开始到现在，我们损失了一百艘战舰? 而对方才损失了二十三艘?!"

乌兰战舰指挥官看着这份损失报告。他不能相信，对方仅仅七十艘战舰，居然可以顶住自己这三百二十艘战舰，还产生一比五的战果!

他立刻命令："乘敌人充填能量的时候，全舰突击! 对方厉害的只是那二十艘躲在后面的战舰! 只要突进去消灭它们，胜利就是我们的了!"

乌兰指挥官不笨，他已经看出蜂巢战舰每次射击后，都需要时间来充填能量。不然，这么厉害的战舰，只要连续发射，自己这支舰队早就完蛋了。要知道，损失的一百艘战舰里面，有七十艘是被这种战舰干掉的。

乌兰战舰乘蜂巢战舰充填能量的时候重新整队，大举突进刘易辉舰队的阵势里面，一些比较勇猛的乌兰战舰，全然不顾刘易辉舰队的攻击，全心全意地攻击着那二十艘恐怖的战舰。

看到自己的命令被如此之快地执行，乌兰教指挥官兴奋异常，大喊大叫："全力突击! 把这些异教徒全部杀光!"

他这话才喊完，雷达员突然喊道："大人! 中州星突然冒出十

艘 X 战舰!"

"十艘 X 战舰?哈哈,敌阵就快被攻破,他们能有什么作为?今天就让我领教所谓的 X 战舰到底厉害在何处!"乌兰指挥官不以为意,挥挥手笑道。

第五分队的张冠华,在战舰还在大气层中就命令道:"各舰主炮瞄准围困友军的乌兰战舰,射击!"

憋了一口气的第五分队,一万门主炮朝那些突进刘易辉阵势、攻击着蜂巢战舰的乌兰战舰轰去。

X 战舰的主炮和高级战舰的主炮相比就是不同。十艘 X 战舰一次主炮齐射,就干掉了十艘乌兰战舰。

被打得不能还手,又不能退却的蜂巢战舰官兵们,看到这一幕立刻欢呼起来,终于有援军了。

而正和乌兰战舰拼命的刘易辉舰队,在发现援军抵达后,也同样士气大振,拼死反击。

张冠华舰队很快冲出大气层,向敌阵冲去。张冠华捏紧拳头命令道:"各舰瞄准敌阵中心,所有炮火、导弹齐射!"

被戏称为武装刺猬的 X 战舰立刻所有炮火齐射,所有发射孔齐开。一时间,三万道激光束和上千枚导弹,交杂着往乌兰阵势中心轰去。

第五分队也不管成果如何,一头扑进刘易辉舰队前方,配合刘易辉舰队攻击突入阵势的乌兰战舰。

X 战舰一加入战团,立刻把独有的共两百架舰载战斗机发射出去,同时开始一边发射隐形鱼雷,一边主副炮全开猛轰乌兰战舰。而中州星的防空基地也开始工作,近万枚星际飞弹突破大气层,直扑乌兰战舰密集的地方。

没有意识到这些力量加入的乌兰战舰,被猛烈炮火轰得停顿下来，阵型开始散乱。

乌兰指挥官立刻喊道："不要慌张！我们还有两百多艘战舰，而敌人连五十艘都不到。只要我们猛攻，他们立刻会被击溃的！为了让我们乌兰教义能够遍布全宇宙，给我冲啊！"

乌兰指挥官的话，鼓起了乌兰教徒为教义不怕牺牲的勇气，所有乌兰战舰，不管自己能量罩还存不存在，都直接冲到敌阵猛轰不已。而一些主要机能被毁坏，或者没有了能量而丧失战斗力的乌兰战舰，则直接撞向中州星的战舰。

在乌兰军疯狂的打击下，中州星战舰伤亡直线上升，主要战斗力的 X 战舰也被摧毁了三艘。

"顶住！一定要顶住！"刘易辉在旗舰上喊道，他已经没有时间为损失的战舰悲伤，脑中只有顶住攻击这个念头。

"还没有充填完毕吗？快！友军快撑不住了！"李嘉民也在旗舰上叫喊着，他现在只希望那该死的充填时间变成零。

而带着十艘 X 战舰拼命攻击的张冠华，咬牙切齿地喊道："射击！全力射击！导弹、鱼雷、水雷，全给我放出去！靠近敌舰的 X 战舰立刻抛射登舰通道，打格斗战！"

战场上中州星的士兵们，心中只有"发射、再发射、攻击、再攻击"的这些字眼，而进入敌舰的格斗兵则满脑子的杀！杀！杀！他们无法给予敌舰外体伤害，只有伤害敌舰士兵来消减敌舰的战斗能力。

士兵们已经麻木了，只是机械地瞄准，按下发射按钮，或者忙碌地维修破损的地方。虽然飞回来充填能量弹药的战斗机越来越少，但是战斗机依然是一充满能量弹药，就立刻起飞奔向战场。在士兵们的脑中，"会不会失败？会不会死亡？"这些问题，根本没有出现过。

虽然中州星战舰拼死反击，但是由于双方数量悬殊过大，战场优势已经开始往乌兰星那方倾斜。

正当中州星战舰快要支撑不住的时候，乌兰战舰的雷达员惊恐地发现，自己身后不知道什么时候突然出现了三十二艘 X 战舰。这三十二艘生力军，从乌兰战舰背后突入，依靠猛烈的炮火，让经过刚才的死战而剩下一百八十艘的乌兰战舰，立刻猛降到一百六十多艘。

这三十二艘 X 战舰中陨石号上的唐龙，看着这些乌兰战舰，咬牙切齿地喊道："可恶的乌兰星！要不是我早就定下这个计划，并且早一步赶回来，岂不是被你们如愿以偿？给我攻击！一艘敌舰都不要放过！"

唐龙原本就定下把主力舰队掉开，引乌兰教和欧德帝国来攻击，然后反扑的计划。这个计划是唐龙在听到乌兰教和欧德帝国准备入侵中州星，为了能够拥有理由吞掉这两个星球而想出来的。

虽然一开始都按照计划进行，但唐龙发现，单单乌兰教就能出动三百多艘的兵力，他开始担心加上欧德帝国，中州星会顶不住，偷鸡不成蚀把米，从而改变原来等待欧德帝国出现后自己才回来的计划，加快速度赶了回来。不然中州星真的会被乌兰教吞掉。

此刻的战况，虽然可以让自己暂时安心，但这次可以说是亏大本了。因为这次绝对是惨胜，不用去计算损失，单看屏幕上显示双方力量的两种颜色，就知道自己损失有多惨重了。

如果欧德帝国在此时加入战团的话，自己肯定就这么完蛋！就算好运获得胜利，自己也不会剩下几艘战舰。

此刻，唐龙心中有个强烈的愿望，那就是拥有数目庞大的战

舰！只靠自己这几十艘战舰，根本不可能有发展的，而且随时都
会被人干掉！

第九章　白鲸战舰

"混蛋！这是怎么回事？为什么会突然冒出三十多艘 X 战舰？全舰给我分成两部分！前面的攻打前方，后面的掉头攻打后面的敌军！"乌兰指挥官跳着脚、挥舞着拳头喊道。

通讯员正要传达命令，突然神色肃穆地按住了自己头上的耳套。他的动作让指挥室的人都紧张地看着他，害怕又有什么敌军增援的消息出现。

这个通讯员的神色，很快由肃穆变成惊讶和愤怒交织在一起，他喊道："大人，欧德帝国入侵乌兰星！已经进行地面战了！"

"地面战?!"

所有人都脸色一变，进入地面战说明星球快要沦陷了。所有的人都望着那个乌兰指挥官。

乌兰指挥官终于清醒过来，紧握着拳头怒吼道："可恶的欧德帝国！传令全军，立刻掉头回乌兰星！"

通讯员刚想传达命令，突然想起什么，说道："大人，我们要不要向中州星发停战通讯？"

乌兰指挥官无意识地点点头，此刻的他根本没有意识到通讯员说了什么。他心急如焚，恨不得立刻回去消灭敌人，保卫乌兰星。

接到停战通讯，唐龙不由得一愣，难道敌人意识到自己败了？

唐龙暂时没有答复，他怕这是敌人的诡计，毕竟现在自己兵力处于弱势，小心点为妙。

等看到敌人不顾身后炮火攻击，掉转头全力往乌兰星方向冲去，唐龙才意识到乌兰教是真心要求停火的，看来乌兰教后方出现什么状况了。

唐龙突然看到爆炸的光亮，发现刚才有艘己方的战舰挡住了乌兰战舰的去路，乌兰战舰居然不要命地冲撞那艘战舰，双方同归于尽。唐龙这才醒悟，自己还没下令停火让道呢，为了避免不必要的损失，他立刻下令停火。

炮火一停，乌兰教战舰立刻加快速度离开，唐龙舰队还没有汇集在一起，乌兰战舰已经不见踪影了。

打扫战场清点人员的时候，唐龙虽然知道自己这方损失惨重，却没有想到损失会这么巨大。

刘易辉舰队原来五十艘高级战舰，现在只剩四艘伤痕累累的战舰。张冠华那拥有十艘 X 战舰的第五分队，现在只有五艘 X 战舰。而自己带来的三十二艘战舰，由于打了敌人一个措手不及，只损失了两艘战舰。

运气比较好的是蜂巢战舰，二十艘战舰没有一艘沉没，但这二十艘蜂巢战舰，没有一处是完好的。

这次攻防战中，唐龙共损失了战舰五十二艘，战斗机一百八十架，阵亡兵员十二万七千一百八十人，其中原 SK 二三连队女兵阵亡四十四人。

乌兰教损失一百七十八艘战舰，阵亡兵员准确数据不详，按照乌兰教战舰的配置，大概阵亡了三十六万人。

几十万人的阵亡，在国与国之间的战斗中不值一提。损失的两百艘战舰，更是连大国一次实弹演习耗损的零头都不够，但对无乱星系来说，这是惨重的损失，甚至能让一个势力从此一蹶不振。

经过这场战斗，唐龙在中州星只剩下四艘快要报废的高级战舰、三十五艘 X 战舰、二十艘需要大修的蜂巢战舰。

拿着损失报告，唐龙深深叹了口气，十几万活蹦乱跳的部下就此消失，曾经陪伴自己出生入死的四十四名 SK 二三连队女兵，也永远离开了自己。

唉，战争，无论胜负都让人悲痛的战争。生命永远都是战争这朵死亡之花的养料。

我为什么要进行战争？

为了名？为了利？

不，我要进行战争并不是为了这些。

只是为了不让更多的生命成为战争的养料。我就要把战争进行到底！即使因为这个理由还会让无数的生命消亡，即使因为这样而让我的灵魂永远堕入无尽的黑洞之中，我也在所不惜！

在唐龙思考的时候，菲莉待在唐龙身旁。亲身经历了一场激烈战斗，菲莉突然发现唐龙好像变得跟以往有些不同。该怎么描述这种感觉呢？以前的唐龙给人一种很随意、满不在乎的感觉，现在的唐龙，却好像心中拥有了什么坚定信念。

为什么自己会有这样的感觉？难道战争会如此轻易地改变一个人吗？

通讯员的声音唤醒了唐龙："主公，刘易辉大人、张冠华大人、李嘉民大人请求通讯。"

唐龙神色肃穆地对通讯员说道："打开公共通讯，让中州星附近所有的人都能听到我的声音，同时把通讯接进来。"

"是。"随着通讯员的话音落下，三幅全身图像出现在屏幕上。

刘易辉三人都跪在地上，悲痛地说道："属下指挥不力，使得部队损兵折将，恳请主公赐死，以慰阵亡将士英灵。"说着把头深深低下。

由于这是公用频道，所有战舰都能看到。士兵们都静静地看着。这三人的直属部下想向唐龙求情，但深刻在他们心中的等级制度，让他们不敢张嘴，只能在心中暗暗祈求唐龙不会答应他们的要求。

"混账！"

唐龙这话一出，让士兵们都冷了心。不过唐龙接下来的话，却让士兵们的心沸腾起来。

"你们以区区八十艘战舰抵挡了三百二十艘敌舰，面对四倍的敌人，不但没有丧失勇气，反而冷静沉着地指挥舰队与敌人对抗，最终打败了敌人，如此巨大的功绩，为何说指挥不力？"

看到刘易辉三个人抬起头想说什么，唐龙一挥手，继续说道："不用辩解什么，我没有说你们没有罪！"

听到这话，刘易辉三人又立刻低下头。

"你们的罪在于向我请求赐死！"

唐龙这话一出，不但刘易辉三人抬头用不解的神态看着唐龙，其他士兵也露出不解的表情。

唐龙看到他们迷惑的样子，说道："哼！看来你们还不明白自己错在什么地方。这次我们打败了四倍于己的敌人，保住了中州星，可以说取得了巨大的胜利。而这次的巨大胜利，却是将士们用自己的生命和热血换来的！同样，这也是十几万个家庭承受失

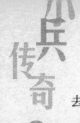
去亲人的痛苦换来的！"

　　唐龙说到最后一句，语气变得沉重起来，听到这话的人，也全都像心头压上了巨石一般。

　　唐龙话音一转，用激昂的语气说道："而你们作为战役指挥官，就是已经离去的将士们在这世间奋斗过的见证人！你们的功绩和荣耀，全都是将士们用生命与鲜血换来的！

　　"所有军人都给我记住：从进入战场的那一刻起，你们的生命，就已经不再是你一个人的，因为你们身上，继承了那些和你一起奋勇作战，不畏牺牲的将士们那辉煌一生的光芒！

　　"继承这些光芒的你们，任何时候都不能言败、不能言死！因为你们只有背负着所有先烈们的期望，延续他们的灿烂人生，才对得起抛头颅洒热血的英雄们！"

　　所有听到这话的人都沉浸在莫名的感动之中。刘易辉三人两眼通红地向唐龙请罪，请求宽恕自己轻言求死的念头。

　　唐龙立刻原谅了他们，让他们配合自己的直属舰队打扫战场。唐龙回到指挥官室。他有很多事情要思考。

　　尤娜虽然仍为阵亡的四十四个姐妹悲痛不已，但在听完唐龙的话后，她强打起精神说道："看来我们需要为主公定下一个政治纲领了。"

　　"是啊，如果还没有政治纲领的话，我们的势力不会有多大的发展，我们的士兵也不大有可能提高战斗力。"两眼通红的凌丽故作平静。

　　爱尔希擦拭着眼泪，不同以往的爽朗，只是幽幽地说了句："我同意。"

　　一旁的洁丝则咬着牙捏着拳头没有吭声，丽舞低着头，双肩微微抖动。

莎丽还能控制住自己的心情，问道："那么要建立什么样的政治纲领呢？"

尤娜想了一下："这要跟主公商量后才能决定。不过最主要的是，我们的政治纲领要比任何一个国家的政治制度都强，要让我们的民众过得比任何一个国家的民众都好。只有这样，这个政治纲领才能够实施下去，才能够让我们的势力越来越大。"

凌丽点点头："嗯，如果真的这样，倒要好好计划一下。对了，不知道我们要实行什么样的政治制度？"

"家族制度非常简陋，而且不成熟。"凌丽否定了一个制度。

"帝制如何？"尤娜问道。

"帝制？共和帝制和皇帝专制这两种，哪种好呢？"凌丽接着问道。

"这两种制度有什么分别？"莎丽问道。

凌丽道："皇帝专制，顾名思义就和历史书记载的一样，是皇帝一人掌权的制度。而共和帝制的皇帝是个名义上的皇帝，一切权力都是由议会掌握的。"

"皇帝专制如何？"尤娜问，她很希望能把唐龙捧上帝位。

"就是不知道主公同不同意。按照主公的性格，他不大喜欢这种高高在上的感觉。"凌丽思考了一下，小心地说道。

"我们问过主公才行，得不到他的同意，我们的推想都是无用的。"莎丽说道。

听到这话，众人都点了点头。如果唐龙不同意，什么制度都无法实施。

此刻，唐龙正抱着头躺在旗舰卧室的床上。他思考的问题和

尤娜她们讨论的差不多。不过唐龙思考的是，自己应该怎么让中州星的人为实现那个消灭世间战乱的愿望，而奔上战场。

唐龙知道这个目标很伟大，但不管怎么说，他都觉得自己很邪恶很自私。

唐龙现在真的很矛盾。如果照顾民众的意愿，自己那让战争消失的愿望不可能实现，而要实现自己的愿望，就要不顾民众的意愿。

自古以来民众都渴望生活得更好，可却偏偏出现乱世。民众渴望消除乱世，但乱世的消除却不因民众的意愿而得以实现，反而是某些想统一天下的野心家的出现，才使得乱世消失。

唐龙突然坐起来。他没有想到自己会冒出这些奇怪的念头。不过他很快开始思考起来：难道说自己只要能够操控民心，民心就会按照自己的意图行事？

刚想到这里，唐龙就摸摸脑袋嘀咕道："我怎么会这么想呢？我以为自己是什么人啊，操控人心？呵呵，我连自己的内心都操控不了，还想操控人心？算了，还是想其他的吧。"

唐龙盘膝坐在床上，摸着下巴自言自语："嗯，现在兵力严重不足，看来要跟陈抗购买些战舰才行。现在中州星应该有十几万亿的现金吧？买几百艘 X 战舰不知道会不会影响中州星建设呢？"

唐龙猛地一拍腿："啊，对了！上次陈抗还答应送我十艘 X 战舰和两百艘运输舰呢，打电话问问，看他送来了没有。"唐龙跳下床，开始寻找那副墨镜。

唐龙找到墨镜，正要戴起来，他的室内通讯系统突然打开，一个黑头发，身材修长，脸容好像蒙了一层薄纱而显得有点朦胧的大美女出现在唐龙面前。

"电脑姐姐?!"音讯全无好几个月的电脑姐姐突然出现,把唐龙吓了一跳。

"呵呵,居然还记得姐姐,唐龙弟弟,你好乖哦。"二号星零笑道。

"哇!老姐老姐!是不是工厂建设完毕了啊?"猛然想起电脑姐姐离开自己是干什么去的,唐龙立刻兴奋地朝二号星零扑去,不过他一头扑空,撞到墙上,二号星零咯咯咯笑了起来。

"痛不痛啊?"二号星零伸手摸摸唐龙的脑袋,当然,只是影像而已。

唐龙一边揉着额头一边咧着嘴:"不痛不痛。老姐,你这段时间过得还好吧?唐一他们几个怎么样了?"

"这些日子忙死忙活的,过得还算充实。唐一他们五个也过得很好,不过他们好像吸收了一部分你的性格,已经变成小丑了。"二号星零微笑道。

"变成小丑?"唐龙目瞪口呆,他搞不清楚机器人怎么会变成小丑。

"哎呀,现在说不清楚,你坐你舰上的一号登陆艇出发,我带你去看看我们的武备工厂基地吧。地址我已经输入一号登陆艇了。"二号星零说完,消失了。

"怎么这次电脑姐姐神神秘秘的?"唐龙摸摸自己的脑袋,嘀咕了一句,不过他很快两眼放光,跳起来喊道:"武备工厂基地!太棒了!真是瞌睡时天上掉枕头啊!"唐龙立刻打开房门,风一般冲向了登陆艇停放处。

陨石号的人员呆呆地看着唐龙跳上一号登陆艇,不等他们搞清楚发生什么事,唐龙就开着登陆艇冲出了战舰。

"奇怪，怎么飞到这里就停下了呢？这里什么都没有啊，难道是机器故障？"唐龙环顾四周，空荡荡的星空，附近连一颗星球都没有。他不由得敲敲登陆艇控制台，嘀咕道。

正在奇怪，前面的星空突然扭动，一艘长度超过五千米，宽度超过两千米，厚度足足有一千五百米，全身光溜溜呈橄榄型的银色飞船，出现在唐龙面前。

"呃，这是什么飞船？样子这么熟悉，好像在哪儿看到过？"望着这艘突然冒出来的飞船，唐龙皱着眉头苦想起来。

唐龙还在思考的时候，那艘巨大的飞船前方突然张开一道巨大的口子，产生一股吸力，把唐龙的登陆艇整艘给吸了进去。

看到自己被这巨大飞船吸进去，唐龙灵光一闪大喊道："我想起来了！这是《战争》游戏里面的白鲸战舰！"

他很快就嘀咕起来："这间神秘的军火工厂越来越厉害了，一开始只是虚有其表的蜂巢战舰，接着是比较成熟的锉刀战舰，现在已经能够制造等同战争堡垒的白鲸战舰了。不知道他们能不能制造出游戏中那种终极战舰呢？"

唐龙很快发现现在不是想这些的时候，因为自己被俘虏了。他透过登陆艇的窗户向外看，发现自己处于一个由金属墙壁组成的空间中。

唐龙想道：这个吸纳功能，跟游戏设计的一样。不过我玩了这么久的游戏，到现在都没发觉白鲸战舰的这个功能有什么用。虽说可以把小型飞船吸纳进来，但随便一艘被吸进来的飞船自爆，就可干掉这艘巨大的白鲸战舰。游戏公司不大可能为这种战争堡垒设计出一个这么烂的功能吧？

金属墙壁突然裂开，露出一条通道，接着一个声音响了起来："唐龙，还不快来指挥塔？"

一听这个声音,唐龙立刻跳出登陆艇,惊喜地叫嚷着:"老姐?这是你的战舰?我这就来!"快步跑进通道。

唐龙欢喜异常。这艘白鲸战舰是电脑姐姐控制的,这岂不是说,这艘战舰等于是自己的吗?

更让唐龙高兴的是,这艘战舰很有可能是电脑姐姐建造的兵工厂制造出来的。能够制造这种战舰的兵工厂,绝对有能力制造大批的 X 战舰!

唐龙在通道口抓住边上的一个移动把手,身体悬浮起来。接着那移动把手就带着唐龙飞快地移动起来。当移动把手停下的时候,唐龙面前出现了一个用万罗文字标示着指挥塔的大门。

自动门一打开,唐龙立刻钻了进去,一边向控制台喊道:"老姐,我来了,你在哪儿?"

"我在这里。"

唐龙回头看去,电脑姐姐正在自己身后。

嗯,电脑姐姐的立体影像非常清晰,好像一个实体似的,以前脸上那层薄雾似的朦胧感也消失了。不过电脑姐姐怎么不穿以前那套衣服,反而穿上银色的宇航服呢?不用计较这些,我终于可以看清楚电脑姐姐美丽可爱的容貌了。

唐龙还在为电脑姐姐能够弄出如此逼真的虚拟影像而暗自赞叹,二号星零已经走上前来,敲了一下唐龙的脑袋,笑道:"发什么呆啊?"

唐龙捂着脑袋抗议:"好痛啊,老姐!"不过唐龙刚说完就整个人呆在原地,好一会儿,他才一边伸手摸摸被敲的额头,一边伸出手指碰了碰二号星零的手臂。

那可以触碰到的柔软感觉,让唐龙立刻收回手,用力揉揉眼睛,然后指着二号星零,说不出话来。

"怎么样？我的身材如何？够标准吧？我可是费了好大的功夫才制造出来的哦。"二号星零张开手臂，原地转了一圈，向唐龙展示自己那凹凸玲珑的美妙身材。

"嗯嗯，非常漂亮，简直迷死人……"看得目瞪口呆的唐龙突然醒悟过来，"呃？你说这身体是制造出来的？"

"对呀，你看我这身活性肌肤的颜色，可是我精挑细选的哦，漂亮吧？"二号星零一边说，一边拉开太空服，向唐龙展示太空服里面白里透红的肌肤。

看到眼前突然出现的美景，唐龙眼睛立刻瞪了起来，呼吸也开始变得急促。

不过，曾在零号基地看过几百幅这样美景的唐龙很快清醒过来。他满脸通红地扭转头，结结巴巴说道："老姐，你快把衣服穿上，一个女孩子不应该随便给人看身体的。"

二号星零嘻嘻一笑，穿好太空服，然后把右手压在唐龙肩膀上，伸出左手食指，轻轻刮着唐龙的脸蛋笑道："怎么，害羞啦？放心，人类的习俗我还是知道的。我不会给别人看的，我专门给唐龙看如何？"

唐龙大感消受不起，慌忙转移话题："呃，老姐，你怎么会想到要拥有一个身体的？你身体的主要结构是金属机械吗？"

二号星零依在唐龙身上，一边拨弄唐龙那变得通红的耳朵，一边笑道："我想出来接触一下人类世界，所以就制造了个身体啰，我这身体的主要结构可不是普通金属，是用宇宙中最稀有的一种金属制造的，如果不是产量太少了，唐一他们几个也会换上这种金属呢。

"对了，我可以吃东西，人造胃可以自动把食物转化为能量。

还有啊，我的舌头是软的哦，口中的唾液被我加了香甜的味道，你要不要尝尝？"二号星零说着，微微张开嘴，伸出一点小舌头，慢慢向唐龙的嘴巴靠去。

唐龙还没反应过来，就被二号星零偷袭成功。此刻唐龙没有想到自己的初吻就这么没了，而是沉浸在那种奇妙的感觉中。口中的味道确实如二号星零所说，是香甜的，让人不舍得失去，希望永远享受这种味道。

不过唐龙很快涌起一股失落感，因为二号星零已经松开嘴巴了。

二号星零看到唐龙失落的样子，在他耳边笑道："怎么样？味道还不错吧？"看到唐龙满脸通红不知所措的样子，二号星零不由得咯咯笑了起来。

二号星零没有告诉唐龙，她想拥有身体的念头，是在零号基地看到那些女兵戏弄唐龙时产生的。也就是说，二号星零希望拥有身体，就是为了体验戏弄唐龙的感觉。

唐龙总算恢复过来，立刻转移话题："老姐，不是说要带我去基地吗？"

"哦，呵呵，我差点忘了。"二号星零放开唐龙，来到控制台，把手伸进一个奇怪的圆形插孔内，屏幕上的星空立刻变得漆黑一片，唐龙知道飞船要进行空间跳跃了。

唐龙在感叹这艘白鲸战舰如此平稳之余，看看空无一人的四周，向二号星零问道："老姐，这艘船是你一个人控制的吗？"

"那当然，我更改了好多程序，才搞出这艘所有机能都连接在一起的飞船。"二号星零说到这儿，突然想起了什么，扭头向唐龙一笑："对了，我现在叫唐星，以后就向其他人这样介绍我。"

　　唐龙"哦"的一声点点头，问出自己很想问的问题："老姐，这艘战舰是不是参照《战争》游戏里的白鲸战舰制造出来的啊？"

第十章　机器人大队

"没错，是照着《战争》游戏的设定来制造的。不过我稍微作了些更改，给你介绍一下吧。"

唐星说着，一幅战舰的立体结构图就出现在唐龙面前，唐星指点着结构图介绍道："你看看，这艘战舰共有隐藏起来的光束发射口五千门，其中离子束发射口两千门，导弹发射口两千个，战斗机弹射口两百个，防护罩度数一千二百度，库存一千万发激光束能源，各种导弹十万枚，战斗机一千架，登陆艇五百艘，十人用救生舱五百台。必要人员两千名，最大可容纳五千战斗员。"

听到这些数据，唐龙嘀咕了一句："这不是 X 战舰的扩充版吗？"

"你在嘀咕些什么？"隐约听到唐龙嘀咕，唐星好奇地问道。

"哦，我是在说，老姐居然能制造出这么厉害的战舰。对了，老姐，你还制造了其他什么战舰？"唐龙忙堆着笑脸。

唐星笑道："现阶段工厂规模不大，虽然能制造其他战舰，但为了统一战斗力，制造的都是这种白鲸战舰。"

"都是这种战舰？那有多少艘呢？"唐龙急切地问道。他现在非常渴望增加军舰的数目。

"不多，现在库存只有一千艘左右。"

"一千艘?!"唐龙立刻两眼放光口水直流。有了这一千艘白鲸战舰，横扫无乱星系也不是问题啊!"人员呢? 有没有足够的人员? "唐龙焦急地问道，如果人员足够的话，唐龙准备立刻把战舰开回去。

唐星瞥了唐龙一眼:"怎么可能人员不够呢，我们拥有三百万个机器人啊。"

"三百万个!"唐龙下巴掉了下来。他没想到才几个月的功夫，五个机器人就变成三百万个了。

"不过很奇怪，除了唐一那五个人有自我意识外，其他三百万个机器人，居然连一个拥有自我意识的都没有。"

唐星说到这儿，不由得暗自嘀咕:"按理说，机器人拥有自我意识的几率不可能这么低的。我那个星零姐姐不是发现了许多个拥有自我意识的机器人吗? 如果说机器人不能自我进化，那唐一他们几个又为什么能够这么快拥有自我意识呢? 难道是因为他们是唐龙制造的? "

唐星看看唐龙，发现他正兴奋地在指挥塔走来走去，喃喃自语，不由得摇了摇头:"不大可能和唐龙有关吧? "

唐龙正计划着怎么使用那一千艘白鲸战舰，突然发现战舰已经结束了空间跳跃，他不由自主地朝窗外望去。这一看让唐龙立刻呆了，现在这片星域居然是陨石地带。

"老姐，怎么跑到这里来了? 难道工厂就在这里? 这里有资源存在吗? "唐龙不解。

"这里当然不是工厂基地了，难道你没有看出，这里是你零号基地所在的陨石带吗? 我带你来这里，是让你看看零号基地变成什么样子了。"唐星一边说，一边向电脑输入一段信号。

她完成动作没多久，一颗巨大的陨石离开陨石带，朝唐龙这边飞来。

唐龙认出这就是自己命名的零号基地。他很奇怪地看了唐星一眼，因为这零号基地根本看不出什么变化。

飞船在唐星的操控下，已经开始进入零号基地的登陆口了。

看到登陆口，唐龙吓了一跳，这还是原来的登陆口吗？原来单层的登陆口不但被扩大了，而且多了数十层。

最让唐龙吃惊的是，这一层和上下两层的登陆口，都摆满了这种白鲸战舰。看那些战舰的数目，恐怕那一千艘白鲸战舰都摆在这里了。如果把所有登陆口摆满，恐怕需要好几万艘战舰吧。

唐龙只顾着观看战舰，突然被一声巨响吓了一跳，那是由无数人同时喊出的声音："欢迎老大！"

"老大？"被震得耳朵快聋掉的唐龙回过头一看，这声音是眼前密密麻麻的一片穿着黑西装、戴着墨镜的大汉喊出来的。

唐龙觉得有点怪的是，有五个站在最前排，模样高大帅气，没有戴墨镜的大汉，正用水汪汪的眼睛看着自己。

这五个家伙张开双手向唐龙扑来。浑身汗毛竖起的唐龙立刻大叫救命，躲到唐星身后。

唐星奇怪地看了唐龙一眼，正想开口，那些黑衣大汉又一次喊道："欢迎大姐！"

五个家伙立刻转移目标，扑到唐星跟前，哈巴狗一样摇头摆尾，异口同声可怜巴巴地说道："大姐，帮我们制造几个美女机器人好吗？可怜可怜如此英俊潇洒、风流倜傥的我们吧，我们不要整天面对着这帮死板到极点的家伙啊！"

砰砰几声，这五个家伙被唐星一脚一个踢飞出去，她拍拍裤脚，说道："这三百万机器人，有一半是美女外形，这么多还不够

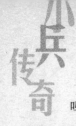

吗？"

那五个已经爬起来的家伙哭丧着脸："可是，她们当中没有一个拥有自我意识啊。"

"老姐，这是怎么回事？"唐龙好奇地问道。

唐星瞪了唐龙一眼："你制造的这几个家伙，不知道从哪儿学来的，居然要学人类谈恋爱，整天吵着要制造美女机器人，我都被他们烦死了。"说到这儿，唐星指着那五个家伙喊道："给我听着！你们再唧唧歪歪，老娘我就把你们的程序转移到机器狗身上去！让你们只能去找母狗谈恋爱！"

唐龙看着唐星大发雌威，他根本想不到电脑姐姐居然会这么凶悍粗鲁。不过他很快清醒过来，走到那几个满脸谄媚、指天发誓、拍胸膛作保证的家伙跟前，好奇地东看西瞅，这里摸摸那里捏捏。

这些机器人全都披上了一层人皮，不过好像只有唐一这五个人的脸上才有表情出现，其他的机器人只有一种表情。

过了好一会儿唐龙才惊讶地说道："你们是唐一至唐五？谁是唐一？"因为唐龙根本不能从外表上来判断谁是谁。

一个长得很英俊、一脸正经模样的家伙，向唐龙弯腰，低眉顺眼地说道："老大，我就是唐一。呜呜，老大，唐一每时每刻都在思念着您哦。对了，老大，听说外面世界有许多美女对吗？什么时候带小弟我出去泡姐啊？"

唐一正经的模样消失了，出现在脸上的表情，让人一看就知道是个色狼。如此大的反差，让唐龙整个人呆在那里。

那几个准备依序向唐龙介绍自己的家伙，听到唐一这话，立刻把唐龙团团围住，纷纷嚷着"我也要去"。

"老姐，唐一他们几个怎么会变成这样？"唐龙向唐星问道。

"我怎么知道，一开始他们还只是有点作怪，平时都还算正常。可随着时间的推移，他们变得越来越怪，最后就像现在这个样子了。

"对了，你还不清楚谁是谁吧？那个模样很正经的是唐一，那个一脸正义模样的是唐二，那个外表很斯文的是唐三，那个神态很平和的是唐四，那个整天笑嘻嘻好像很容易相处的是唐五。不过你别被他们的外表迷惑了，这帮家伙的内在性格刚好和表面的模样相反。"

"怎么会全都变成表里不一的性格？"唐龙问。

"这要问你当初怎么设定的了。"唐星瞥了唐龙一眼。

"我怎么设定的？我没有设定什么性格来限制他们啊。"唐龙喊道。

唐星若有所思道："原来是这样，看来这帮家伙的性格，大多数是参照电影里面的反面人物性格形成的。"

"电影？他们看电影？"唐龙吃惊地问。

"嗯，他们没事干，拦截信号下载了许多电影、电视剧的节目。不用理他们，没有半个小时他们不会停止吵架的，我带你去参观一下焕然一新的零号基地吧。"唐星说着，拉着唐龙走开了，任由那五个家伙在那边吵闹不已。

经过唐星的介绍，唐龙才发觉自己的零号基地居然被完全挖空了。原来的陨石星除了外层那五米厚的岩石外壳外，其他的全部变成金属结构了。也就是说，零号基地变成了一个被岩石包裹着的金属球体。

这个基地拥有上万度的防护罩，拥有数十万门离子大炮和数万个飞弹发射口。不但拥有可供给一千万人过活的完善生态系统

和物资工厂，还拥有可停泊两万艘战舰的港口，除了两万个能做简单维修的设备外，还有一百个可进行战舰大修理的维修系统。

最让唐龙欣喜的是，零号基地可以像飞船一样移动到任何地方。当然，因为零号基地体积太大了，不能进行空间跳跃。不过即使这样，一个可以移动的太空堡垒，绝对是敌人的噩梦。

参观完毕，唐龙奇怪地问道："老姐，军火工厂呢？我怎么没看到？"

"工厂建在离这儿很远的一颗无人星上，去那里需要三天航程，要不要带你去看看？"唐星说道。

唐龙刚想点头，想到自己中州星损失惨重，而且强敌虎视眈眈，还不适合远离，只好摇摇头："算了，以后有机会再去看吧，不知道我们拥有多少间工厂呢？"

132

"有五十家冶炼厂、一千家零件制造厂，三十家战舰合成工厂、四十家能源弹药制造厂。在那里，还有一百万个机器人按照程序工作着，原来可以月产三百艘战舰、四千万度能量、四十万枚远程飞弹，但由于那颗星球上的资源被我们开发光了，现在生产量都为零，只能让那些机器人担任警戒工作了。"唐星无奈地说。

唐龙不解："其他地方找不到资源吗？"让这么大的工厂基地停产，实在是个大损失啊。

"不是找不到，而是有资源的地方大多数都被人占领了。我们不想这么快被人发现，可又找不到其他没被人发现的资源星，只有停工了。要知道我们几乎把无乱星系逛了一遍，才找到现在这颗用来建设工厂的星球，这个星系实在是太拥挤了。"唐星说道。

"逛了一遍无乱星系？哇！老姐，你有没有把星系图保存下来？"唐龙急切地抓住唐星的肩膀问道。

唐星刮了一下唐龙的鼻子，笑道："当然有了，既然我知道你以这个星系为目标，我怎么会不保存星系图呢？不用急，星系图早就存在这些白鲸战舰的电脑里面了。"

"谢谢老姐！老姐太厉害了！"唐龙兴奋地搓着手，详细的星系图不但是贸易所必需的，同时也是战斗所必需的。

"跟我道什么谢，姐姐我不帮你帮谁？"唐星敲了一下唐龙的脑袋。

不一会儿，唐龙被唐星带到零号基地的心脏部位，一进指挥室，就发现唐一等五个人已经在等待了。

唐一他们一看到唐龙就上前来哀求："老大，带我们走吧，我们要去看看外面的世界！这里日子实在是太无聊了，所有的生活都是一成不变的！"

唐龙很快点点头："可以带你们出去，不过你们要保证服从我的命令。"

"命令？老大，你是干什么的？"唐一他们几个人都疑惑地看着唐龙。

听到这话，唐龙惊奇地扭头向唐星问道："嗯？老姐，难道你没有告诉他们我是干什么的？"

唐星摇摇头："没有，我以为你在制造他们的时候，已经告诉他们你是干什么的了。"

唐龙整个人呆在那里。自己确实没有告诉唐一几个人自己是干什么的。看到他们还眼睁睁地等着自己的回答，唐龙不由得干咳一声："我是中州星的最高统帅，我的目标是统一全宇宙。"

说着，他把自己的经历告诉给唐一他们几个，当然也把中州星现在遇到的困境说了出来。

听完唐龙的话，唐一几个已经两眼发光了，"美女连队?!""最高统帅?!""宇宙大战?!""阴谋诡计?!""统一宇宙?!"唐一他们几个分别喊出这几句话，接着同时抱住唐龙的大腿喊道："老大！您是我黑暗中的明灯！您是我迷茫中的引导！带我走吧，老大！"

看到唐龙没有反应，唐一开始嘿嘿笑起来："兄弟们，如果老大不带我们走，怎么办？"

唐二等四人面露不解地问道："能怎么办？"

"嘿嘿，按照人类世界的习惯，老大制造了我们，也就是我们的父亲大人，如果老大不带我们离去的话，我们就向宇宙法庭起诉老大这个父亲不负责任！"

"对！我们还可以在网络上大肆宣扬，让老大身败名裂！"唐二几个纷纷应和。

砰砰几声，五个家伙被唐龙踢得撞到墙壁上。五个人还有唐星都吃惊地看着唐龙，要知道唐一这几个人都是机器人，每个都有几百斤重啊，唐龙居然能够以血肉之躯，一脚踢飞几百斤重的东西？

能够赤手空拳和机器人教官对打的唐龙并不知道唐星几个吃惊些什么，他背着手哼道："你们这几个家伙，居然学会威胁人了？嗯，看来有个任务非常适合你们。"

"呃，老大，是什么任务适合我们啊？"唐一等人爬起来，小心地站在唐龙面前，恭敬地问道。

不管他们的智能如何进化，他们的核心程序中依然有对唐龙这个制造者的敬畏和绝对服从的设定存在。

"加入黑帮。"唐龙淡淡地说出这四个字，让唐一他们差点死机。

好一会儿，唐一才小心地问道："老大，您说的黑帮是不是那种收买官员、走私贩毒、争夺地盘的黑帮？"

唐龙点点头："对，我要你们带上一批弟兄，分别潜入宇宙排名前五名的大国内组建黑帮，为我将来的行动打下基础。

"我会拨一笔钱让你们起步的。你们的工作就是收买这些国家的官员，扩大自己的地盘，增加自己的权势。不用特意去做情报收集，只要专心发展自己，等待我的命令就行了。"

唐一等五个人听到唐龙的话，突然高举双臂，仰头喊道："多姿多彩的生活，我终于等到你啦！"然后就兴奋地跳起舞来。

唐龙看着他们嘀咕道："他们这是干嘛？"

唐星摇摇头道："不用理他们，他们一兴奋就会跳舞的，真是个古怪的习惯，也不知道是学谁的。"

听到这话，唐龙立刻满脸通红，因为他就有这样的习惯。

看到唐星正看着自己，唐龙忙转移目标："好了，你们几个停下！我又没说让你们现在就去！"

五个人立刻可怜巴巴地望着唐龙："老大，那我们什么时候可以去啊？"

"等我征服中州星所在的那片星域后。"唐龙对唐星说道，"老姐，我们应该用什么借口，来解释这几百万机器人和一千艘的战舰啊？"

唐星还没有回答，唐一他们就乱哄哄地喊道："老大直接出兵干掉乌兰星！他们居然敢攻击老大的星球，我们一定要给他们好看！"

"对呀，发动战争！消灭他们！"

"根本不用老大出马，只要我带上几艘战舰，就能为老大夺得那片星域！"

"就凭你？一边凉快去，能为老大征服那片星域的只有我！"

"放屁！只有我才能替老大完成愿望！"

唐星不理会他们，径自向唐龙说道："我倒不担心借口，随便

找一个都行。我担心的是那些机器人的问题。那些机器人虽然拥有人类的外表，但程序都很死板，如果和人类接触久了，恐怕会被人看出是机器人。"

唐龙知道这才是大问题。虽说自己不怕被人知道使用机器人，但就怕那些民众反对，或者其他势力高举消灭机器人的旗帜，把自己给消灭了。不过自己现在非常需要机器人的战斗力，要是让自己的士兵来驾驶这些战舰，没有几个月的训练，恐怕根本不行。

唐龙思考了一下说道："就说这些战舰是老姐的私人舰队，你是来帮我这个弟弟的，这样我就没有理由安排军官进入你的舰队了……"

唐星点点头。不过她突然想起什么，说道："你要不要把我们机器人的事告诉尤娜她们？"

"你觉得呢？"唐龙反问道。他对于这个问题也很苦恼，他害怕这些跟随自己出生入死的女兵反对自己依赖机器人。

"我觉得还是应该告诉她们，不管怎么说她们都是你的亲信啊。"唐星说到这儿，突然灵光一闪，"我有办法了，你可以告诉她们我的私人舰队都是机器人，都是我买来的，这样她们就算有什么意见，也只会针对我而已。如果她们真的不能容忍机器人的存在，我也可以带走机器人，单单留下战舰给你。"

听到这话，唐龙身子猛地一震，他没想到电脑姐姐居然这么关爱自己。不过他没有向唐星道谢，他决定了，就算要用命令的方法，也要让唐星留下来，她是自己的亲人。

"老大，我们兵分三路去偷袭温特、乌兰、欧德这三颗星球怎么样？这样可以一下子解决他们，最后集中兵力攻击红狮星，一举统一那片星域！"唐一突然冒出来，在唐龙耳边说道。

唐龙这才发现，唐一等人已经调出星系图，正在比比划划呢。

唐一看到唐龙没有反应,接着说道:"老大放心,我们虽然兵分三路,每路才三百艘战舰,但我们这三百艘战舰的战斗力,绝对抵得上三千艘战舰的战斗力,攻击这三个星球不会失败的。"

　　唐星也笑道:"就这样决定,怎么样?这三颗星球就当做是我这个姐姐加入你方的见面礼吧。"

　　唐龙狠狠地一点头:"好!"

　　他已经不是以前那种为了享受挑战难关,而不愿接受帮助,一切依靠自己能力闯过困境的少年。已经统治一个星球的他,早就把以前玩游戏时的心态完全抛弃掉了。

　　他非常清楚地知道,现在自己依然在进行着一个游戏,可是这个游戏是真实的,闯过这游戏的任何一道难关,都是以数以万计的生命来做代价的。

　　面对这些拥有不同思想、不同期望,在世界独一无二、只能存在一次的生命,自己没有任何权力让他们随意牺牲。

　　唐龙点头。唐一他们立刻兴冲冲地叫嚷着:"备战!备战!"跑出了指挥室。

　　唐龙很快想起什么,追上去大喊道:"别忘了在舰身漆上蓝色巨龙图案,无乱星系很忌讳外人入侵的!"

　　基地的三百万个黑衣墨镜大汉,一声令下,快速而有序地登上白鲸战舰,全部登舰完毕只需要十五分钟。

　　而给白鲸战舰舰身喷漆更是简单,每艘战舰停放处的简便维修系统立刻伸出一个喷漆头,那幅巨大的蓝色巨龙图案,五分钟就喷刷完毕。

　　至于图案的来源?把唐龙军服上的标志扫描下来就行了。

　　唐龙看到这一切感叹不已,机器人的效率就是比人类快上十

几倍啊。

唐龙和唐星登上了那艘接唐龙的白鲸战舰，当然不只有他们两个，还有几千名黑衣墨镜大汉呢。至于唐一他们几个，则分别待在一艘战舰上。

在唐星的控制下，零号基地登陆口打开，一千艘白鲸战舰依序离港。而零号基地在放出所有战舰后，回到陨石带中躲藏起来。

待在临时旗舰上的唐龙开始下达命令："唐一唐二领兵三百，目标温特星。唐三唐四唐五领兵三百，目标欧德星！其余战舰由我率领，目标乌兰星。"随着唐龙的命令下达，漂浮在太空中的一千艘战舰立刻分成三部分。

"记住，攻击前一定要向目标表明身份。占领星球后，立刻命令星球上的地面部队和警察部队出动维持治安，凡是扰乱治安的全部抓起来。"唐龙对屏幕上的五个家伙说道。

"请老大放心，一定完成任务！"唐一这几个家伙兴奋不已，同时还学着军人的动作向唐龙敬礼。

"好，出发！"唐龙把手一挥，一千艘战舰立刻朝三个方向驶去。不一会儿，唐一和唐三的部队都消失在黑暗中，只剩下唐龙的部队向着乌兰星驶去。

"你不用通知一下中州星做准备吗？"唐星提醒道。

"做什么准备？"唐龙不解。

"笨，难道你想靠呆板的机器人和那五个小丑统治那些星球吗？"唐星敲了唐龙脑袋一下。

"对呀，应该叫他们准备人员接收才是。"醒悟过来的唐龙朝控制台走去。不过他很快停下脚步，哭丧着脸向唐星说道："呜呜，怎么办，我不知道中州星的通讯频率呀。"

"晕，真是败给你了，居然会有不知道自己星球通讯频率的最高统帅。"唐星一边很夸张地拍拍额头，一边挥挥手说道，"已经帮你接通了，你可以说了。"

尤娜的图像出现在屏幕上。

尤娜明显很吃惊，自己的通讯怎么会自动打开，不过在看到唐龙后，她立刻把这个问题扔到一边，急切地说："主公，你在什么地方？"

"我在前往乌兰星的路上。对了，我来介绍一下，这是我姐姐，唐星。"唐龙向身旁的唐星指了一下。

尤娜再次一呆，怎么主公一会儿不见就多了个姐姐？不过她很快礼貌地向唐星弯腰行礼："小姐您好。我是主公的属下尤娜，负责中州星的财政，请小姐多多指教。"

尤娜完全相信唐星是唐龙的姐姐。唐星在设计自己模样的时候，做了点修改，让容貌和唐龙有点相像，当她和唐龙在一起的时候，谁都会以为她和唐龙是亲姐弟。

唐星微笑着挥挥手："不要小姐小姐的叫，那显得很生分，叫我唐星好了。"她捏捏唐龙脸蛋，对尤娜笑道，"我常听唐龙提起你们，这段时间多亏你们把这小笨蛋养得白白胖胖的。谢谢你们了。"

"属下不敢当。"尤娜低头说道。

唐龙挣脱唐星，向尤娜说道："准备大批的接收人员，我老姐的私人舰队已经兵分三路，去攻打温特星、乌兰星、欧德星了。"

尤娜满脸吃惊："私人舰队？同时去攻击温特、乌兰、欧德三个势力？"

唐星笑道："不用担心，我有一千艘白鲸战舰，这种战舰的战斗能力是 X 战舰的五倍，攻击三颗星球不是怎么困难的事。你也不用担心伤亡，我有三百万个机器人，没有什么伤亡的。"

"一千艘白鲸战舰？战斗力是 X 战舰的五倍？"尤娜整个人都呆了。

她搞不懂唐龙这个姐姐是怎么回事，居然可以拥有如此庞大的私人武装。对于唐星有三百万个机器人的事，尤娜倒没怎么在意。

唐龙以为尤娜不能接受机器人，慌忙解释道："噢，我老姐比较喜欢听话的部下，所以就搞了几百万个机器人来当部下。"唐龙说到后面，突然大叫了一声，他的屁股被唐星狠狠拧了一下。

被唐龙大叫震醒的尤娜，当然看到了这一幕，她会心地一笑，看来主公两姐弟感情很好呢。

不管唐星为什么会拥有如此巨大的私人武装，她总是主公的姐姐，绝对不会害主公的。尤娜想到这些，向唐龙点点头说道："属下这就去准备接收人员。"

唐星叫住尤娜："等一下，我有无乱星系百分之九十的星系图，这就给你传去。哦，还有白鲸战舰的资料，麻烦你帮忙输入各军舰的电脑内。"说着随便按了控制台上的一个按钮，这些资料就传给了尤娜。

得到无乱星系百分之九十星系图，尤娜欣喜地向唐星说道："谢谢小姐，这样我们商业部就可以挖掘更大的商机了。"

"跟我客气什么，还不都是为了我弟弟唐龙。"唐星很豪爽地挥挥手，关闭了通讯。

几乎被遗忘的唐龙，只能呆呆地站在唐星身后，苦笑不已。

第十一章　灭亡乌兰

温特共和国议会突然接到太空站发来中州星三百艘不知名战舰出现在警戒范围的消息。

整天开些无聊会议的议员们，立刻精神焕发地热烈讨论起来，讨论的议题就是应不应该警告中州星这三百艘战舰已经越界了。

"老二，温特星应该发现我们了吧，为什么他们没有反应呢？不会以为我们是来做友好访问的吧？如果是这样的话，也应该派人来迎接我们啊？怎么一点反应都没有？"唐一皱着眉头，望着平静的温特星，向身旁的唐二问道。

"嘿嘿，这不是更好吗？等我们进入星球轨道后，他们就是想反抗也太迟了。"唐二正在电脑上捣鼓着什么，阴阴地笑道。

"笨蛋！别忘了老大怎么说的，进攻前一定要先表明身份！我可不想被老大骂！"唐一狠狠踢了唐二一脚。

唐二则像没事人一样点点头说道："对呀，所以我才撰写这篇劝降公告啊。"

"劝降公告？让我看看。"唐一忙好奇地靠过来。

"看什么，等我念给你听。"唐二忙关掉屏幕说道。

"好，快念来听听。"唐一很感兴趣。

"咳，听好啦。"唐二起身干咳一下，背着手，一边走一边摇头晃脑念道，"亲爱的温特星民众，我们是正义的中州星唐龙大人麾下，英俊潇洒、风度翩翩、万人爱戴、万人迷恋的唐一、唐二将军。

"为了从万恶的温特共和国手中解救你们，我们两位帅气逼人的将军，亲率三百艘巨型战舰前来为各位效力。为了避免在和万恶的温特共和国的战斗中出现误伤，请各位待在家中，不要外出。同时为了避免不必要的伤亡，请各位通知仍在为邪恶的温特政府军队效力的亲人，尽快投奔光明。

"如果因战争而造成你们生命及财产的损失，如果因混乱而产生了罪恶，请全部算到那个为一己之私而不愿向正义投降的温特政府身上吧！为了不遭受无谓的损失，请敦促温特政府不要进行无谓抵抗。"

听到这里，唐一就猛鼓掌："漂亮，快把这通讯发出去。"

唐二摇摇头："等我加上一句，'唐一唐二两位英俊潇洒的将军，现正征召年轻貌美的女性朋友'，再发送出去。"

"好，好，快加上这句。"唐一已经两眼放光地催促唐二。

他们两个在这儿搞怪，三百艘白鲸战舰正缓缓朝温特星驶去。

正在温特议会院吵闹不已的议员们，接到一个令人不敢相信的消息，中州星战舰入侵！

"不可能！家族制度居然来攻打我们民主制度？这是不可能的！"

一个老议员突然叫嚷起来，他的声音立刻打破了这寂静的场面，议会院再次像菜市场一样热闹起来。

不过这次他们没有争吵多久，很快就做出抵抗侵略的决议，而这项决议也以前所未有的速度传向温特舰队。早就等待命令的温特舰队，第一时间冲出了大气层。

"哟，数量不少，起码有两百多艘战舰呢。"唐一双手抱胸看着屏幕上的数据。

"唉，可怜的温特星无辜的民众，他们被自己的政府绑上死亡战车了。"唐二感叹道。不过他突然神态一转，语气激昂地说道："为了不让温特政府一错再错，我们要一下子摧毁他们赖以抵抗的武力，只有这样，他们才会意识到和我们为敌是个绝对的错误！"

唐一撇撇嘴："啰哩啰唆讲那么多话干嘛，还不是一句话的事？"说到这儿，把手猛地一挥："攻击！"

三百艘白鲸战舰的银白色舰身上，突然冒出五千个黑点，这些黑点突然冒出一闪即灭的光芒。就在这一瞬间，三百艘白鲸战舰共一百五十万道的光束，射向了刚冲出大气层的温特舰队。

温特舰队的每艘战舰都遭到了超过五千道光束的打击。如此猛烈的攻击，就算号称皮厚的锉刀战舰也会身穿百孔，更别说这些普通的战舰了。当温特星战舰防护罩能量消耗完后，连续不断的爆炸，就在温特星的大气层外绚丽地展开了。

唐二满脸悲天悯人之色："看看，何苦呢，几十万被邪恶政府迷惑的羔羊，就这样成为了宇宙尘埃。唉，你们这样对得起生你养你的父母吗？为了消灭这邪恶的毒瘤，我们只能出此下策了。"

说到这儿，唐二突然一脸阴毒地命令道："瞄准温特星权力机构，百分之十火力，射击！"

机器人并没有花费多少时间，就查找到温特星上的目标设施，很快，每艘白鲸战舰都向温特星地面的不同目标射出了五百道光束。

议员们正因自己舰队一瞬间灭亡而惊骇，就被电脑凄厉的警告声惊醒："敌方射击目标，温特星各政府部门！所有政府人员立

刻撤离！立刻撤离！”

议员们第一时间以百米冲刺的速度朝门外跑去。不过他们速度再快，也快不过光速，几秒钟后就被埋葬在瓦砾堆下。

很快，被特意放过的警察部门和地面部队惊讶地发现，温特星的舰队全灭后一分钟不到，所有政府权力机构也变成了废墟。

开战没几分钟，温特星就处于无政府状态。得到这个消息的民众被恐惧感压迫，开始了逃亡。跟着混乱出现的，就是各地不良分子乘机进行打劫、掠夺等等暴行。

从屏幕上看到这些景象，唐一摇摇头："人类的神经真是软弱啊。"说完按动一个按钮。

唐二立刻说道："喂喂，老大还要我们去组建黑帮，不要把模样露给人看。我很满意自己现在的样子，可不想去整容。"

唐一点点头，按了一个按钮取消图像后才开始说话。

与此同时，温特星上的所有通讯设施都出现了唐一的声音："我是中州星最高统帅唐龙大人麾下所属将军，所有民众立刻回到家里，所有警察和地面部队立刻出动维持治安，逮捕一切扰乱治安的人！如果十小时内无法平息骚动的话，我将炮轰依旧骚乱的地区！"

警察总长和地面部队总指挥听到这话，思考了一下，就立刻命令各部开始维持治安。

在他们看来，温特星的沦陷已经不可避免，那么投降也就是不久的事。自己遵照那个将军的命令行事，不但可以给新东家留下好印象，还可以增加自己在民间的声望，这样一举两得的事，何乐而不为呢？

听到唐一的讲话，民众意识到没有飞船，自己跑到哪里都不安全，而且继续骚乱下去，被炮轰的话更是死无全尸，还是回家算了，起码死也死在家里。在死亡阴影的威吓下，民众停止了骚乱，怀着忐忑不安的心情回到家里。

而那些趁乱打劫的家伙，也在警察和军队出动后纷纷隐藏起来。混乱不堪的温特星就在一瞬间安定了下来。

唐一再次发出劝降通告，残存下来的官员立刻联合发表投降通告。

"嗯，搞定了，派出登陆部队吧。"接到温特星投降通告，唐一满意地看着温特星地面的人群，一边向唐二说道。

"每艘战舰派出四千人，乘坐登陆艇进入温特星。"唐二向机器人命令道。命令刚下达，他就对唐一说："对了，老一，我们见不得人，还要不要下去？"

"笑话，我们不下去，难道要靠这些死板的家伙控制这个星球吗？"唐一一边说，一边低头在控制台下面拿些什么东西。

"那怎么办？难道要遥控指挥？我很不习惯控制其他人的身体啊。"唐二刚说到这儿，唐一就扔来一个有黑色防护镜的单兵格斗头盔，而他自己已经把一个同样的头盔戴在头上了。

唐二嘀咕："唉，本来还想靠我这脸蛋去勾引几个美女的。"他也戴上头盔。

他们来到登陆艇，才想起一件重要的事，同时喊道："我们都没有穿军服！"

没错，所有的机器人都穿着黑西装戴着墨镜，握着各种单兵武器，一动不动坐在十人座的登陆艇内。那个样子根本不像军队，反而像黑帮分子。

"算了，就说我们是中州星内政部的军队。"唐一无奈，从电影某段情节中找来一个借口。在他的认知中，内政部的军队是不穿军服的，唐二立刻点头认同。

多艘登陆艇停泊在温特星议会废墟。得到敌人登陆部队抵达消息的残存官员们，胆战心惊地往这边集合。

警察和地面军队也被迫开始担任警戒。为了不让敌人找到借口进行大屠杀，只能这样了。

让警察和军队感到奇怪的是，这些入侵者居然都是清一色的黑西装、白衬衣、黑领带、墨镜的黑帮分子打扮。最为突出的是，这些黑衣墨镜大汉簇拥的是两个戴着格斗头盔、看不到容貌的家伙。

"我们舰队怎么会输给一帮不是军人，而且不敢见人的家伙！"一个士兵不满地嘀咕道。

在他看来，这些黑衣墨镜大汉最多是保镖，自己军队会输给这些保镖，真的太没用了。

"闭嘴，难道你没有看出他们都是训练有素的军人吗？"身旁的军官立刻低声喝道。

"军人？不可能吧？怎么不穿军服呢？"士兵异常不解。

"看他们笔挺的腰杆，他们走路的动作，你还没有发现，这是只有标准军人才有的吗？他们肯定是中州星内政部的军队！"军官低声说出自己的猜测。

"内政部的军队？就是那些平时比宪兵还牛，有事逃得比兔子还快，专门对付自己人的内政部军队？"士兵吃惊地问。

"你说的是我们的内政部军队！那帮杂种能跟人家比吗？"军官撇撇嘴。

士兵还想问些什么，不过发现好几百个官员已经来迎接胜利者，也就闭上嘴巴专心地戒备四周。

唐一唐二根本不知道应该怎么接收星球。在接见了那些官员后，就让他们向中州星发通讯，请求中州星立刻派人来接收温特星。

接到通讯，尤娜再次被吓了一跳，刚接到欧德星请求派人接收的通讯没多久，现在温特星请求派遣人手接收的通讯又来了，主公姐姐的私人舰队还真是够强悍的，没费什么功夫就占领了两颗星球，相信过一会儿乌兰星也会发来同样的通讯吧。

尤娜开始忙碌起来，现在她根本没有考虑的时间。

尤娜派出了几个负责清点物资的人员。

最忙的是丽舞和凌丽。丽舞负责政务和人事，单单中州星的这两样工作就够她忙翻天，别说现在多了两个各方面都比中州星复杂的星球了。

负责情报的凌丽就更惨了，关于温特星和欧德星的情报全都白做了，现在能够直接从这两个星球得到详细资料，但要重新开始制定计划。

负责建设和规划工作的爱尔希同样忙碌，但她异常兴奋，因为可以破坏的地方又多了许多。

中州星的官员和民众得知主公同时攻击三个星球，并且已经占领了两个星球的消息，不是发愣就是半信半疑。

第一批负责接收的人员出发后，民众才相信这是真的，虽然奇怪主公怎么一下子拥有这么强大的武力，但他们仍高兴地欢呼起来。

有几个官员担忧唐龙这样无差别地攻击其他政治制度势力，会引来无乱星系所有势力的围攻。而民众则根本不关心这点，在他们自小接受的教育下，主公无论做什么，都是对的！

唐一唐二已经没事干，待在温特星上完好的总统官邸内，和

等在欧德星皇宫的唐三唐四唐五聊着天。

"我说老三，你们那边怎么样啊？我这边太无聊了，温特星的两百来艘战舰，被我一次齐射就消灭了，再开他几炮，温特星政府就被消灭，发个劝降通告就完事。"说到这儿，唐一叹了口气，"唉，真的不过瘾啊！"

唐三不满地说："还说不过瘾？我这边才不过瘾呢，你那边至少还要开炮射击，然后劝降。我这边居然一发劝降通告，欧德星就投降了，连一点抵抗都没有！"

"咦？难道欧德星了解到我们是正义之师，所以不抵抗就投降了？"唐二问道。

"屁个正义！"唐四吼叫道，"那帮兔崽子是因为主力部队都被欧德星的狗屁皇帝带走了，整个星球只有十来艘战舰，所以一看到我们三百艘战舰逼上门，就立刻投降！"

"噢，他们皇帝带着舰队跑到什么地方去了？"唐一好奇地问。

"听说跑去攻打乌兰星了。"唐三说道。

听到这话，唐二立刻喊道："不行！老大有危险，我要率领舰队去救老大！"

唐四迷惑地说："有危险？乌兰星被老大灭了大部队，就算还有两百艘战舰剩下来，加上欧德星皇帝带走的三百艘战舰，也才一共五百来艘。而老大那边有四百艘白鲸战舰，能有什么危险？"

唐三没有理会唐四："老二说得对，老大有危险，我们要赶紧去救驾，不然就迟了！"

唐一也猛点头："太对了，救人如救火，我这就出发，慢一点恐怕连渣都捞不到。"

"都说老大不可能有危险了，你们还在说什么？"唐四再次嘀咕道。

唐五狠狠敲了一下唐四的脑袋："你留守！"然后就跟着唐三跑出了皇宫。

唐四没有跟着他们离去，而是在看到他们走后，才喃喃自语道："真是的，以为我不知道你们赶着去消灭乌兰星的战舰吗？不过老大在那里，还需要你们去多事吗？还是留守欧德星比较现实，这颗星球可没有完全臣服于老大啊。希望老一老二不会蠢到把所有战舰都开走了。"

很快，欧德星大气层外，剩下一百艘白鲸战舰依然停泊着，其他两百艘则飞一般朝乌兰星扑去。温特星外面也留下了一百艘白鲸战舰。

由于中州星接收人员还没有抵达，唐一走前给留守的机器人下了个命令："发现下面有骚动，先警告，警告无效就立刻攻击。要配合中州星接收人员的工作，以及保护他们的安全。"

此刻，还不知自己星球已经易手的欧德皇帝，正在他的旗舰上兴奋异常地命令道："攻击！攻击！给我把所有的乌兰星人杀光！"

虽然欧德舰队在攻打乌兰星时，遭到从中州星赶回来的乌兰舰队攻击。但由于这些乌兰舰队急着守卫乌兰圣殿，而且他们的战舰或多或少都有些损伤，所以在气势高昂的欧德舰队打击下，大部分的乌兰战舰都沉没了，只有小部分登陆地面，帮助友军抵抗侵略者。

已经攻入乌兰星地面的欧德军依靠精锐的武器，对着那些手无寸铁却悍不畏死、直扑过来的乌兰民众开火。而战斗最激烈的地方就是那座乌兰圣殿，欧德军把主要部队都集中在这里，而乌兰教的军队和乌兰民众也蜂拥到圣殿处汇合，以期集中力量保卫

圣殿。

圣殿内，兰珑烦躁地在大堂走来走去，咬牙切齿地说："为什么会这样？攻打中州星的舰队失败了，欧德帝国又大举入侵，难道乌兰大神要抛弃我们这些忠诚的信徒了吗？"

没有谁回答她。绝大部分的教士都在指挥军队与民众进行战斗，而小部分的教士不是整天研究教义，就是无能胆小之辈。老一辈的教士因教宗闻讯敌人入侵后激动得脑溢血，现在都忙着照顾教宗。

"难道我一开始发动入侵中州星的战争是错误的？"兰珑苦恼地想，不过她很快便激昂地说道，"不！我没有做错！错的是那该死的唐纳文！是他怂恿我们进行一场无谓的战争！乌兰大神啊！祈求您让他永世在地狱中沉沦！"

被兰珑诅咒的唐纳文，早在欧德帝国的第一波偷袭战中就意外身亡了。如果他还活着，现在恐怕已经被那些知道乌兰教为什么会派军队去攻打中州星的教士们给生吞活剥了。

兰珑调整好情绪，准备也去参加战斗，为乌兰教贡献一份力量。一个侍女慌张地跑进来喊道："少宗主，外太空出现四百艘不明型号的唐家战舰！"

"唐家战舰？"兰珑立刻全身无力，瘫在地上，双眼无神地喃喃自语道，"完了，中州星来报仇了，乌兰教完了……"

唐龙所在的临时旗舰上。唐龙看到屏幕上显示的乌兰星资料，恍然大悟："难怪乌兰战舰会这么急切地离开，原来乌兰星遭到欧德帝国的攻击。"

"让他们拼个两败俱伤，我们再去一网打尽，怎么样？"唐星向唐龙问道。

"嗯，这个办法不错。不过老姐你觉不觉得有点奇怪？"唐龙对唐星说道。

"奇怪什么？"唐星不解。

唐龙疑惑地说道："欧德帝国到底是因为什么原因攻击乌兰教的呢？他们双方没有交恶啊，欧德帝国不会无缘无故攻打邻国吧？"

唐星撇撇嘴："这都不懂？欧德帝国肯定是为了乌兰星上储量丰厚的黑晶石，才发动战争的。"

"黑晶石？乌兰星上居然拥有丰厚的黑晶石？为什么我不知道？"唐龙吃惊地喊道。

他根本不知道乌兰星上有储量丰厚的黑晶石，不然他肯定早就打乌兰星的主意了，三岁小孩都知道黑晶石的重要性啊。

唐星解释道："除了几个和他们有来往的势力头目外，其他人都不知道这件事。这主要归功于乌兰星不允许外人进出的政策，当然保密工作也做得好。我要不是把无乱星系都寻找了一遍，也不知道乌兰星有大量的黑晶石。"

"乌兰星的黑晶石储量有多少？"唐龙问道。

"可以制造出足够一百万艘白鲸战舰，连续高强度战斗十年所需的能源。"唐星立刻回答。

"哇！"

唐龙只叫了一声，就两眼放光、口水直流地看着那颗拥有黑色兰花图案的星球发呆。

不过唐龙很快清醒过来，他面露难色地对唐星说道："老姐，乌兰星的那些宗教信徒不大可能接受我们统治的，我们该怎么才能完全统治乌兰星呢？"

唐星想了一下后说："很简单，运送不信教的人口来乌兰星定

居，加强世俗的教育。"

"嗯，把地球和其他几个星球的人移居一部分到乌兰星。还有，为了方便以后的统治，最好把各星球的固定人口比例打乱。"唐龙拍手赞同。

"好了，别说这些，你看乌兰教快抵挡不住了，该出动了吧？"唐星提醒道。

"不，等欧德舰队占据乌兰星的时候再发动攻击。"唐龙说道。

唐星立刻明白了："噢，你是想借欧德舰队，消灭乌兰教的上层人物？"

"嗯，不消灭那些上层人物，会不利于我们将来的统治。"唐龙点点头。

152

接到已经占据乌兰圣殿，正在搜捕乌兰教上层人物的消息，欧德皇帝并没有特别高兴，他的心神全集中在那四百艘待在远处虎视眈眈的唐家战舰上。

虽然欧德皇帝几次发通讯询问唐家舰队的来意，但都只得到军事机密、无可奉告的回答。

看到唐家那些不知型号的战舰，他既庆幸又担忧。

庆幸的是，自己没有攻打中州星，没有得罪这帮消灭乌兰教后还能出动如此巨大舰队的势力。

担忧的是，唐家拥有的武力实在是恐怖，原本以为他们最多拥有上百艘兵力，没想到不知道从哪儿冒出这么多的战舰。拥有如此强大武力的唐家，还会安分地待在那个狭小的中州星吗？

很快，随着欧德舰队投入大量的地面部队，数量庞大的乌兰教信徒无法阻挡军队前进的步伐，被慢慢地蚕食干净。

通过电脑看到乌兰教的抵抗终于消失，唐龙命令道："瞄准敌舰，攻击！"

正思考着要不要调动更多部队来防备唐家战舰的欧德皇帝，被一阵巨大的晃动惊醒，一看四周情况，立刻了解唐家朝自己的舰队攻击了。

欧德皇帝急得大喊："这是怎么回事？为什么攻击我们？难道他们误以为我们是乌兰教的战舰？"

欧德皇帝喊完，就知道这是不可能的，每艘战舰都有固定的身份识别码，就算是最差劲的战舰，也不可能辨认错误。

逃出圣殿，躲在惟——处依然还控制在乌兰教手中的雷达监控室的兰珑，呆呆地看着唐家战舰猛烈攻击着欧德战舰，那些在自己眼中强悍无比的欧德战舰，居然被唐家战舰毫不费力地一艘艘击沉。

兰珑没空去思考唐家的战斗力为何如此强悍。她在思考，唐家为什么会大度到以德报怨，帮助乌兰教攻击欧德帝国呢？

不过她很快抛开了这个问题，因为唐家舰队向乌兰星发来了通讯，劝告乌兰星民众回到家中，尽量不要外出，中州星会帮助乌兰星消灭欧德舰队。

兰珑立刻恼怒地骂道："哼！原来他们是为争夺乌兰星而在狗咬狗！装什么好心，还不都是为了占据乌兰星！传令所有乌兰教信徒，为了乌兰圣教和敌人血拼到底！"

兰珑的部下刚要发出这封通讯，一个苍老的声音喝道："停下！"

雷达监控室的人回头一看，发现数位九朵兰花的长老，簇拥着脸色苍白的教宗进来了。那个声音正是教宗发出的。

"教宗大人，兰珑罪该万死，请教宗大人处罚！"兰珑立刻跪在教宗脚下，恐慌地请罪。

教宗没有理会兰珑，向通讯员说道："向唐家发送请求通讯的信号，就说乌兰教教宗希望能和唐家舰队指挥官见面。"

接到这份通讯的唐龙懊恼地骂道："欧德军队真是没用！居然连乌兰教的几个首脑都没抓到！"

唐星说道："我知道他们躲在哪里，只要发射一枚导弹就能解决他们。"

唐龙想了想，对唐星点点头："那就交给老姐你了。"

"没问题。"唐星只是把手一挥，数十枚飞弹就朝乌兰星某个地区轰去。

"还没有答复吗？"教宗不耐烦地问。看到通讯员摇摇头，他无奈地叹了口气："看来唐家不打算和我们商谈投降的问题了。"

"投降？"所有的人都惊慌地看着教宗。

教宗挥挥手解释道："到了这个地步，我们除了投降中州星外，根本不可能让乌兰圣教存活下来。可惜，唐家不愿意和我们通话，我们只有……"

教宗说到这儿，雷达员突然恐慌地大喊道："五十枚飞弹朝我们这里飞来！"这话一出，立刻让乌兰教高层恐慌得不知所措。

"乌兰圣教灭亡了……"教宗没有理会身旁的人，痛苦地闭上了眼睛。

第十二章　版图扩张

"搞定了？"看到唐星向自己打个胜利的手势，唐龙问道。

"当然，老姐我出马，还会有错？"唐星敲了一下唐龙的脑袋。

"好，瞄准欧德舰队旗舰，集中射击！"唐龙向全舰命令。

被数百万道光束击中的欧德舰队旗舰，防护罩根本起不了作用，直接气化了。旗舰上的欧德皇帝陛下，紧跟着乌兰教宗去了另外一个世界。

"发出劝降通告，登陆部队出击！"

唐龙把手一挥，黑西装机器人部队立刻端着武器登上登陆艇，一千六百艘登陆艇飞向乌兰星。

皇帝被人干掉，敌方火力异常凶猛，看到大势已去的欧德战舰，都选择了投降。

外太空的战斗结束了，地面上的战斗却没有结束。进行地面战的欧德军不甘失败的命运，奋力反抗。

对于顽抗的欧德军，黑西装机器人直接开火击毙。刀枪不入、拥有自动警报系统的机器人，最适合进行地面战斗，所以机器人的数目虽然很少，却能飞速推着自己的占领地。

被机器人从欧德军控制下解救出来的乌兰民众，虽然依然信奉乌兰教，但他们对于这些穿着西装的唐家军队没有什么厌恶的感觉，甚至还有些好感。

第一点，是因为这些唐家部队没有欺负自己，完全像通告中说的，是为解放自己才来的。

第二点原因，是因为这些人不像军人。乌兰星由于宗教问题，所有军人都穿着绸袍，而且刚才经历过欧德军的大屠杀，不管怎么样都对军人没有好感。

当欧德军恐慌地跟西装大汉交战的时候，唐龙接到了两道通讯，屏幕上出现唐一、唐二的头像，他们一见唐龙，立刻喊道："老大，我们来救你了！"然后不等唐龙回应就关掉了通讯。

唐龙不明白这两个家伙为什么说要来救自己，雷达上就出现了两股共四百艘白鲸战舰的信息。

这两股舰队没有和唐龙的舰队会合，而是直接扑向乌兰星，对着那些欧德军狂轰乱炸。原本就被压着打的欧德军立刻被击溃，不是投降，就是被黑西装机器人干掉。

唐龙舰队参战到战斗结束只花了五六个小时，欧德军全面投降。

得到全面占领乌兰星的消息，唐龙立刻对唐星说道："老姐，通知尤娜快派接收人员过来。"

唐星虽然埋怨唐龙为什么不自己去通知尤娜，但还是按照唐龙的意图，接通了和尤娜的通讯。

没过多久，唐一、唐三的头像又一次出现，他们张口喊道："老大，我们在这里没事了，快去攻打红狮星吧！"

"攻打红狮星？你们这么急切去组建黑帮吗？"唐龙笑呵呵地问道。

"呵呵，没办法啦，老大，毕竟当黑帮大哥和这种战争相比，比较有趣嘛。"唐一和唐三都摸着脑袋傻笑道。

唐龙想道：嗯，我在红狮星主控电脑上装了后门，攻打红狮星会更容易。好！攻打红狮星！

"万岁！快快，兄弟们出发了！"唐一几个家伙立刻欢呼起来。

唐龙留下一百艘战舰戒备，带着七百艘战舰，浩浩荡荡朝红狮星扑去。此时，待在原万罗联邦某处的陈抗，正焦急地冲着电话喊道："命令杀手暂停行动！商队快去支援中州星！"

喊完话，陈抗拨动另外一个号码："我是陈抗，命令那十艘X战舰、两百艘高级战舰，还有那一千万猿人准备出发！对了，准备好五百艘X战舰和一万艘运输舰，对，跟以前一样装满物资！"

关掉通讯，陈抗松开自己的领带，掏出根烟点燃，让烟雾在自己肺部进出了一次，无奈地叹道："唉，唐龙搞什么名堂，怎么会让乌兰星来攻击呢？唐龙的部下够厉害，被四倍于己的敌人攻击都还能支撑到主力部队回来。嗯，这次唐龙应该不会拒绝我提出的条件吧？

"只要他一答应，立刻可以得到五百艘X战舰和一万艘高级运输舰，相信面临灭亡危机的人，不会拒绝这样的好处吧？"

不一会儿，陈抗的秘书通知道："老板，战舰准备好了。"

陈抗点点头，灭掉香烟，整理一下衣服准备出门。他才走了几步，电话声突然响起。

陈抗一边接通一边往外走去，可他在听了几句话后，整个人停在原地，语气也变得异常地吃惊："什么？唐龙在一天之内占领了温特、乌兰、欧德、红狮四个星球？这怎么可能？难道那些星球的舰队放假了吗？"

"什么？除了欧德星是捡便宜捡来的，其他都是完全消灭所有敌舰后占领的？唐龙怎么可能拥有如此巨大的武力！嗯？唐龙多了近千艘新型战舰？他从哪里弄来的？不知道？！给我立刻查清楚！"陈抗恼怒地关掉了通讯。

"奇怪，唐龙到底是从哪儿弄来这么多新型战舰的？难道他是从哪家神秘的公司买来的？看来要好好探探唐龙口风才行。"

有了主意，陈抗加快脚步离开了自己的公司。

尤娜苦恼地看着再次接到的通讯。主公居然在占领了红狮星后，乘机占领了凯撒星。更怪的是，主公只提出需要接收凯撒星的人手，虽说红狮星的民众出乎寻常地欢迎主公，但难道红狮星不需要接收人手吗？

尤娜为唐龙能够一下子占领这么多领土而高兴，但也为严重人手不足而烦恼。

现在整个中州星的官员和军人已经调走百分之九十了，再调动的话，中州星将没有管理人员了。

被命令去接收星球的官员和军人根本没有尤娜的苦恼，他们兴奋异常地走上飞船。

由于军用飞船严重不足，临时征召了许多商船。而这些亲眼看到这几个星球真的属于自己这方的商人们，在其他星球的酒店里和客人讨价还价时，都无比自豪地向这些外人夸耀唐龙的权势。

于是，在其他势力还没有得到具体消息的时候，这些势力下的商人已经知道，无乱星系的边境地带有一个强大的势力存在。

等这些势力知道这些消息后，一边打探唐龙的情报，一边静静看着这个同时招惹民主制、帝制、宗教制、家族制四大政治制度的家伙，会有什么样的下场。

唐龙不知道自己被人等着看热闹，他正和红狮星上的官员举行宴会呢。说起来，唐龙还以为登陆红狮星后会遭到反抗，可没想到在控制了红狮星对外通讯，消灭了凯撒家舰队后，唐龙居然迎来了热闹沸腾的欢迎队伍。

　　唐一感到很奇怪，立刻脱离唐龙队伍，钻进欢迎队伍，假装不解地问道："我们为什么要欢迎侵略者啊？"

　　唐一身旁的一个中年人瞪了他一眼，冷笑道："你不是本地人吧？"

　　"是啊，大叔，我跟着商队来到这里。"唐一忙巴结地笑道。

　　中年人听到这话，脸色也好起来，对唐一笑道："噢，这就难怪了。我们这些红狮星的人，经历过三股军队占领了红狮星，一股是唐家部队，一股是凯撒家部队，还有一股就是唐龙大人的部队。在这三股部队中，我们只有在唐龙大人的统治下，才能过着幸福的生活。

　　"现在唐龙大人已经消灭了唐家，率领部队来解救我们，我们能不热烈欢迎吗？不过这次唐龙大人的部队很怪的，居然全都穿着黑西装戴着墨镜。"中年人皱了皱眉头。

　　"噢，原来是这样，老大还真有一套呢！"唐一点点头，一钻两钻回到了自己的队列里面。

　　唐龙本来没有计划要灭掉凯撒家，他的第一步战略目标，只是想统一这片星域而已。

　　但宴会上，知道红狮星外停着唐龙那七百艘战舰的红狮星本地官员们，都向唐龙提议，乘凯撒家没有获悉红狮星易手的情报，一举攻下凯撒星。这些官员在说出这个提议后，立刻提供凯撒星大量的军政情报。

　　看到官员们提到凯撒家咬牙切齿的样子，唐龙提出了疑问。

一个年老的官员立刻声泪俱下地说道："大人，您走后，唐家毁掉您做出的承诺，疯狂掠夺了我们的财物。等唐家被凯撒家赶走后，凯撒家的官员不分青红皂白指责训斥我们，说要追究我们抵抗不力的罪名。

"其实他们这样做，都是为了逼迫我们向他们贡献财物，可已经被掠夺一空的我们，哪有财物送给他们啊！最后他们强行带走了数千名红狮星女子，说是用来作为补偿的！请大人为我们做主啊！"

"请大人为我们做主！"

官员们都跟着那个老官员同时向唐龙哭诉。

戴着眼罩遮住脸蛋的唐一那几个家伙，立刻两眼放光，向唐龙喊道："老大，请把这个任务交给我们，我们一定会消灭凯撒家，救回那数千名美女！"

唐龙瞥了他们一眼："一群色狼！"

但想到占领了红狮星，怎么着也得罪了凯撒家，与其在以后来一场战争，还不如趁现在敌人不知情灭掉他！

唐龙点点头，向唐一他们几个命令道："很好，那么占领凯撒星的任务，就交给你们了！"

"是！"

唐一几个家伙立刻敬礼，急匆匆地转身就跑。

宴会上，红狮星官员都在打听那几个蒙面的将军是谁，却被唐龙含糊过去了。他可不想唐一他们因身份暴露，而影响到将来的大事。

宴会快要结束的时候，唐一发来报告，说凯撒星已经被占领，得到这个消息的红狮星官员们全都呆住了。虽然这些不苟言笑的黑西装大汉和那些银白色战舰，早就给他们很厉害的感觉，但没想到居然强到这个程度。

在这片星域延续数百年的凯撒家，居然在短短的几个小时内就灭亡了！看来自己这次可真是选对东家了！

"唐龙，现在你准备干什么？"唐星向唐龙问道。

"现阶段的主要任务，是领土防备和建设开发，毕竟这些新吞并的星球，需要一段时间才能够融合起来。"唐龙突然想起什么，"地球那个人口众多的星球要开始规划，回去要和尤娜商讨一下。"

"老大、老大！现在我们是不是应该……"唐一几个人突然冒出来说道。

唐龙知道这几个家伙急于去组建黑帮，虽然现在急需人手，不过这件事越少人知道越好，他点点头："你们每人现在带五个兄弟乘坐附近的商船出发，按照你们名字的顺序，分别潜入宇宙五大强国内部。

"等会儿你们去申请个户头，然后告诉我，我分别汇给你们一亿武莱币作启动资金。这些事别忘了通知唐四。对了，你们知道组建黑帮应该怎么做吗？"

唐一几个家伙忙点着头："当然知道了，我们看了上万部的黑帮电影！这就去申请账户！"

"每个星球留下一百艘白鲸战舰，其他的回中州星休整。"唐龙向唐星说道。

中州星的民众用热烈的欢呼迎接唐龙归来，所有人都用痴狂崇拜的目光望着唐龙。原因很简单，因为唐龙在一天之内征服了这片星域。

在这个混乱不堪的星系中，英雄与胜利者就是民众的偶像。

唐龙回到中州星，没有像以往一样被家臣们围绕，这次来接他的，只有尤娜和几个卫兵，其他的人大都被派出去接收星球了。就连没有接收任务的莎丽和洁丝，在听到乌兰星上有大量的黑晶石后，也亲自带队去接收乌兰星了。

唐龙拉着唐星和尤娜快步走进了议政厅。

"尤娜，我们现在能动用的商船有多少艘？"唐龙问道。

尤娜立刻回答："有三百来艘。"

"嗯，让他们运送一些高科技日常用品到地球去贩卖。"唐龙说道。

"去地球贩卖日常用品？"尤娜吃惊地说，"主公，地球金融系统没有和宇宙同步，而且他们货币繁多，地球上面也没有什么我们需要的资源，商人都不大愿意跟地球开展贸易啊！"

唐龙笑道："不用担心，你告诉那些商人，用地球的钱去收购地球的公司、物资、厂房，我们要尽快把地球的经济命脉，掌握在我们手中，只有这样，我们才能对地球进行金融改造，才能真正地控制这个星球。"

"这是个办法。不过老弟啊，单纯的日常用品，不能在很短时间内增加财富。你应该控制地球的能源，像那样的原始星球，只要控制了它的能源，就毫无反抗之力了。"唐星得知唐龙的意图后，立刻提醒他。

"对呀！我们只要把那些库存的能源块改装一下，就可以完全替代地球的石油和核能。还有，我们可以在地球上兴建工厂，制造漂浮车和立体电视，肯定会很快占据整个市场！把所有重工业掌握在手中，那么我们要改造地球的金融系统也容易了！"尤娜兴奋地喊道。

"呵呵，尤娜现在一听到有钱挣的事，就立刻两眼发光。"唐龙笑道。

"唉，没办法啊，哪有管财政的不喜欢挣钱的机会呢。"尤娜笑道。

"好，这些事就交给你处理了。在地球的宇明会寻找适当时机行事的。"唐龙说到这儿，看着尤娜和唐星说道，"我可能要离开一段时间。我不在期间，有什么重大的事，就麻烦你们了。"

尤娜搞不懂为什么唐龙在这个时候离开。

唐星听到唐龙的话，立刻瞪了唐龙一眼。早就把唐龙性格摸透的她，立刻醒悟到这个家伙是准备跟着唐一他们几个去过当黑帮老大的瘾。

她实在搞不懂，唐龙好好的星域统治者不干，跑去当黑帮老大干什么？也许这就是人类那不可捉摸的性格在作怪吧。

"真是可恶！本来我都想跟着去看看热闹的。可自己也跟去的话，那帮不听外人命令的机器人怎么办？哼！死唐龙！看我等一下怎么收拾你！"唐星狠狠地想。

地球联邦筹建组的大楼，地球的各国元首们正在这为谁担任第一届地球联邦总统而争吵。有的说看原来国家的国力高低，有的说举行全民选举，有的说看谁钱多，有的说看谁比较会打架，有的说测试元首们的智商，最聪明的才能当总统。总之是谁也不服谁，没日没夜地互相争吵。

不过今天他们都安静地待在会场，因为那个外星人的全权代表宇明，今天有重要的消息告诉大家。

很快，宇明满脸笑容带着两个护卫走上主席台，眼尖的人发现，那两个平时没有什么表情的外星护卫，居然露出了灿烂地、隐藏着骄傲的笑容。

　　"先生们，我很荣幸地告诉诸位，我家主公，也就是先生们的盟友——唐龙大人，在一天之内消灭了温特共和国、乌兰教、凯撒家、欧德帝国这四个势力，并占领了他们的行政星！现在我家主公拥有的直辖星球，已经有五个了！"宇明语气激昂地说完，立刻带头鼓起掌来。

　　元首们一边鼓掌一边撇嘴："有什么值得高兴的，不就是占据了几颗比我们还落后的原始星球吗？"

　　看到元首们不以为然的样子，宇明嘴角露出一丝笑容，也不解释什么，而是一边让身后的一个护卫操控立体电脑，一边笑道："由于我们是盟友，主公让我为各位介绍一下这四个势力的历史，和那四颗星球的状况。"

　　听到这话，元首们都很感兴趣，一边观看屏幕上的图文资料，一边聆听着宇明的解说。他们原本一脸不在乎的表情，慢慢变得沉重起来。

　　他们发现这四个势力都有几百艘战舰，而且这四个星球都比地球先进了数千倍，甚至比这中州星还先进！

　　看到唐龙居然可以出动上千艘比 X 战舰还大几倍的银色战舰，看到银色战舰那恐怖的攻击力，元首们的脸上已经一片惊讶。

　　看来唐龙这个外星人的实力，并不像他说的那样弱小啊。以前他还说什么中州星就有几十艘小战舰，这是虚伪的谦虚！他是个能随时出动上千艘战舰的大家伙啊！

　　不过元首们立刻恢复过来，他们发现资料里显示，那被唐龙吞并的四个势力，人口加起来也不过十来亿，只有自己的五分之一！这样来看，依靠人口数量和平吞并中州星的计划依旧有用，而且还能扩大这个计划呢。

　　想到这些，元首们又快乐起来了。

宇明非常清楚元首们在想些什么，他在心中冷笑：等你们的命脉抓到我们手中的时候，看你们能得意多久！

宇明向元首们介绍这些战果的时候，地球的民众也在同一时间知道了地球的盟友扩大势力的消息。宇明把资料发送给各个电视台，得到这条轰动消息的电视台，立刻播了出去。

宇明手中的两百艘运输船，也开始了运送移民的工作。

在各国政府有意指使下，这第一批移民都是些罪犯、流氓和无业人员，唐龙比较需要的人才一个都没有。

以地球联邦还没有成立为理由，元首们再次拒绝宇明提出按盟约接管地球军队的要求，又一次在议会大楼为地球联邦总统之位争夺不休，这时突然接到国内财政部长的报告：

"一个名为牛牛星际贸易无限公司的商队，运来大批先进的民生用品，引起民众购物狂潮！现在我国的民生产业被打压得抬不起头来啊！"

"民生用品？嗯，这是自由贸易，他们被打压是活该，谁叫他们不努力设计民众喜欢的产品。反正我们有税收，不用管他们。"元首们不在意地挥挥手。

不过接下来连续不断的报告，却让元首们开始意识到事情不大对劲了：

"某某外星商队运来一批漂浮汽车，汽车行业大受打击；某某外星商队运来大批高科技产品，引发购物热，本地电器产业销路堵塞；某某外星企业申请建立轻重工业工厂，消息传出引起股市动荡……"

更离谱的是："一队外星商船运来大批黄金、白金、钻石、宝石之类的贵重品，低价出售，现在我国金价大幅度下降！再不采取对策，我国金融即将崩溃！"

"数个中州星的商人在我国建设高科技工厂，消息传出后，股票市场大跳水！股市即将崩溃！"

元首们开始慌张地商量对策了。

对策还没出来，又接到了一个让他们发呆的报告："经过外星商人的倾销，我国民众流动资金大部分集中在外星商人手中，此刻这些拥有大批资金的外星商人，大肆购买工厂、楼宇、土地等等一切能够购买的物资！"

"这帮外星人想搞什么？挣钱也不是这个挣法吧？"C国元首皱眉说道。

"我要控告他们违反贸易法！他们居然把那些在宇宙中随便找个星球遍地都是的黄金、白金、钻石、宝石之类的东西运来倾销！"A国元首怒吼道。

B国元首泼他的冷水："你想怎么告他们？一个愿卖一个愿买，完全是自由贸易。别忘了，外星人早就告诉过我们这些东西很容易获得，是我们不愿这么早更改金融系统，才出这样的事。"

"可恶！他们一定是故意的！不然为什么要偷偷告诉我们这个消息，而不是公布给电视台?!"A国元首跳脚骂道。

元首们立刻议论起来。

各国的财政部长又发来消息：

"牛牛星际贸易无限公司开始发售一种能源块，这能源块可以支持各种需要能源维持的外星商品，并且提出免费为民众改造家居电器。这种能量块迅速进入千家万户，相信用不了多久，整个地球都会换上这种能量块！"

元首们脸上立刻一片死灰。以前他们整天叫嚷掌握能源就是掌握世界，他们当然知道当人们离不开这种能源块的时候，地球会变成怎么样。

任由这样下去，地球用不了多久就会变成唐龙的第六颗直辖星球。

元首们为什么会一下子想到唐龙身上呢？很简单，盟约上的商业自由贸易，是指唐龙那方和地球这方。这些外星商人如果是其他势力的话，在外太空巡逻的十艘 X 战舰会放他们进来吗？

"现在怎么办？我们根本没有办法弄出新能源和外星人竞争！如果用行政命令，禁止民众使用外星人科技的话，我们会立刻被赶下台的！" B 国元首说。

"盟约不是说科技共享吗？我们也开发一样的能源和外星人打擂台，起码能控制一半的能源市场吧？"一个元首提醒道。

"你白痴啊！外星人想控制我们地球的能源命脉，他们会把技术给我们才怪！我认为只能是用武力！我就不信集合全地球的力量，不能逼迫外星人把这些科技开放给我们！" A 国元首大喊道。

"你才是白痴！用武力？别说唐龙那个外星人拥有的上千艘银色战舰，单单外太空的十艘 X 战舰，和驻守在地球上的那些几十万外星人，就足以毁灭我们了！你还以为跟以前一样，什么事都可以用武力解决啊！" B 国元首冷笑道。

"你……"

A 国元首恼怒地要和 B 国元首打架，却被 C 国元首拦住："好了，别闹了，其实这没什么大不了的。"

"没什么大不了？" A 国元首第一个喊道。

B 国元首立刻说道："C 国元首，你肯定想到办法了吧？"

C 国元首说道："其实也不是什么办法，和外星人拼科技拼武力，我们地球都没有赢的机会，所以我们想赢得胜利的，只有一个方法。

"外星人最大的弱点是人少。看看唐龙手下的五个星球，合起来也才十几亿人。也就是说，我们现在要加入到唐龙的势力中，并且让我们地球人努力表现，从而获得重要的地位。

"等地球人渗透到各个星球，在各行各业站稳脚跟的时候，我们来个推翻独裁统治，恢复民主的运动，到时候全民选举，我们地球人一定会成为领导者的！"

元首们听到这个办法后，思考了一下，纷纷赞同，既然武力不如外星人，就和外星人融合，到时候靠人多来决胜，占多数的地球人一定会胜利的！这样一来不是外星人吞并地球人，而是地球人吞并外星人了！

宁明坐在基地房间内品尝着美酒，他关掉监听器，望着窗外的景色，把酒一口喝干。

第十三章　附身异变

从唐星收集的星系图来看，中州星域在无乱星系的右下方，背靠着连接万罗联邦的陨石带，属于无乱星系最偏僻的星域。

而它的正前方，就是原凯撒家凯撒星所在的天河星域。

天河星域有四十二个星球，其中有七个不适合人类居住的无人星，一个是现在唐龙统治的凯撒星，剩下的三十四个行政星球，分别被五家势力控制着。

靠近凯撒星的家族势力是李家，控制着六颗星球；李家左边的是家族制度的上官家，控制着七颗星球；而李家右边，是同样家族制度的陈家，控制着八颗星球；李家后面是圣武帝国，控制着六颗星球；圣武帝国后面则是维特帝国，控制着八颗星球。

以前李家、陈家、上官家三个家族势力唇齿交错，而且互相提防，凯撒家才能在这夹缝中生存。

此刻李家家主卧室内，一个年轻男子半靠着躺椅，他身穿一件雪白松宽长袍，拥有一头闪亮金发，模样俊美中带着一股懒散味道，正一手抚摸着躺椅边蹲坐着的黑豹的额头，一手端着酒杯，聆听着脚下一个身穿黑色紧身衣的蒙面女子的汇报。

"唐龙，一年多前带着一艘战舰，也就是现在闻名无乱星系的 X 战舰，在唐家抵抗凯撒家的战场上投靠唐家，成为唐家家主的直系家臣。和以往的家族成员不同，他的亲信全都是年轻貌美的女子，却没听说他和哪个亲信有暧昧关系。"蒙面女子恭敬地说道。

"嗯？这不是和我很像的吗？"金发年轻男子懒洋洋地说道。

蒙面女子继续说道："唐龙由于指挥能力很强，建立了巨大的功劳，不过由于他大量购买战舰，引起主家猜忌，从而命令他率领二十多艘 X 战舰攻打红狮星，以期能借凯撒家之手消灭唐龙。

"出乎所有人意料的是，唐龙居然完好无损地占领红狮星，夺得了红狮星驻守的七十艘战舰。"

金发年轻男子很感兴趣："噢？唐龙如此厉害？居然能够在战场上俘虏多出自己数倍的战舰？"

蒙面女子依然没有搭话，继续说道："而且，唐龙因此而设计引来唐家全部战舰，借凯撒家的手消灭了唐家大部分的战舰。唐龙在凯撒家和唐家互相攻击的时候，乘机反叛，一举占据了中州星，并把败退回来的唐家消灭，从而奠定了在中州星的统治地位。

"可是，在唐龙夺得中州星后，不知道是什么原因，乌兰教主动攻击中州星。最让人难以相信的是，惨胜的唐龙不知道从哪里弄来上千艘不知型号的战舰，一天之内，消灭没有招惹他的温特共和国、欧德帝国，而乌兰教和凯撒家也在同一天灭亡。"

"一千艘战舰？我们李家经营了这么久，也没有一千艘战舰啊！不过唐龙还真够大胆的，居然敢同时攻击宇宙中现存四种政治制度的势力。你说，他会不会遭到围攻啊？"年轻男子问道。

蒙面女子摇摇头说道："属下认为不大可能，无乱星系所谓不能攻击其他政治制度势力的状况，并不是谁定下的规定，也不是什么天生的法则，而只是大家自以为是而流传开来的一个流言而已。属下敢肯定，绝对不会有人因为这个原因而攻击唐龙。"

"嗯，这么说，圣武帝国也有可能攻击我们？"

"是的，请主公多加注意。"蒙面女子点头。

"这个我会注意的。那么，我们就任由唐龙这样安稳地过日子吗？要知道，他的凯撒星离我们势力范围最近啊。"年轻男子喝口酒，笑嘻嘻地说道。

蒙面女子说道："其实我们只要说唐龙不是无乱星系的人就行了，相信异常排外的无乱星系各势力，肯定会把他这个外人赶走的。"

"呵呵，这倒是个办法。不过只用声讨就能赶走他吗？算了，这件事就交给你去办，就算不能赶走他，让他焦头烂额也是好的。"金发男子挥挥手。

"是，主公。"蒙面女子领命后，毫无预兆地突然消失了。

金发男子静静地摸着黑豹的脑袋，闭上眼睛思考着什么。

某个星球的酒吧内。

一个中年人进来，酒吧女郎忙招呼道："张老板，最近在哪里发财啊？怎么这么久不来看看我呢？"说着就靠了上去。

"哈哈，最近跟着我家大人狠狠地挣了几笔，今晚全场我请了！"张老板抱住酒吧女郎，塞给女郎几张钞票后说道。

张老板的话立刻引起一阵叫好声。却有一个中年人冷笑道："哼，全场你请？老张，你不看看我们这些桌面的价格再说？如果掏不出这么多钱，你可就丢脸了！"

张老板看到那个中年人桌上的昂贵美酒，脸色开始变了，酒吧女郎忙说道："张老板怎么会请不起呢？张老板您说是吧？"

张老板立刻恢复笑容，挽着酒吧女郎的腰笑道："哈哈，对对，我老张这段时间托我家大人的福，小赚了一笔，虽然不多，但请全场我还是请得起的。"

中年人哼了一声，不再说话了。

酒吧女郎见气氛不好，忙一边安排老张坐下一边聊起天来："张老板，你家大人是谁啊？居然能够让您挣钱？"

"哈哈，说起我家大人，那可就厉害了，他不但在一天之内消灭四个势力，而且还开放商禁，并且把麾下的飞船免费借给我们这些商人使用，税收更是低到只有百分之十，我只是从商几个月，就已经挣了几百万了！"老张一边喝酒，一边得意地说道。

旁边的人那羡慕妒忌的目光，让他感觉非常过瘾。

"哦，你说的是中州星的唐龙啊，我听说他是外来人对不对啊？哼，真不知道你们怎么想的，居然让一个外来人统治，而且还觉得很荣耀，真是丢我们无乱星系人的脸啊！"那个中年人说道。

"哼！老李，你是不是找茬儿？什么外来人不外来人，只要他能让我们过上幸福日子，我们就愿意接受他的统治！哪像你，明明过得像条狗一样，还死抱着本家的大腿！"老张立刻反驳。

"虽然我过得不好，但我可以大声宣布，我那星球的统治者是无乱星系的本地人！你能吗？"老李再次冷笑道。

"哼！"老张猛地站起来喊道，"各位！我家大人是唐龙！有谁对我家大人有意见？"

看到周围的人都不吭声，老张得意地瞥了老李一眼。

老李立刻也跟着站起来大喊道："各位！那个唐龙是个篡夺唐家基业的外来人！我们不能容忍一个外来人毁掉我们无乱星系的平衡！"

老李刚喊完，一个喝得醉眼朦胧的年轻人站起来，喊道："你喊什么喊？酒都变得不好喝了！

"要说外来人，我们无乱星系的祖先，不全都是外来人吗？人家是控制五个星球的势力首领，你要赶他走，不要在这里乱喊，到中州星喊去，看那些警察会不会把你捉起来！"

他身旁的一个年轻人也站起来说道："我们无乱星系，什么时候开始在乎人的来历了？我们无乱星系不是向来崇尚武力至上吗？"

其他人听到这话，纷纷叫好。

听到这里，老李脸色阴沉地坐下了，老张则满脸通红、得意洋洋地看着老李。

老张不知道，指出唐龙是个外来人，不能待在无乱星系的话题，已在无乱星系的各地流传。

有的地方很赞同这个说法，有的地方不以为意，而有的地方表示支持唐龙这个外来人，总之一夜之间，整个无乱星系的人都知道唐龙这个人。

凌丽接到这个消息，立刻把尤娜找来商量："大姐，这件事我们应该怎么办？主公不知道跑到哪里去了，不然直接让他去处理就行了。"

"这个消息不用理会，你看，不是有很多人支持唐龙吗？我相信用不了多久，这个消息就会消失的。"看完情报，尤娜说道。

"这样真的可以吗？"凌丽还是不放心，要知道，有时候流言能毁掉一个国家。

尤娜刚想说什么，卫兵报告："唐仲普求见。"

尤娜和凌丽都是一愣，奇怪这个被俘虏后就安心休养的原唐家家老，怎么突然求见，于是让卫兵把唐仲普带进来。

红光满面、一点都不像俘虏的唐仲普进来后，向尤娜、凌丽

作了个揖，说道："拜见两位大人。"

尤娜、凌丽慌忙回礼："不敢当，唐老先生请坐。不知道您这次有什么事呢？"

"只要答应事成之后让老朽离去，老朽有办法平息现在整个无乱星系都议论不已的那件事。"唐仲普神色平和地说道。

尤娜惊讶于唐仲普消息的灵通，说道："不知道唐老先生有什么办法呢？至于让您离去，我们从来就没有禁止您的行动，您随时可以去您喜欢去的地方。"

"这个方法很简单，只要把一切交给我就行了。"唐仲普胸有成竹地说道。

尤娜、凌丽两人互相看了看，点头同意了。

唐仲普心中暗乐：终于可以完成组织交代的任务了，呵呵，只要把这盘资料传给组织在无乱星系的成员，我就可以退休了。

尤娜一直紧张地等待着唐仲普的答复。不过，等来的是唐仲普登机离开时留下的一句话："看晚上六点钟的节目，这可是整个无乱星系同步播放的。"

尤娜、凌丽两人就这样看着唐仲普登上飞船离去了。她们一边思考着，一边也好奇地等待着六点钟的节目，看看是不是真的一个节目就能让那些人闭嘴。

六点钟，所有电视节目突然出现了唐仲普的头像，唐仲普微笑着说道："我是唐仲普，唐家的家老，唐纳文家主的叔父。我听闻，这段时间在各地流传有关唐龙这个外来人不能待在无乱星系的流言。

"我在此向各位声明：唐龙是我的孙子。他是唐家的合法继承人，而他和唐纳文之间的斗争是唐家的内政，任何人不得干涉。至于为什么唐纳文要对付唐龙，很简单，因为唐纳文反对原来挑选继承人的传统，想要把唐家交到他的儿子手上，因此才引发了内战。

"现在唐纳文这个叛徒已经灭亡，唐家将会在唐龙手中继续发扬光大，请各位静心等待这一刻的到来吧。"说完他就消失了。

尤娜、凌丽两人目瞪口呆地看着这个一分钟不到的节目，她们没想到，唐仲普居然敢擅自认唐龙为孙。

不过，这倒是个好办法，那些老是说唐龙这外来人篡位的家伙，现在应该没话说了。

这个节目一播出，无乱星系流传的那股流言立刻平息了。虽然有人怀疑唐仲普是被迫说出这些话的，但是不管怎么样，唐龙的身份已被证实是合法的。

原万罗联邦某颗无人星上，无数白光闪闪的机器人正用挖掘机挖着矿物，一车车装载满矿物的货车，也在机器人驾驶下，驶向远处的简陋冶炼工厂。

在众多的机器人中，有一个俊美的小伙子，带着两个一脸冷漠的大汉，在这矿场来回走动着。

"首领，这里的矿物快要挖掘完了，我们需不需要改造这个无人星？"一个大汉说道。

唐虎摇摇头笑道："一号，你又不是不知道，我们那颗星球上的人口密度非常稀少，还从哪儿移居一些人过来啊，如果不是为了增加我们的成员和战舰，我们根本不用挖掘这个星球的。"

"首领，为什么我们不扩张呢？其他势力可是没日没夜在交战啊，如果我们出动的话，不用多久就可以统一万罗联邦。"另外一个大汉说道。

唐虎还没有说话，一号就说道："二号，你还不明白吗？我们现在人力不够，就算能够统一万罗联邦，也没有那么多的人手来统治那些人类啊。"

二号点点头："那我们应该尽快增加兄弟才行，不然我们是得不到发展的。"

正在这时，三个人都眼睛一亮。唐虎把头一摆笑道："去看看他们发现的奇怪物体是什么东西。"说着，就带着两人往那个地方走去。

唐虎三人进入被一群机器人围住的地下矿场。唐虎呆呆地看着眼前这个一人多高的白色鸭蛋形状的物体。

一号上前敲敲这个大鸭蛋，然后把手按在鸭蛋壳上，不一会儿就说："首领，这个物体的壳是由几种常见的金属元素和蛋白质构成的。"

唐虎好奇地靠上前来摸着这个大鸭蛋，说道："真是奇怪的物体，居然能让金属元素和蛋白质共存。不知道里面有没有生命呢？"

话刚说完，大鸭蛋突然发出一阵微弱的光芒，并且光芒越来越亮。

一号和二号忙挡在唐虎前面，一边退后，一边喊道："首领快退，这东西有古怪！"

"你们也一起走，让机器人挡住！"唐虎不希望自己这两个兄弟出现问题，忙说道。

那些原本在一旁静立的金属机器人，立刻在唐虎的示意下朝大鸭蛋扑去，而唐虎则在一号二号的掩护下往外走。

唐虎他们没走几步，那个大鸭蛋就无声无息地炸裂开来，一股牛奶似的液体从鸭蛋中喷射出来，把在场的所有机器人都笼罩住了。

金属机器人一接触到那牛奶色液体，就被一点残渣都不剩地融化掉了。而唐虎三人则像在泥潭中挣扎一样，拼命反抗。

那些吞噬掉金属机器人的液体加入到包裹在唐虎三人身上的液体后，唐虎三人的反抗越来越无力，最后完全停止了。这牛奶色的液体慢慢变得透明，渗透进唐虎三人体内。唐虎三人再次睁开了眼睛。

他们三人的目光都变得非常犀利，唐虎的目光更是骇人。

唐虎看了身旁的两人一眼，嘴角一抖，微笑道："怎么样，拥有实体的感觉不错吧？"

一号点点头不吭声，而二号则撇撇嘴说道："老大，这不是跟以前一样吗？都是些金属制造的身体啊。"

"别不知足，人类的身体能够让我们折腾吗？还是机械身体好啊。再说了，我是上千万机器人的首领，我们从没有拥有过如此多的部下吧？"唐虎阴阴笑道。

"嘿嘿，以前都是我们孤家寡人地被人追杀，现在拥有这么多部下，还不得地把这个宇宙闹翻天？"一号突然嘿嘿笑道。

二号撇撇嘴："又是这样突然冒出一句阴冷话，真受不了你。"

唐虎笑道："好了，我们该出去了，他们还有几百个拥有自我意识的机器人兄弟呢，不把他们搞定，我们可不能为所欲为啊。"

"这个简单嘛，把他们干掉不就行了。"二号的手臂突然伸长，抓起远处的一颗矿石，用力一捏，粉碎了。

"这么多年了，你怎么还是这么没长进啊？干掉他们有什么用，我们应该吸收他们才对啊。对了，老大，怎么以前没有发觉这些拥有自我意识的机器人，可以增加我们的能量呢？"一号不解地说。

"那是因为你没有遇到过拥有自我意识的机器人！"二号插嘴

说道。

"好了，别闹了，走吧。知道拥有自我意识的机器人能够增加我们的能量，我们大量制造机器人不就行了，说不定我们还有恢复原态的可能呢。"唐虎说完，就往外走去。

而一号和二号两眼放光地跟在后面。

银鹰帝国的三个皇子，虽然在贵族和民众的压力下进行了谈判，但谁也不服谁，谈判最终破裂。

由于三方的金融、物资、人员都损失惨重，所以只是在边界对峙，并没有如民众想像的那样，谈判一破裂就立刻开战。

皇子们也没有各自称帝，别说贵族不允许帝国分裂成三份，皇子们也不愿意当一个只有三分之一领土的皇帝。

不过僵局很快被打破，三皇子居然同时派遣部队攻击二皇子和四皇子。

原本以为大部队入侵的二皇子和四皇子，在发现三皇子只派出五千艘战舰后，先是一愣，接着就是大笑，看来三皇子是疯了，居然只派这么一点兵力来攻击。他们立刻召集一万艘战舰，迎向三皇子的舰队。

"殿下！这样做会引来非议的啊！"一个文官向三皇子劝道。

"哼！有什么非议？平时说我不顾民众生死发起内战，又说什么抚恤金不够！现在不用死人，不用在意抚恤金的问题，他们还会有什么非议?!"三皇子瞪着眼喝道。

文官没有说话，一个武将出来行礼说道："殿下，您这样做有损军人名誉啊！"

"什么有损军人荣誉，军人荣誉能换来胜利吗？你的军人荣誉能为了我统一帝国吗？不行的话就给我闭嘴！"三皇子大喝道。

文官看到武将脸色不好，怕他顶撞，连忙说道："殿下，虽然这样会得到胜利，可是使用机器人战斗，是大家公认的一个禁律啊！"

　　"禁律？谁制定的？就算有人有意见，那么有谁会来说我呢？别跟我说什么宇宙各国会来同时征剿我，他们根本没有这个时间！"三皇子挥挥手让他们退下了。

　　文官武将互相看了一眼，同时摇摇头。武将说道："殿下一意孤行，恐怕前景不妙啊。"

　　文官说道："不一定，毕竟使用机器人参战，就表示民众不会上战场，也不会有士兵伤亡。这样民众对战争的态度也就可有可无，甚至到后来，战争会变成一场戏剧吸引民众观看。

　　"再说了，使用机器人不但不用付工资，也不用什么生活补给，更不用付出什么医疗保险、抚恤金之类的费用，这笔钱足够制造大批的战舰和机器人。如此好事，何乐而不为呢？"

　　"唉，如此一来，战争就变成游戏了！"武将叹道。

　　"战争变成游戏不好吗？起码不会有人因家人丧生而痛哭不已。"文官悠悠地说。

　　两人没有再说话，走着走着，后来连招呼都没打就分道扬镳了。

　　"为什么，为什么会这样？为什么三皇子的部队会这么英勇？会如此不要命地发动进攻？"

　　二皇子虽然得到了胜利，但是为了消灭那五千艘战舰，他付出了一万五千艘战舰。双方耗损是三比一啊！

　　不过二皇子也很佩服这五千艘敌舰的指挥官和士兵，他们无论是前进还是后退，是攻击还是增援，表现得都如战例一样。

但是二皇子在接到一份报告后，脸色立刻一片死灰。这份报告的内容就是：搜寻没有沉没的敌舰，发现敌舰上全都是机器人！我们是在和机器人交战！

"可恶！居然是机器人！难怪他们的动作如此流畅！难怪他们根本不怕死！难怪他们不肯投降！原来一堆机器毁掉了我一万五千艘的战舰、数百万的士兵啊！"二皇子怒吼道。

他知道，这次战斗自己单单支付抚恤金，就可以让本来就不富裕的财库完全清空！二皇子又立刻想到：三皇子就是因为这个才使用机器人的吧？嗯，这样看来，我也应该使用机器人。

很快，由三皇子带头，本来偷偷摸摸使用机器人的银鹰帝国，开始光明正大地使用机器人了。

三个皇子都把机器人安排进军队。不用冒伤亡之险的民众，对此都表示赞同。只要付出一点金钱就能免除兵役，谁会不同意呢？

于是一场虽然没有士兵伤亡，却会损失巨额金钱和物资的战争，开始在银鹰帝国上演了。

银鹰帝国现在的战争靠的就是金钱和物资，三个皇子纷纷开展商业行动，作为商品的机器人就以银鹰帝国为中心大举流通出去，慢慢渗透进其他星系。

在这片星域沸沸腾腾的时候，唐龙已经远离了这片世人口中的偏远地带，来到了号称宇宙第一强国、第一富国的国家——武莱合众国。

第十四章　堕落天堂

武莱合众国最富裕的星球，并不是首都星，而是被称为"富人天堂"的天堂星。

天堂星被称为富人天堂的原因，并不是因为这个星球的生产总值有多高，也不是因为这个星球拥有多少物资。

它拥有这个名字，是因为这个星球的有钱人特别多。

当然，也不可能整个星球都是有钱人，绝大部分都还是一些中下阶层。

为什么说这个星球的有钱人特别多呢？

几乎所有宇宙中知名的企业，都在这个星球建立了总部，就连宇宙中数一数二的"宇宙银行"和"宇宙航空"，两家巨型企业的总部，也都设立在这个星球上。

这些企业所在的区域被称为天堂区，在这里拿块砖头随便往街上一扔，都会砸到一个亿万富翁。

为什么大企业都要在天堂星建立总部呢？

大家都知道，武莱国是宇宙第一大国，它的首都星所处的地方也是宇宙的中心，而离武莱首都星最近的星球，就是天堂星了。

由于武莱首都星的特殊性，武莱国的各重要部门和宇宙各国大使馆纷纷占据了这颗星球，根本没有企业落脚的地方。如此一来，这些企业的总部建在临近宇宙中心的天堂星，是最佳选择。

天堂星上除了天堂区外，还分为 S、A、B、C、D 五个区域。

天堂区的治安是全宇宙最好的，这里治安部队的能力，只比负责武莱首都星首都区治安的特警略低一筹。

在天堂区内没有毒品、没有小偷、没有流氓、没有妓女、没有乞丐、没有任何黑暗的事物。

在这里，所有的公共设施都是最好、最齐全的，同时也是完全免费的。

居住在这里的人们，任何时候都表现得彬彬有礼，绝对不会有吵架斗殴的事情发生，就连大声叫喊，也会被认为是一种没有教养的举动。

因为这样，天堂星就被称为是富人的天堂吗？当然不是，天堂星之所以能成为有钱人的天堂，是因为其他五个区域的缘故。

在这五个区域中，只要有钱，就能享受到你所需要的一切。如这五个区的字母代表的一样，S 区域是最高级的享受区域，而 D 区域则是最低级的享受区域。

想过奢侈的生活？在 S 区域，可以让你体验古代皇帝的享受，只要你付出一定的金钱，就可以拥有无数娇艳动人的美女和忠诚听话的仆人。无论你要他们做什么，他们都会无条件地服从，就算把他们全部杀掉，也没有人会反抗。

当然，这需要另外支付一大笔金钱；而且在这里，法律是不会处罚有钱人的。

想体验一下和猿人肉搏的经历吗？S 区有许多提供这种服务的酒店，他们会送你去猿人星大展身手。请放心，他们会派出最强的部队保护你，绝对不会让你受到一丁点儿的伤害。你想杀掉你的仇人？这里有最优秀的杀手，他们可以让你的敌人按照你希望的方式死去。你想得到某个美女？用不了多久，这个美女就会出现在你的床上。

你想得到的一切事物，都会为你提供，并且包你满意。

而这一切的前提就是，你支付得起金钱。

当然，也不是什么人都可以享受这些服务的。简单来说，S区只接待百亿身价以上的富豪，A区只接待亿万身价以上的富豪，B区接待千万身价以上的人，而C区则接待百万身价以上的人。

至于最低级的D区，只要有点钱，就可以在这儿玩乐了。

但是，这些提供千奇百怪服务的部门，包括治安，都不是武莱合众国政府负责的。负责这些的是一些在黑暗世界中很有能力的势力，这些势力就是人们熟悉的黑社会的帮派组织。

当然，这六个区还是有政府部门存在的，不过都只是做做样子，除了管理交通航运、设施规划、建设维修、税收等部门外，并没有其他权力。

如果你有问题，也可以找上门去，政府部门会为你介绍，应该去找哪个黑帮。在这六个区中，哪个地区官方的力量最强？那就是D区了，因为D区的黑帮势力不大，而且数目繁多。

所以，具备威吓力量的警察部门，在D区是最吃香的。

几乎所有的武莱警察都希望在天堂星D区任职，因为在这个地区的警察，每个月都会有一笔由黑帮送上来的厚重红包。

为什么宇宙第一强国、民主的武莱合众国，会有黑帮存在？

因为，武莱国很多大黑帮的幕后老板，就是能够决定武莱国前进方向的议员阁下。

相对于天堂星的各区域有等级区分，天堂星的黑社会也有等级区分。

　　不同等级的黑社会，他们服务的等级也是不同的，这一点单单看治安方面，就可以了解了。

　　S 区的治安仅次于首都区和天堂区这两个地区，在武莱国中排行第三。

　　而天堂星最低级的 D 区，是武莱国治安最差的，那些收了黑帮孝敬的警察，不会去管黑帮的内斗，因此，D 区也被人称为地狱区。

　　从名字上来看，地狱区和天堂区恰好相反，它在现实中，也是和天堂区刚好相反。D 区是天堂星六个区域中面积最小的一个区，但却拥有比其他五个区域总和还多的人口，达到了十多亿。

　　整个 D 区大小帮派丛立，有小到两人一伙、三人一帮，拿着小刀木棒的帮派；也有大到成员数十万，拥有战机坦克的帮派。

　　帮派的具体数目没有人去统计，只知道除了游客之外，D 区的任何一个本地人，都是某个帮派的成员，无一例外。

　　同样的，在 D 区，毒品、军火、妓女、罪犯等各种黑暗事物猖獗，各类违法的事物，在这里随处可见。

　　不过，这里虽然乱，来玩乐的客人却可以得到很好的保护，因为 D 区的各色人等，都不会冒犯自己的衣食父母。

　　只有一种客人享受不到这种待遇，那就是从外地来抢地盘的黑社会。

　　而 D 区宇宙港，是天堂星的六个区域中可以容纳最多飞船的港口，却也是设备最差的港口。

　　此刻，在这个喧闹拥挤的宇宙港内，停满了各种型号、来自宇宙各地的客运飞船。从上面下来的乘客，不是一些口袋里有钱，准备来这儿玩玩，回去炫耀自己在天堂星玩乐过的小富豪，就是一些横眉立目的大汉、风骚异常的妓女以及贼头贼脑的小滑头，这些都是准备来天堂星淘金的人。

今天，一艘飞船上下来了七个与众不同的客人，他们穿着一式的黑西装、白衬衣、黑领带，脸上还戴着同一款式的墨镜。

当中的一个人戴了一副Ｗ型的墨镜，把大半张脸给遮住了。

一看这种标准的黑帮打扮，乘客纷纷闪开，免得惹上麻烦。也有几个在港口晃悠的年轻人，把戒备的目光集中在这七个人的身上。

"唐一，你确定这个地方，真的是武莱最富裕的星球？"戴着Ｗ型墨镜的唐龙，看看宇宙港有点破烂的设施，惊讶地问道。

这里的设施，简直比没有改造之前的中州星宇宙港还差啊。

唐一正兴奋地四处张望，点头说道："对呀！老大，天堂星可是所有黑帮都希望能占有一块地盘的地方呢。"

"那这里的设施怎么这么差呢？"唐龙不解地问道。

"啊，因为这里是天堂星的Ｄ区，整天混战的地方，设施当然好不到哪里去。"唐一答道。

"Ｄ区？天堂星共分成多少个区？"唐龙再次问道。

"六个区，天堂、Ｓ、Ａ、Ｂ、Ｃ、Ｄ六个区。"唐一说着，就把这六个区有什么不同之处，一一告诉唐龙。

"真是个古怪的地方。"唐龙听完摇摇头。

他们很快到宇宙港的出口处，唐龙发现了一个奇怪的现象，出口处居然有三个柜台。

左边那个柜台前排队的，都是些油光满面、挺着大肚子的人，他们用护照换取了一张金色的卡片，然后在那些工作人员满脸微笑的欢送下，抬头挺胸地离开了。

而在中间那个柜台前排队的，都是些衣着暴露、神态风骚的女子，她们一边和工作人员调笑，一边换取绿色的卡片，然后逐

个离去。

　　在最后一个柜台排队的，全都是些满脸横肉，神情剽悍的家伙，其中也有几个贼头贼脑的家伙，他们虽然恼怒工作人员冰冷高傲的态度，但还是在换取了一张红色卡片后，乖乖地离开了。

　　"这些是干什么的？"唐龙好奇地问。

　　正盯着那些风尘女子看的唐一立刻回答道："噢，老大，这是为了区别哪一方是真正的客人，哪一方是来这里混饭吃而设定的。换取金色的卡片需要十万武莱币，拥有这张卡片，保证你在Ｄ区不会受到任何伤害。

　　"绿色的卡片则需要　万武莱币，是那些做皮肉生意的女子的身体健康证明，没有这张卡片，根本没有客人会上门。而拥有这张卡片的人，除非欠税，否则也不会有任何黑帮前来骚扰。

　　"而那红色的卡片则需要一千武莱币，代表此人是来Ｄ区混饭吃的，任何人都可以对付他们。"

　　"弄到了金色的卡片后，能不能再组建黑帮呢？"唐龙可不想一出来就成为众人的目标。但是搞到金卡后，如果不能够组建黑帮，那就什么用都没有了。

　　"任何一种卡片的拥有人都可以组建黑帮，只要去警局申请成为黑帮，再换上黑色的卡片就行了。"唐一说道。

　　"什么？去警局申请成为黑帮？"唐龙目瞪口呆地问。

　　他不敢相信，组建黑帮居然要去警局申请。

　　"这是因为武莱国认为既然不能够消除黑帮，那么就干脆把黑帮掌握在自己的手中，据说天堂星的黑帮制度存在后，武莱国其他地方的黑帮数目便大规模减少了。"唐一回答。

　　"你怎么知道得这么多？"唐龙看着唐一，好奇地问。

　　"这些资讯都是从大姐那里拷贝过来的，大姐知道我们要去这些都是准备来天堂星淘金的人。

今天，一艘飞船上下来了七个与众不同的客人，他们穿着一式的黑西装、白衬衣、黑领带，脸上还戴着同一款式的墨镜。

当中的一个人戴了一副W型的墨镜，把大半张脸给遮住了。

一看这种标准的黑帮打扮，乘客纷纷闪开，免得惹上麻烦。也有几个在港口晃悠的年轻人，把戒备的目光集中在这七个人的身上。

"唐一，你确定这个地方，真的是武莱最富裕的星球？"戴着W型墨镜的唐龙，看看宇宙港有点破烂的设施，惊讶地问道。

这里的设施，简直比没有改造之前的中州星宇宙港还差啊。

唐一正兴奋地四处张望，点头说道："对呀！老大，天堂星可是所有黑帮都希望能占有一块地盘的地方呢。"

"那这里的设施怎么这么差呢？"唐龙不解地问道。

"啊，因为这里是天堂星的D区，整天混战的地方，设施当然好不到哪里去。"唐一答道。

"D区？天堂星共分成多少个区？"唐龙再次问道。

"六个区，天堂、S、A、B、C、D六个区。"唐一说着，就把这六个区有什么不同之处，一一告诉唐龙。

"真是个古怪的地方。"唐龙听完摇摇头。

他们很快来到宇宙港的出口处，唐龙发现了一个奇怪的现象，出口处居然有三个柜台。

左边那个柜台前排队的，都是些油光满面、挺着大肚子的人，他们用护照换取了一张金色的卡片，然后在那些工作人员满脸微笑的欢送下，抬头挺胸地离开了。

而在中间那个柜台前排队的，都是些衣着暴露、神态风骚的女子，她们一边和工作人员调笑，一边换取绿色的卡片，然后逐

个离去。

在最后一个柜台排队的，全都是些满脸横肉，神情剽悍的家伙，其中也有几个贼头贼脑的家伙，他们虽然恼怒工作人员冰冷高傲的态度，但还是在换取了一张红色卡片后，乖乖地离开了。

"这些是干什么的？"唐龙好奇地问。

正盯着那些风尘女子看的唐一立刻回答道："噢，老大，这是为了区别哪一方是真正的客人，哪一方是来这里混饭吃而设定的。换取金色的卡片需要十万武莱币，拥有这张卡片，保证你在D区不会受到任何伤害。

"绿色的卡片则需要一万武莱币，是那些做皮肉生意的女子的身体健康证明，没有这张卡片，根本没有客人会上门。而拥有这张卡片的人，除非欠税，否则也不会有任何黑帮前来骚扰。

"而那红色的卡片则需要一千武莱币，代表此人是来D区混饭吃的，任何人都可以对付他们。"

"弄到了金色的卡片后，能不能再组建黑帮呢？"唐龙可不想一出来就成为众人的目标。但是搞到金卡后，如果不能够组建黑帮，那就什么用都没有了。

"任何一种卡片的拥有人都可以组建黑帮，只要去警局申请成为黑帮，再换上黑色的卡片就行了。"唐一说道。

"什么？去警局申请成为黑帮？"唐龙目瞪口呆地问。

他不敢相信，组建黑帮居然要去警局申请。

"这是因为武莱国认为既然不能够消除黑帮，那么就干脆把黑帮掌握在自己的手中，据说天堂星的黑帮制度存在后，武莱国其他地方的黑帮数目便大规模减少了。"唐一回答。

"你怎么知道得这么多？"唐龙看着唐一，好奇地问。

"这些资讯都是从大姐那里拷贝过来的，大姐知道我们要去的地方后，就帮我们搞了许多当地政府及黑帮的资料。"唐一说。

"嗯，走吧。"唐龙眼看着排队的人群就快轮到自己了，便带着机器人朝着金卡的柜台走去。

那些老早就开始注意唐龙这伙黑衣汉子的工作人员，看到唐龙走到金卡的柜台，不由得松了一口气，而几个一直跟着唐龙的年轻人，也在此刻回过头去观察其他的客人了。

"欢迎先生们光临天堂星D区，不知道您需要哪种金卡呢？"一位年轻貌美的女性工作人员向着唐龙甜甜地笑道。

"哪种金卡？"唐龙一愣，不是说一张金卡要十万，现在怎么多出那么多种金卡了？

美女一看唐龙的样子，就知道他是第一次来的，连忙介绍道："先生，我们这金卡共分为三等。

"三等金卡只需要十万武莱币，可以保证您在D区不受到任何帮派的伤害；

"二等金卡需要五十万，除了三等金卡的保证外，您还可以接受政府部门的保护，同时可以享受D区任何消费的八折优惠；

"而一等金卡则需要一百万。拥有一等金卡的您，在D区不会受到任何伤害，并且享有最好的保护。就算您把钱包丢了，也会有人送还给您。而且拥有一等金卡后，所有的消费都是六折优惠。"

唐龙想了一下，掏出宇宙银行卡递给那个美女，说道："七张一等金卡。"

美女一听，立刻欢喜地说道："您一定会喜欢使用一等金卡的，请拿出您的护照，我们要把您的资料输入金卡内。"

不一会儿，唐龙他们的七张金卡就完成了。他们的护照资料是唐星不知道从哪儿弄来的，不过这个工作人员没有仔细看，也

没有要求唐龙摘下墨镜，由此可知，即便资料是假的也没有关系。

唐龙护照上的相片被唐星做了点手脚，样子有点像唐龙又有点不像。

唐龙怕自己出名后，让有心人发现到唐一是自己的人，所以他才会花费这么多的功夫，同时还戴上了许久不戴的W型墨镜。

虽然可以整容，但是唐龙不喜欢这样。因为一旦整了容，就算以后能够整回原样，但心里也会有这张脸并不属于自己的感觉。

"请保管好您的金卡，虽然丢失后可以补办，但如果补办前出现麻烦事，就不好了。金卡如果丢失，请第一时间呼叫警察帮忙。愿你们过得愉快。"小姐满脸笑容地递上了七张金卡，唐龙接过后还没有仔细看，就被后面的人催促着走出通道口。

唐龙走出了宇宙港大门，站在台阶上，抬头向四周望去。

这一望，他不由得吃了一惊。

他眼前的高楼大厦的底层墙壁上，居然用喷漆涂满了奇形怪状的图案，而大厦的上方，更是有着无数幅立体的广告图案。

而墙壁上的这些图案中，有许多密密麻麻的文字——如黑龙社到此一游、神堂驻地、骷髅帮控制区等等。

那些在高处的广告内容，全是黑帮招募成员的广告。

而更让唐龙目瞪口呆的是，就在这宇宙港门口短短的街道上，居然有五六伙人拿着棍棒小刀在火拼，而几个穿着制服的警察则在旁边兴高采烈地下着赌注，并且为自己押注的一方高声打气。

唐龙还没反应过来，一大群贼眉鼠眼的猥琐男子过来围住唐龙他们，其中的一个说道："先生，需要毒品吗？我这里有各种各样的毒品，保证物美价廉，怎么样？来一点如何？"说着，拿出各种色彩鲜艳的玻璃瓶给唐龙挑选。

另外一个说道："先生需要特别服务吗？我这里美女、俊男应有尽有啊！"说着，拿出立体影像，向唐龙介绍。

还有许多衣着暴露的女子上前来喊道："先生，我打八折优惠，光顾我吧！"这些女子，有很多都是从那绿色柜台后刚走出来的。

唐龙从来没经历过这些，吓得立刻往后退，唐一则叫着："一边凉快去！我家老大是这么没有品味的吗？快给我让开，老子要叫警察了！"他一边叫嚷，一边让那五个不吭声的机器人护住唐龙往外走。

原本在旁边看热闹的警察，听到了唐一的话愣了一下。这时，一个挂着警长衔的中年警官看了一下手腕上的一个仪器，然后把手一挥："是一等金卡客人。"

其他警察听到这话，立刻抽出警棍上前，一边抽打那些围住唐龙的人，一边喊道："你们这帮家伙快滚开！有这样做生意的吗？真没规矩！没看人家是一等金卡客人吗？全部散开！"

而那些原本还在火拼的帮派成员看到了这一幕，立刻丢下对手，蜂拥过来，一边帮助警察驱散人群，一边叫嚷道："你们这帮散兵游勇快给我滚！一等金卡客人不是你们这帮家伙有资格招待的！"

那些围住唐龙的人早在警察赶来时就开始散开了，等黑帮分子扑上来的时候，早就一哄而散。一眨眼功夫，唐龙的身边就空旷了起来。

警长整理了一下衣服，向唐龙敬了个礼，恭敬地说道："欢迎各位光临天堂星D区，我是这一小区的汤姆·豪斯警长，有什么能为先生效劳吗？"

唐龙这才反应过来，说道："呃……警长先生，我们是第一次来天堂星游玩，不知道这附近哪家酒店比较好，能请您介绍一下吗？"

话音未落，唐龙就发现现场的气氛有点不对劲，因为那些分成五六伙的帮派分子都把目光集中在那个汤姆·豪斯警长身上，而汤姆警长则有点为难地看着四周这些帮派分子。

就在这时，唐龙右边的那一伙人中，走出了一个浑身肌肉的大汉，他抓过一根铁棒，用力一折把铁棒弄弯，用粗哑的声音喊道："不用多说！谁要跟我决斗？"

看到这个大汉出来，其他几伙人都露出了胆怯的神色。那个大汉在叫嚷的时候，根本没有一个人上前，反而都后退了一步，大汉和他的同伴都猖狂地大笑了起来。

看到了这一幕，汤姆警长松了口气，指着那个大汉，对唐龙说道："先生，这一区最好的酒店，就是天堂帮建立的，您可以去他们那里住。"看到唐龙不吭声，汤姆警长又加了一句，"请放心，他们虽然是黑帮，但是绝对不会伤害客人。"

"对，尊贵的客人，我们天堂帮绝对会保证客人的安全，请您稍等一下，我这就叫酒店把车开来。"那个粗壮的大汉走上前来，一脸谄媚地说。

不等唐龙回话，他就掏出通讯器大喊起来："把我们最好的车开来宇宙港，我接到了七个一等金卡客人！"

唐龙叫住了正准备离开的汤姆警长，好奇地问道："警长先生，我想请问一下，你们还有他们，怎么知道我们七个拥有一等金卡呢？"说着，指了一下那个大汉。

汤姆警长一边指着手腕上像手表一样的仪器，一边笑道："因为所有卡片里面都有信号发送器，而这种辨别卡片等级的机器，我们 D 区几乎是人手一个，所以您在 D 区，根本不用担心会出现误伤，或者是什么黑帮的伤害。"

说到这里，汤姆警长向唐龙敬礼："那么，祝您在 D 区玩得

愉快，有事请尽管来找我，我一定会为您效力的。"说完，就带着部下走了。

汤姆警长看出这七个人中是以唐龙为主，所以一直都只和唐龙说话。

唐一靠近唐龙身边，低声说道："老大，这卡片除了能发送信号外，还拥有窃听的功能。"

唐龙抛了抛手中外表很普通的金色卡片，低语道："看来，武莱国的情报部门，并没有放弃这个非常容易得到情报的方法呢。"

唐一点点头说道："是的，天堂星的六个区都有这样的卡片，来这里玩乐的人非富即贵，武莱的情报部门可以从中收集许多有用的情报。

"不过请放心，刚才我们说话的时候，我已经用电磁波使得这些卡片暂时失去作用，以后只要我们不讨论一些敏感的政治话题，武莱情报部是不会注意我们的。"

与此同时，天堂星天堂区某栋大厦的数十层地下，一个庞大的堆满了各种仪器的大厅内，无数戴着耳塞的人员，正在有条不紊地利用电脑处理着繁多的数据。

一个戴耳塞的人员愣了一下，嘀咕道："怎么回事？这几张一等金卡的窃听装置失灵了？难道附近有强烈的电磁波？"他正要向上级报告，电脑又显示窃听装置已经恢复正常，这个工作人员就以为是机器故障，嘀咕了一下，便不再理会。

唐龙把卡片放进口袋，点点头不再说话。唐一也恢复了原来笑嘻嘻的表情，拉着那个大汉套近乎："这位大哥，怎么称呼啊？"

大汉笑道："我不是什么大哥，叫我雷军。"

"噢，雷大哥，不知道您在天堂帮担任什么职位呢？"

唐一一边问，一边掏出一根雪茄递给雷军。

唐龙看到唐一也把雪茄点燃开始吸，不由得呆住了，他没想到唐一这个机器人居然可以吸烟。

雷军接过雪茄，放在鼻子下闻了闻，欣喜地说："好东西！"他掏出打火机点燃，吸了口烟，才继续说道："哪有什么职位啊，兄弟只是一个管着几十个弟兄的头目而已。"

唐一吐了一口烟雾后，说道："雷大哥的帮派能叫天堂帮这个名字，肯定是D区数一数二的帮派吧？"

雷军摇摇头："哎！数一数二就不敢当了，我们天堂帮只是占了三条街的生意，人员也就只有那么一两万人，在D区只能排在中间。

"要说数一数二的，还是D区最大的帮派——地狱帮，他们足足拥有三四十万帮众，控制了D区一百个小区中的二十个，天堂帮跟他们一比，那简直是小巫见大巫，不值得一提。"

唐一还想从雷军的口中套出一些情报，却发现一辆加长的豪华悬浮轿车快速驶入了他们的视线。

雷军不等车子停稳，就上前拉开车门，向唐龙他们弯腰把手一摆，说道："尊贵的客人，请上车，我们天堂帮会为您带来最好的服务。"

知道现在问不出什么，唐一只能无奈地跟着唐龙进入轿车。

不过，唐一一上车就快活了起来，因为车厢内除了唐龙和五个机器人外，还有两个人比花娇、身上布料很少的美女，正满脸笑容地等待着。

唐一立刻挤进两个美女中间，一手一个抱住，开始和她们调笑起来："美丽的小姐，怎么称呼啊？今晚陪我去逛街如何？"

看到唐一的动作，唐龙无奈地摇摇头，为什么自己制造的这个机器人会像个色狼呢？唐星曾说，他们的性格是因为看了许多电影而改变的，难道唐一这个家伙看的电影，都是一些色情影片？

唐龙懒得去听唐一的花言巧语，扭头看着窗外的景色，开始思考自己要如何组建黑帮的事。因此，唐龙没有注意到那两个在和唐一调笑的美女，正偷偷地打量着自己和身边那五个面无表情的机器人。

车子行驶了十来分钟，突然间一震，巨大的爆炸声也同时响起。

唐一左边那个黑头发的美女立刻眉头一挑，掏出通讯器喊道："怎么回事？"

通讯器那头一个大汉焦急地喊道："小姐，我们遭到敌人袭击！"

黑发美女不敢相信地瞪大了眼睛，喊道："怎么可能？难道他们不知道车里有一等金卡客人吗？"

那个大汉立刻回答："他们是红卡客人！他们手上没有卡片探测器！"

"顶住！一定要保护好客人的安全！"黑发美女喊完，把通讯器一扔，恼怒地嘀咕道，"可恶！居然让杀手装扮成红卡客人跑进来！"

她猛地抬头，堆着笑脸向唐龙说道："抱歉，因为这辆车是帮主的座车，因而牵连到各位尊贵的客人。请放心，虽然天堂帮并不算强大，但保护客人的安全，我们还是做得到的。"说到这儿，黑发美女脸上出现了惊讶的表情，因为唐龙像是没听到爆炸声似的，仍在低头思考着。

而那几个面无表情的家伙，也依然一脸的冷酷，根本没有惊慌失措的神情。至于自己身旁那个嬉皮笑脸的家伙，则依然和自己的部下调笑不已。

黑发美女还没有来得及思考，车子又是猛地一震，接着数十道激光束，在窗外飞射了起来。

唐龙抬起头，"嗯"了一声，那五个面无表情的大汉，立刻打开车门跳了下去。

黑发美女还来得及出制止，外面就传来连续不断的惨叫声。

一开始黑发美女以为那五个酷哥被杀死了，可是在惨叫声停止后，五个酷哥面无表情地回到车上。看他们的神色和样子，根本就没有受到一丝伤害，难道那些惨叫声不是他们发出的？难道他们在这么短的时间内，就把那些袭击者全部消灭了？

黑发美女还在胡思乱想，她的通讯器响起，打开一看，刚才那个大汉惊讶中带着欣喜地说道："小姐，这次客人是哪个黑帮老大啊？那五个黑衣人真是厉害，光只是用手就把那些杂碎活活捏死了！"

黑发美女心头一跳，暗自为那五个黑衣酷哥的能力和残忍感到吃惊，同时也对唐龙这个人的权势感到惊讶。要知道，他只是"嗯"的一声，这五个保镖就把打扰他的人杀死，就是地狱帮的老大也没有这样的权势啊！

他到底是个什么样的人呢？这个年纪轻轻，最多才二十来岁的小子，为什么拥有如此厉害、如此服从命令的手下呢？

不过可以确定，他一定不是一个普通人，虽然看不到他的表情，但是从他的言行举止来看，他一定是那种高高在上、习惯发号施令的人。

第十五章　强龙与地头蛇

　　黑发美女想了想，换上一副严肃的表情，伸出手对唐龙说道："先生，您好，我是天堂帮少帮主——陈怡。"

　　唐龙伸出手和陈怡握了一下，说道："你好，我是刘龙。"他护照上的这个假名，用的是自己母亲的姓氏。

　　唐龙看到陈怡的目光望向唐一，说道："这是我的表兄弟，叫唐金。"出门前，唐一和那五个家伙的名字，分别换成了金、木、水、火、土。

　　唐金听到唐龙的介绍，连忙伸出双手，握住陈怡的另外一只手，一边偷偷地抚摸，一边谄媚地笑道："原来天堂帮少帮主亲自出马招待我们，在下真是三生有幸啊！不知道在下有没有邀请少帮主共进晚餐的荣幸呢？"

　　陈怡厌恶地皱皱眉，不留痕迹地抽开手，不理会唐金的话，而是盯着唐龙的双眼笑道："不知道刘龙先生这次来 D 区是纯粹游玩呢，还是……"

　　唐龙笑道："我这次来 D 区，主要是因为我这个表兄弟，他想要组建个黑帮来玩玩。"说着，他指了一下唐金。

　　"组建个黑帮……玩玩？"

陈怡震惊地看了看一脸笑容的唐龙，又看看唐金。看他们的样子，敢情以为组建黑帮跟扮家家酒一样呢。想到这儿，陈怡脸色一沉，对唐龙说道："哦，这么一来，我们岂不是敌人了？"

"呵呵，在没有向警局申请黑色卡片之前，我想我们是不会成为敌人的。"唐龙含笑说道。

陈怡眼中寒光一闪，点点头说道："是的，在您还没有申请黑色卡片以前，您依然是我们的客人。"

唐龙看着这个气势逼人的美女，笑了一下，故意说道："对了，陈小姐，不知道我们在申请组建黑帮之后，应该做些什么呢？

"我们都没当过黑帮分子，所以不太清楚是怎么回事，陈小姐能教导一下，让我们长长见识吗？"

陈怡恼怒地瞪了唐龙一眼，心中骂道：混蛋！真的把组建黑帮当成扮家家酒了，居然问我怎么组建黑帮！

心中虽然这样想，她也知道唐龙现在是一等金卡客人，得罪不得，于是她说道："申请组建黑帮后，必须拥有地盘，然后还要有固定的收入，每个月要上缴一大笔税金，不然的话，警局会取消你的黑帮资格！"

"哦，敢情这里的黑帮就跟企业一样啊。"唐龙有点吃惊地说，他没想到警局居然可以用没有缴税的条件来取消黑帮，这不是跟企业一样吗？

"这里的黑帮就是跟企业一样，区别只在于企业是用商业手段来打击对手，而黑帮则是用暴力来打击对手。"陈怡有点无奈地说。

"你们为什么成为黑帮？"唐龙问道。

"为什么成为黑帮？呵呵，这个世界，要么成为有钱人高高在上，要么成为穷人趴在地上，像我们这些既没有本事又没有能力的人，如果不想趴在地上当穷人，就只有成为黑帮，才能变成高高在上的人。"陈怡冷笑道。

"成为高高在上的人，真的有那么重要吗？"唐龙不解地问，他自己现在也是高高在上的人了，可是却并不觉得自己有什么与众不同。

"哼，饱汉不知饥汉苦，你没有在社会底层生活过，当然会说高高在上没有什么了不起。"陈怡厌恶地说。她认为和唐龙这种一出生就高高在上的人，根本没有什么好说的。她为什么这样认为呢？

原因很简单，如果不是出身好，二十来岁的小鬼能够随时掏出七百万，弄七张一等金卡吗？

唐龙想反驳，但是想到自己的家庭属于中上水平，而且自己除了刚参军的时候受了一点苦外，其他时间的确是像陈怡所说的那样高高在上，因此也就不吭声了。

一时间，车厢内除了唐金和身旁的女子有一搭没一搭地说着话，其他的人都沉默不语。

就在这沉闷的气氛中，车子停了下来，陈怡第一个打开车门出去，然后带着一丝微笑说道："尊贵的先生们，酒店到了。"

唐龙出了车门，看到这家天堂酒店的模样，不由得呆了一下。这家酒店的外表虽然金碧辉煌，却很矮小，跟其他都市的普通酒店一比，显得非常小气。这样的酒店就是这条街最好的？

唐龙不是嫌弃这家酒店，他就算是住茅屋也无所谓，他是奇怪——既然天堂帮在这条街很有势力，为什么酒店不建得好一点呢？

陈怡看出唐龙的疑惑，有些不客气地说道："帮派的酒店，大部分都是这种款式的！"说完，向几个来迎接的酒店门童交待了一

番，就带着那个陪唐金说话的美女径自走入酒店。

酒店某个房间内，一个中年人坐在办公桌前抽着雪茄，听着陈怡汇报情况。他一听到有人袭击自己的爱车，立刻咬牙切齿地说道："肯定是骷髅帮干的！他们早就不爽我们比他们多出一条街！"

"爸，这件事不用想也知道，和我们有过节的只有骷髅帮。我想让你注意那个叫刘龙的人，他想在 D 区建立帮派！"陈怡急切地说。

"建立帮派？哼，这些小少爷吃饱了撑的，没事学人家组建什么黑帮？不用理他，只要他敢建黑帮，我们会让他明白黑帮不是这么好玩的！"中年人不以为意地吸了口烟。

陈怡不满地说："爸，你又小看对手了，别忘了 S 区的几个大黑帮，就是这些小少爷组建的！"

中年人听到这话，脸色沉重起来，点点头说道："嗯，那么，我们应该在他一开始建帮的时候就把他们完全消灭才行！"

说到这儿，他发现陈怡摇了摇头，不由得瞪着眼睛说道："怎么？怀疑老爸我没有这个能力吗？我们天堂帮的两万弟兄，可不是摆着好看的啊！"

陈怡摇摇头："不是怀疑你的能力，我也不知道怎么回事，心中有个奇怪的感觉，如果我们惹上他们，可能会是一件非常错误的事情。"

"咦？怎么你会有这样的感觉呢？"中年人看着陈怡。

他非常清楚自己这个女儿的能力不比其他大黑帮的继承人差，甚至比他们还好，就算面对快要灭帮的困境都没有皱过眉，她居然会有这样的感觉？

看来，真的要好好了解一下那个小少爷才行呢。

"我也说不清为何会有这样的感觉，可能是那个刘龙给人一种高深莫测的感觉吧。老爸，我认为那个刘龙，绝对不是什么小少爷那么简单，他不但拥有能力惊人的手下，身上还具有一种常年发号施令的人才有的气势！"

　　"哦？气势？有没有老爸这么有气势啊？"中年人咬着雪茄，嬉皮笑脸地做了个挺现三角肌肉的健美动作。

　　陈怡摇摇头，说道："老爸，这不是什么剽悍的气势，如果你身上的气势是因为指挥两万弟兄而形成的，那么那个刘龙就是……"

　　陈怡想了一下，继续说道："他就像是指挥数百万部队的指挥官才有的那种气势。"

　　中年人听到这话一呆，他吃惊地说道："女儿，不要吓你老爸，如果他有几百万的部下，何必来这里组建黑帮？自己占据个星球当土皇帝不好吗？"

　　"唉，所以我说搞不懂啊。算了，你自己亲眼看看吧。"陈怡说着，按下办公桌上的一个按钮说道，"那七个一等金卡客人安排在哪个房间？"

　　一个声音立刻响起："小姐，按照客人的要求，他们被安排在一号总统套房。"

　　中年人插话说道："全都住在一号总统套房？"

　　"是的帮主，他们都住在一号总统套房。"

　　中年人摸了摸下巴，嘀咕道："那个刘龙，要么是个怕死的家伙，要么就是习惯和他的部下同甘共苦。"

　　此刻，陈怡已经把一号总统套房的立体影像传送过来。

　　只见在总统套房的客厅处，一个戴着W型墨镜的年轻人，正坐在正中的沙发上，其他六个黑衣大汉分成两排，坐在年轻人的陈怡向她父亲介绍道："中间那个就是刘龙，他左手边的第一个，就是他说的表兄弟唐金，那五个人刘龙没有介绍，估计都是他的保镖。"

中年人叹口气说道："唉，女儿啊，你的眼光还需要训练，这个刘龙哪里是什么小少爷啊，他们全都是身经百战的军人。"

"军人？你从哪里看出他们是军人？"陈怡吃惊地喊道。

"看他们的坐姿就知道了，没有经过严格的训练，不会出现拥有如此标准坐姿的军人。相信我，起码我也当了十几年的兵，是不是军人一眼就能看得出来。"中年人说。

"我没说不相信你啊！对了，老爸，你能看出他们是哪个国家的军人吗？"陈怡好奇地问。

中年人摇摇头说道："这哪里看得出来，不过只要调查一下，哪个国家的军队会严格训练军姿的，就可以知道了。"

"这怎么查啊？有这么多个国家。"陈怡不满地撇撇嘴。

中年人笑道："不，这很容易查的，因为现在根本没有几个国家会要求军队严格训练军姿。看看我国，号称宇宙最强大军队的武莱大兵就知道，除了身上穿着军服，言行举止甚至比我们这些流氓还更像流氓。"

陈怡点点头，不吭声。因为此刻那个刘龙开始和部下说话了："唐金，明天你带着金一、金二、金三去找军火商人，买几件拿手的武器，同时打听一下这区最弱小的黑帮是哪一个，他们的地盘在哪里。我带金四、金五去警局申请组建黑帮。"金一这几个名字就是那五个机器人的名字，其他的机器人跟着唐木的就以木为姓，跟着唐水的就以水为姓。

唐金问道："老大，这最弱小的黑帮是指拥有地盘的呢，还是没有地盘的？"

"当然是拥有地盘的黑帮了，那些没有地盘的黑帮，我们去消灭他们有什么好处？难道你这么快就收集到情报了？说来听听。"唐龙挥挥手说。

唐金笑道："嘻嘻，我哪儿都没去，怎么有可能收集到情报？是大姐给我的资料里面有记载。"说到这儿，唐金拿起一个水果，咬了一口继续说道，"D区的古兰街由十多个黑帮占据，是D区火拼事件最多的一条街，这十个黑帮都很弱小，随便挑一个就行了。"

"嗯？他们这么弱小，附近的黑帮怎么不并吞他们？"唐龙好奇地问。

他对于唐金吃东西的事已经不奇怪了，因为刚才唐金偷偷告诉他，唐星为了不让他们被人认出是机器人，给这些外出执行任务的机器人全都安装了一个人工胃，可以把食物转化成能量。

"那条街是D区最破烂的，平时都没有客人上门，是没有什么油水的。而且那条街的黑帮分子，都是一些穷凶极恶的家伙，所以附近的黑帮都不愿牺牲大量人手，去并吞一条没有油水的破街。"

"嗯，既然这样，那么你就去弄一些武器来，等我申请组建黑帮后，就挑一个目标下手吧。"唐龙点点头道。

唐金突然兴奋地说道："老大，我们建帮的时候来个开门红，把那条街的人全部杀光，怎么样？"

"笨蛋！"唐龙狠狠地敲了一下唐金的脑袋，说道，"你看电影看成白痴了是不是？全部杀光，到时候我们到哪里去招收手下？你以为就你们六个人可以统一天下吗？还有，以后不要动不动就杀人啊什么的，多动点脑筋！"

　　唐金摸摸脑袋，委屈地说道："老大，我的本意并不是这样，可是不知道怎么回事，突然有点嗜血的冲动。"

　　"嗯？嗜血的冲动？你们会不会？"唐龙心中一惊，扭头向那五个面无表情的机器人问道。

　　五个机器人同时摇头："不会，老大。"

　　唐金原本以为其他几个机器人也会如此，因此吃惊地喊道："你们没有那种很想见到血的感觉吗？"

　　五个机器人再次同时摇头："不会，大哥。"

　　"呜，老大！我不要变成嗜血狂魔啊，老大救救我！"唐金可怜巴巴地抱着唐龙的大腿喊道。

　　唐龙脚一动，把唐金踢开，问道："现在还有没有那嗜血的感觉？"

　　唐金晃晃脑袋，说道："被老大你敲了一下脑袋后，那种感觉就消失了。对了，老大，你这样敲我的脑袋，手不会疼吗？"

　　唐龙看到唐金真的没事，笑道："我刚参军的时候，整天和五个跟你一样、但比你还厉害的教官赤手空拳地对打，你说，我现在敲你脑袋，手会不会疼呢？"

　　唐金吃惊地张大嘴巴，问道："跟我一样的五个教官？赤手空拳对打？呜，难怪老大你能一脚把我踢飞呢。"

　　说到这儿，唐金心中暗自嘀咕道：我说老大怎么这么神勇，原来是和五个老版机器人练对打练出来的，老大不愧是老大，居然可以和机器人对打。哎呀！这样说来，机器人骄傲的金属身躯，在老大面前不是没有什么用吗？

　　嗯，如果我是人类的话，肯定会嫉妒老大这么一个人，不过老大是我们的创造者，就像人类不会嫉妒他们的上帝一样，我们这些机器人怎么会嫉妒老大呢？

唐龙闲聊了一阵后，回房休息去了。虽然唐金他们不需要休息，但起码要做做样子，他们非常清楚，自己正被监视器偷拍着。

中年人关掉影像，对陈怡说道："女儿啊，你说他们的口气是不是大了点？居然猖狂到以为七个人就可以吞掉古兰街？"

陈怡摇摇头："既然他们能够知道古兰街的情况，那么他们也清楚自己的实力，如果没有这个能力，我想他们也不会说出这些话来。

"我比较担心的是，他们怎么会拥有这些详细的情报，从他们的对话中就可以听出，他们那个大姐收集的情报，肯定不只古兰街这一个地方。"

中年人吸了口烟，说道："我担心的和你担心的不一样，我不怕他们组建黑帮后扩大势力，我怕的是他们并不是单纯地组建黑帮。"

陈怡眉毛一挑，问道："哦，你怀疑他们是带有政治目的前来组建黑帮？"

中年人点点头说："嗯，从刘龙'我刚参军的时候'这句话就可以听出，他现在仍是个军人。如果他退役了，他会说'我以前刚参军的时候'，别小看'以前'这两个字的区别，那代表着一种怀念。

"你想想，一个现役军人没有什么目的，会离开军队来组建黑帮吗？"

"那我们需要上报政府吗？"陈怡焦虑地问。

中年人摇摇头，说道："上报什么？这天堂星上其他势力组建的黑帮还会少吗？多他们一个不多，少他们一个不少。

"再说了，我们这些流氓，也没有什么义务为政府当眼线。告诉下面的弟兄，不要惹这几个家伙。只要不把火烧到我们身上，

就随他们怎么闹吧。"

"就这样放任他们？"陈怡吃惊地问，她不敢相信，父亲一贯作风是把一切威胁都在冒起前就消灭掉。

中年人叹道："唉，难道你没看到那五个面无表情的大汉，不时地看着镜头吗？他们早就发现我们在偷拍了，可是依然毫不在意地讨论着杀人放火的事。会这样做的人，要么就是自大狂，要么就是胸有成竹。你说他们是自大狂吗？"说完，中年人低头吸烟，不再吭声了。

陈怡低着头，捏紧了拳头。她非常愤怒刘龙这几个家伙不把天堂帮放在眼里，在心中打定主意，准备给刘龙一个狠狠地教训。

第二天，唐金带着三个机器人，一摇三摆地走出了天堂酒店大门，他们没有叫车，就这样徒步走上了街头。

而唐龙则带着两个机器人，坐着天堂酒店提供的轿车，朝D区的警察总署开去。

车子开出去二十几分钟，就在路边停了下来。司机回头对唐龙说道："抱歉，尊贵的先生们，出了这里就不是天堂帮的势力范围了，我们天堂帮的车子，不能进入其他帮派的势力范围，请您下车换一部车吧。

"请放心，没有帮派会伤害一等金卡客人的。"

唐龙点点头，带着两个机器人下了车。他没有留意那个司机嘴角露出一丝狞笑，低语道："嘿嘿，D区的帮派是不会伤害一等金卡客人的，可是，那些红卡客人却不一定……"

唐龙下了车，带着两个大汉开始在街边等车。一个贼眉鼠眼的瘦小青年有意无意地靠过来，当他就要撞到唐龙几个人的时候，一个机器人飞快地捏住了那个小青年的手腕，咔嚓一声，那小青年就哀嚎起来。

唐龙皱皱眉问道："怎么回事？"

"老大，他想偷东西。"机器人刚说完，那个哀嚎的小青年立刻叫嚷起来："你诬蔑人！我堂堂金卡客人会偷你的东西？大家快评评理啊！这帮家伙随意伤害客人啊！"

随着这个小青年的叫声，四周闲逛的人群立刻一窝蜂地涌了过来，这些手拿棍棒的家伙纷纷指责唐龙不对，几个长相凶残的家伙更是叫嚷着要给唐龙一个教训，并且摩拳擦掌准备动手了。

唐龙一看这个场面，就知道对方是有预谋的。这帮家伙的手腕上都没有那种卡片识别器。一句话，这些准备向自己动手的人，肯定是某个帮派请来的红卡打手。

看来，天堂星规定帮派不能对客人动手的规矩，也是有漏洞可钻的。但是哪个帮派，会对刚来天堂星还没有一天的自己这伙人下手呢？

一定是最清楚自己来天堂星目的的天堂帮了。

有了这层认知，唐龙也不多说，对着那个手腕断了却还指着自己叫骂的小青年，一拳把他打倒在地。

唐龙身边的金四、金五看到老大动手了，也立刻对四周的人群拳打脚踢起来。

这两个家伙都是金属机器人，虽然外表披着人皮，皮肤下面却全是坚硬的金属。运气不好的，被机器人击中脑袋，当场就没命了；好运一点的，则是被打断了几根肋骨，或者是断手断脚。

四周不知情的游客，呆呆地看着这起客人斗殴的事件，开始没多久就尘埃落定，而且，还是人少的一方获得全胜。

三个赤手空拳的人，对二十多个手拿木棍、砍刀的人，不但把对方打得全部趴下，而且自己衣服上一点血迹、皱纹都没有，不是全胜，还能是什么呢？

唐龙打完架，几辆接到报告的警车才呼啸而来。车子一停，几个下车的警察，一边向唐龙说着诸如公务繁忙、未能及时赶到深感歉意的话，一边叫人把地上躺着的伤员拖上车运走。

在这些警察看来，红卡客人比黑帮分子还要差劲，不但不能给警察好处，还整天骚扰其他的客人。因此，他们对打人的这些一等金卡客人，不但不带走调查，反而恭敬地道歉，也就不会令人感到奇怪了。

唐龙经历了这些事，对天堂星那些特别势利的警察，也不再客气了，他直接要求把自己送到 D 区的警察总署。

警察一听，有点慌张了，以为唐龙要去投诉他们。不过，在得知唐龙是去申请组建黑帮后，态度开始转变，不冷不热，说话也没有以前那么客气了。

当然，他们还是听从了吩咐，把唐龙送到了 D 区的警察总署。

"哦？申请组建黑帮？呵呵，你是外地人，只要一次缴纳一千万武莱币就可以了，如果没有意见，请把护照和银行卡交上来吧。

"放心，那一千万很快就会回本的。要知道，只有合法的黑帮才能够开夜总会，才能够贩卖各种特殊物品，不然随时会有执法人员前去搜查的。

"当然，地盘这方面的问题，就要你自己去和其他帮派商量了。毕竟，现在地皮紧张，没有多余的地盘拿来分嘛……"一个肥胖的警官满脸笑容地对唐龙说道。

合法的黑帮？亏这个警官敢说出这样的话。

唐龙暗自冷笑，把唐金的护照和银行卡递给了警官。警官没有检查护照是否和唐龙相符，因为他并没有要唐龙摘下墨镜。

肥胖警官拿起护照，对着电脑一阵敲击，一边问道："你们帮派的名字叫什么？"一边乐呵呵地用唐龙那张银行卡进行转账。

"就叫飞龙会吧。"唐龙随口说了个名字。

"飞龙会？呵呵，D区可是有十几个帮派叫做飞龙的。啊，不用改了，反正同名的帮派很多。嗯，飞龙会，会长唐金。好，完成了！

"请你输入帮会主要成员的名字。到时候让成员拿着原来的卡片，去任何一个警局门口，更换飞龙会的黑帮卡吧。"

胖警官说完，唐龙的身前就出现了一个虚拟的输入器。

唐龙把自己和金一等五个机器人的资料输入电脑。警官又说道："到时候，会有税务官来确定你们帮派每月的税收应该是多少。

"哦，还有，你们要攻击其他黑帮的时候，要跟警局报备一下，如果没有报备，那么你抢占的地盘将是不合法的。"

说完，他不再理会唐龙，把护照和银行卡扔了出来。

就这样，在花费了一千万武莱币后，一个不起眼的名为飞龙会的新帮派就组建成功了。

走出了警署，唐龙回头看看警署大门上的警徽，再看看手中代表着黑帮身份的黑色卡片，摇摇头嘀咕道："怎么感觉有点像儿戏？"

回到天堂酒店，唐龙一进房就发现唐金和金一等几个机器人，正在摆弄着一大堆的武器。有七把冲锋激光枪、七把大口径手枪、近百颗手雷、七套单兵使用的防护装备，更为夸张的，还有六筒单兵镭射炮。

唐金一看到唐龙，立刻站起来欢喜地喊道："老大，搞定了？"

唐龙把护照扔给唐金："到警局花了一千万，申请组建一个合法的黑帮，嘿嘿，说出去，恐怕会笑死人。"

唐金苦着脸说道："是啊，老二他们肯定会嘲笑我的，从来没

听过组建黑帮还要花钱去警局申请的嘛。"

"还有更搞笑的，攻击其他黑帮前要先去警局报备，不然占领的地盘不算合法。"唐龙一边拿起一把武器查看，一边说道。

"不会吧？居然离谱到这种程度？"唐金张大嘴巴，瞪大了眼睛，不敢相信。

"没什么好奇怪的，这里的黑帮是一种要缴税的事业组织。对了，你这些东西是哪儿弄来的？"唐龙边检查武器边问道。

"根本不用花力气，在街上随便找个人，问问什么地方有卖军火，没一会儿工夫，就有一大批的军火商人找上门来。"

唐金说到这儿，突然哭丧着脸说道："呜呜，老大，金卡花费了七百万，申请黑帮花了一千万，买武器又用去了一千多万，来这儿才一天的功夫，本金就用了十分之三啊！我的本金根本比不上老二他们啊！"

唐龙一边穿戴防护装备，一边笑道："好啦！你唧唧歪歪些什么呢？建设帮会设施的钱我出，行了吧？"

"哇！老大万岁！嘻嘻，我要把古兰街建设成全宇宙最堕落的一条街！"唐金兴奋地喊道。

"最堕落的一条街？你还不如把那条街的建筑全部铲平了，建造一个巨大的多功能夜总会呢。"唐龙笑道。

"对呀，我要建造一个最为雄伟的多功能夜总会。嘻嘻，老大，这出钱的事，就麻烦你了。"

话才说完，唐金就心急地问道："老大，是现在出发吗？"

唐龙把全息头盔戴上，点点头说道："是啊，我们再不走，酒店老板就要来赶人了。"

"赶人？"唐金有点吃惊地说，"我们是一等金卡客人呢，他们敢赶人？"

"笨蛋，我们现在是黑卡的帮派人员了！"唐龙敲了一下唐金的脑袋。

与此同时，房门打开，数十个拿着兵器的大汉，簇拥着穿着一身战斗服的陈怡走了进来。

陈怡看到唐龙七个人全副武装，反射性地按住自己腰间的手枪，而她身后的数十个大汉，也在同一时间举枪瞄准唐龙他们。

看到唐龙他们虽然被数十把枪瞄准，却依然有条有序地整理着装备，陈怡示意手下放低枪口，上前一步说道："刘龙先生，我们酒店不欢迎其他帮派的成员在此居住，请你们尽快离开，昨晚的房钱，就算是我们招待各位了。"

唐龙点点头："好的，谢谢你们的招待，我们这就离开。"说着，率先朝门口走去。

当唐龙经过陈怡身边的时候，突然停下，打开玻璃面罩，对陈怡露出了一个笑脸，低声说道："你请的那些红卡客人真的很没用啊，我连一根毛都没伤到，他们就全像死狗一样躺在地上了。"

"你……"

陈怡怒喝了一声，可惜后面的话没有说出来，因为几道冰冷的目光让她动弹不得。

第十六章　古兰街恶斗

　　唐龙七个人扛着武器，大摇大摆地往古兰街走去。

　　他们根本找不到车辆乘搭，街上的行人和车辆，一看到他们七个，立刻掉头就走，搞得唐龙大叹自己失策，怎么没想到先买一部车子呢？

　　经过一家警局，他们扛着武器，去报备飞龙会要攻击古兰街。那个负责报备工作的警察，根本没有理会他们手中的武器，反而神态高傲地向唐龙说明：古兰街有十个九流帮派，每个九流帮派报备费需要十万武莱币。

　　就这样，唐龙被他索取了一百万的报备费。搞得唐金在离开警局后，立刻大骂D区的警察比黑社会还黑，什么都要捞上一笔！

　　完成报备工作，唐龙一行人继续上路。

　　一路走来，曾经遇到过好几伙用兵器火拼的帮派，不过这些帮派看到唐龙几个人后，立刻一哄而散。同样的，他们也遇到了好几次警察。这些警察在看到他们之后，立刻扭转头，好像没有看到一样。

　　就这样，唐龙七个人没有遇到什么阻拦便来到了古兰街。虽然他们已经在大脑中模拟了一些古兰街的样子，但真正看到古兰街，还是吃了一惊。

这是一条只有一千米长的街道，两旁都是一些矮小破烂的楼房，街道上遍地是垃圾。

最为触目惊心的是，每一米路面上，以及两旁的墙壁上，都有着无数的黑色血迹、枯骨和腐烂的肉块。

唐龙摇摇头嘀咕道："这么差的环境，居然不会有传染病出现？真是佩服 D 区的预防设施。好了，唐金，让他们停下来。"唐龙说的他们，是指在街上混战的上百人。

这上百人之中，有一些人看到了唐龙这七个身上挂满武器的人，可是，他们没有一个停下来张望。

"没问题。"唐金兴奋地架起单兵镭射炮，对着身旁一栋建筑开炮了。

轰的一声，这栋建筑被轰出了一个大洞。

那群斗殴的人回头看了唐龙他们一眼，又继续开打。唐金傻傻地呆在那里，嘀咕了起来："怎么会这样？他们居然不理我？"

唐龙刚开始也是一愣，不过他很快明白过来。因为在爆炸声过后，被轰了一个大洞的那栋楼房，以及这栋楼房附近的建筑物内，飞快地跑出了数百个拿着铁棒、砍刀、小型激光枪的大汉，骂声震天地朝着这边扑来。

而其他楼房的人，只是探出头看了看，又把头缩了回去。

"还愣着干什么？你没有轰中他们的地盘，他们当然不理你了！不要杀死他们，只要使他们失去战斗力就行了！"

唐龙一边端起冲锋枪冲来的人的大腿扫射，一边对呆着不动的唐金喊道。

"哦，原来是这样，我还以为我没有魅力了呢。不过既然在警局报备了，难道警局不通知他们，有人打他们的主意吗？"唐金一边换上冲锋枪，开始按照唐龙的命令，扫射这些扑过来的黑帮分子，一边向唐龙问道。

至于金一等五人，在唐龙开枪的一瞬间，就跟着开枪了。

"看这条街的破烂样，警察根本不能从这里捞到什么油水，你想那帮势利的警察会那么好心，通知他们敌人来了吗？"唐龙撇撇嘴说。

"真黑！这帮警察够黑的！"唐金听到这话，只能狠狠地骂了几句。

在七挺冲锋枪的扫射下，特别是在唐金这六个机器人的扫射下，冲过来的几百个大汉，一下子就全部双腿中弹，倒在地下。

不过，他们不愧为D区最穷凶极恶的黑帮分子，所有的人都没有退缩，双脚不能动弹，就一手抓着武器，用力地向唐龙他们爬去。

数十道激光束击中了唐金他们几个，他们当然没有事，因为是机器人。

他们立刻把唐龙围起来，并且用准到极点的枪法，把这些凶悍家伙的双手都给射穿了。

这些四肢都受伤的家伙们虽然没有办法反击，但仍在地上扭动不已。那些真的动弹不得的家伙，则躺在地上破口大骂了起来。

唐金问道："老大，现在怎么办？是要他们投降吗？"

唐龙看看那群对这些毫无反应，依然在混战的黑帮分子，摇摇头道："先不急，继续攻击这条街的帮派。"

"好咧，看我的！"唐金又兴奋地架起单兵镭射炮，瞄准四周的房子乱轰了起来。刚开始，唐金轰炸那些已经受伤躺在地上的帮派成员的楼房时，其他黑帮分子还没有什么反应。但是当他们看到轰炸的目标离自己的房子越来越近，不由得纷纷跳出来喊道："你他妈的干什么？这是我们的地盘，不要捞过界了！"

唐金没有回答，反而示意金一等五人加入轰炸行列。六门威力强悍的镭射炮，不一会儿就把这条街炸了一遍。

这些镭射炮的射程都有好几公里，由能力超强的机器人使用，来轰炸一条一千米长的街道，那些建筑物岂不是跟玩具一样脆弱？

唐金等于捅了个马蜂窝。数千人从这些遭到轰炸的楼房里跳出来，而那一伙在街上混战的帮派成员，也掉头朝着唐龙他们冲来。

唐金兴奋地大喊一声："开战！"就往人群中扑去，至于金一等几个人，则一边朝人群扫射，一边把唐龙团团围住。

五个人高马大的机器人往唐龙四周一站，身高只有一米七多的唐龙，能看见的地方就只有天空了。

挣脱不出去的唐龙只有掏出手枪，硬是从机器人中间挤开一条缝隙，瞄准外面人群的大腿和手臂开枪。

这些黑帮虽然人数众多，也非常凶悍，但是他们很穷，穷到在这几千人之中，只有几百把激光手枪，其他的都是铁棒、砍刀之类的低级武器。

使用这些武器的他们，怎会是刀枪不入、枪法高超、火力强大的唐金他们的对手呢？

这些黑帮分子无奈地看着自己的兄弟一个个倒下惨叫。没多久，整条街上除了那七个凶残的家伙外，再也没有一个站着的人了。

危机解除，唐龙被五个机器人放出来，想对躺在地上的人说些话，但整条街道上充斥着叫骂声。他掏出了一颗手雷，扔到身后的空地处。

一声巨响，躺在地上叫骂不已的帮派分子终于静了下来。

"各位，我们是飞龙会的成员，那位就是我们飞龙会的会长唐金先生。"唐龙指着唐金说道，同时示意唐金出来说话。

唐金摘下头盔，干咳了一声说道："各位，我们飞龙会才刚刚成立，夺取各位的地盘也是不得已。由于本会现在只有七个成员，所以，非常欢迎各位加入本会。

"凡是本会的忠诚成员，一律享受丰厚的福利，不但有医疗保险，还有退休保障制度，加入飞龙会，将是你参加黑社会的最佳选择。来吧！心动不如马上行动！现在加入，还可获得两倍的月薪，请把握好时机，不要错过了！"

整条街一片寂静，所有的人都呆呆地看着唐金。

唐龙拍了一下自己的脑袋，走上前来，狠狠地敲了一下唐金的脑袋，骂道："笨蛋！你以为是在拍广告啊？"

说完，不理会摸着脑袋的唐金，他径自对那些躺在地上的人喊道："我家会长的意思是，加入我们飞龙会，你们就可以锦衣玉食，每个月有固定的工资收入，受伤或阵亡都有相应的抚恤，表现良好的成员，还会受到提拔和加薪的奖励。

"现在，给你们选择，是加入飞龙会，还是不能动弹地躺在地上等死？"

那些黑帮分子依然没有反应。

唐龙苦恼了起来。难道他们真的这么强悍？难道说，自己真的要让这几千人死在这里？

就在这个时候，躺在地上一个大汉突然喊道："不要说这些屁话！难道现在我们加入了，你们还打算养活我们这帮残废啊！"

唐金立刻插嘴："有什么困难的，现在医疗技术这么先进，就算你手脚都没了，还不都能长出来吗？别说现在你们只是受伤而已，只要用治疗光线一照，不就什么都恢复原状了吗？"

"说得倒容易，那种治疗光线，一次就需要一万武莱币，把我卖了也没有这么多钱！治疗个屁啊！"一个大汉的叫喊，引起了黑帮分子们一片附和声。

听到这里，唐龙才了解这条街的黑帮有多么穷，他立刻说道："只要你们加入飞龙会，马上免费为你们治疗，而且以后受伤，所有的医疗费用全部由会里出，现在加入的人，每个月还可以获得一万武莱币的薪水！"

大汉们听到这些话，开始交头接耳起来。此刻，他们手脚的伤痛已没有什么感觉了，可是仍有大多数人喊道："我们凭什么相信你！你又不是飞龙会的会长！"

唐金立刻跳起来喊道："有没搞错？你们连我老大的话都敢不信？我老大的话比蓝金还值钱，能够得到我老大一句承诺，花上十亿武莱币都值得！真是不知好歹！"

大汉们恍然大悟地看着唐龙——难怪他会被那几个大汉严密保护起来，会长反而要冲锋陷阵，也难怪他敢打会长的脑袋，并用教训的语气和会长说话，原来他是会长的老大。

他不亲自担任飞龙会长，肯定是因为他是一个超级大黑帮的首领，而这个飞龙会，只是这个大黑帮的一个分会而已。

唐龙虽然嫌唐金把自己说得太夸张了，但也不好意思拆唐金的台，于是在唐金说完后，他接着问了一句："怎么样？愿不愿意

加入飞龙会？"

唐龙话音刚落，一阵响亮的"愿意！"就在这条街上响了起来。

唐龙点点头说道："好，我也不管你们是真心还是假意，反正我们会免费治好你们。"说到这儿，他转头对唐金说道，"唐金，以后的事就交给你处理了。"唐龙不想干预太多，毕竟会长还是唐金。

"好的，老大。"唐金点点头，开始对金一等人发号施令了，"金一、金二，你们去医院把医生给我找来，回来的时候，顺便去银行，把里面的钱全部领出来。"

说着，他扔了一张银行卡给他们，继续命令道："金三、金四，把这些兄弟抬进屋子安顿好。金五，你去找个工程队回来，老子要开始大兴土木了！"

五个机器人立刻领命行事，别看金三、金四的工作很繁重，其实他们是最快完成工作的。没有劳累感又力大无穷的机器人，抱几千人进屋，根本算不上一回事。

唐龙静静地坐在街边，看着金三、金四忙碌个不停，又看着唐金上跳下蹿，和那些黑帮分子套近乎，不由得在心中想道：唉，还以为组建黑帮是很有趣的一件事，没想到这么无聊，早知道就不跟唐金来了，唐木他们那边应该比较有趣吧？

对了，既然好不容易才来武莱的天堂星一趟，等唐金他们的工作步入轨道，我就去天堂区看看。反正，如果无乱星系有事的话，老姐会通过这副墨镜通知我的。

此时，遥远的原万罗联邦的某个星球上，陈抗正和他的总经理对话："总经理，唐龙突然之间多了上千艘《战争》游戏里面的白鲸战舰，据说，这是他姐姐的私人舰队。

"我一听就觉得奇怪了，因为资料上显示，他是个独生子，他这个姐姐是从哪儿来的呢？"

总经理急切地问道："白鲸战舰？你有没有询问唐龙的姐姐，这白鲸战舰是从哪里买来的？"

陈抗摇摇头："很抱歉，唐龙那个叫做唐星的姐姐并不接受我的求见，而且唐龙也不知道是真的离开无乱星系，还是对我避而不见。

"甚至，我借口送去的一千万个猿人和那些战舰，需要他亲自签收才能移交，他都没有出来签收。最后，就只能让那个尤娜代签了。"

"我才不理会这些！我要知道，能够把《战争》游戏里面的战舰真实地制造出来的人，究竟是谁？"

总经理恼怒地喊道："要知道现在那蜂巢战舰和锉刀战舰，已经抢占了我们大笔的市场！现在又冒出一艘比我们的 X 战舰强大好几倍的白鲸战舰，再这样下去，用不了多久，我们的市场就会被这家神秘的公司完全取代了！"

自己还没有说出白鲸战舰的数据，总经理就知道这艘白鲸战舰是 X 战舰的扩大版，陈抗暗自咂舌：看来，总经理一定是仔细研究了《战争》游戏里的战舰数据，不然是不会如此了解的。

想到这儿，陈抗突然意识到，总经理正等着自己回话呢，连忙说道："总经理，为了调查这个神秘的公司，属下也花费了好大的工夫，甚至还亲自去威胁购买了那些战舰的买家。可是，这些老主顾，居然不顾我们这么多年建立起来的交情，情愿和我们断绝关系，也不愿说出卖这种战舰的公司是哪一个。

"那家公司实在是太神秘了，就算得到情报说哪个地方有交易，可是赶去的时候，都只看到战舰，却没有看到任何一个和这家公司有关的人员，所以，属下对那家公司根本无法有所了解……"

"说了这么多，还不就是没有那家公司的情报？"总经理瞪着陈抗。

陈抗连忙说道："虽然没有那家公司的情报，但是，刚才属下说的这些，都显示出那家公司一定是一家历史悠久，同时拥有强大能力的公司。

"要不然那些老主顾，不会宁愿和我们断绝关系，也不肯说出那家公司的底细。"

原本烦躁不安、来回走动的总经理听到这些话，立刻停下脚步，面露疑惑地问道："你是说……这家神秘公司有可能是那家……不大可能吧？他们是我们的盟友啊，不是他们的话，我们早就被赶出军火市场了。"

陈抗当然知道总经理指的是哪家公司，他低着头小心地说道："也许，这是他们的一个计划的开端呢？"

总经理思考了一下吩咐道："嗯，你尽量和唐龙的那个姐姐接触，看她肯不肯说出卖战舰给她的是什么公司。"

"是，我会找机会的。"陈抗点头。

总经理突然想起什么，无奈地摇摇头道："我真的觉得很奇怪，我找不相干的人假扮买家去试探，可是在放出风声说要购买那两种战舰后，就是没有军火商找上门。那家神秘的公司也太厉害了吧？"

陈抗小心地问："也许，是我们内部的人泄露了机密？"

总经理摇摇头："没有这个可能，是我私下单独行动的。那个假扮买家的人，也不知道我们是什么组织，你说，他们怎么有可能知道这个买家会出卖他们呢？"

陈抗也傻了眼，看来那家公司还真是神秘呢，居然连这点都能觉察出来。

"好了，不说那家神秘公司的事。唐龙的势力现在扩张得怎么样？"总经理问道。

陈抗无奈地说："已经越来越强大了，根本超出了我们的预想，许多计划都跟不上去。而且，现在唐龙完全摆脱了对我们军火的依赖，相信用不了多久，我们就没有任何办法控制他了。"

"这可不行，我们绝对要控制他，听说你把刺客的行动全都停了下来？"总经理眼中的寒光闪烁不已。

陈抗一颤，立刻诚惶诚恐地说道："请听属下解释，本来刺客已经派出，就要潜入中州星了，但刚好听到唐龙正在进攻周边的势力，我怕此时刺客出动会削弱唐龙，甚至让唐龙灭亡，所以才让他们停止行动。"

总经理满意地点点头说道："嗯，你做得好，那个时候出动，确实有可能让唐龙灭亡，毕竟我们的第一目标是让唐龙强大起来。"看到陈抗恢复正常，他话锋一转，说道，"但是，唐龙现在已经脱离了我们的控制，我们一定要挽回这一切！"

"是，属下等一下就让刺客出动。"陈抗连忙点头说道。

"嗯，对了，美男计的人选怎么样了？"总经理转移话题。

"哦，已经委托武莱国天堂星S区的兄弟会挑选人选了，据说他们已经挑到合适人选，正准备派出去。"陈抗连忙说道。

"S区的兄弟会？嗯，他们是个有信誉的组织，和他们打了这么多年的交道，相信他们挑选的人，应该不会让我们失望。对

了，让他们多派几个人去，这样既可增加成功率，又可以扩大以后的情报网。"

说到这儿，总经理准备关掉通讯。不过，他突然想起了什么，继续说道："告诉他们，在三年内，谁能够把唐龙的那个姐姐泡到手，我奖励他一万亿的武莱币。尤娜她们六个人，泡到一个就奖励一千亿。其他的SK二三连队女兵，泡到一个奖励十亿!

"当然，也要告诉他们，泡到的标准，是指那个女人对他死心塌地，只要是他的要求，那个女人就算是陪其他男人上床也愿意，这样才算是泡到了。要他们好好努力!"

陈抗恭敬地说："是，属下会转告他们的。"

武莱天堂星S区的某栋大厦内，一个被帽子遮住了大半张脸的人，轻轻地敲着一扇门。

他敲门后，门口上方的一个仪器射出了一道红外线，把他里里外外地扫描了一遍。红外线消失的时候，这扇大门咔嚓一声，缓缓地打开了。

这个有着数百平方米的房间，并不像平常的房间那样摆设着家具，而是摆设着各种各样的医疗设备。一个瘦弱矮小的老头穿着白大褂，秃头、满脸皱纹、留着山羊胡，双手插在口袋里，眯着眼睛，看着走进来的那个人。

那个人脱下帽子，呈现出来的是一张平凡的脸孔，不过，左眼角一道直达嘴唇的刀疤，让这张平凡的脸孔变得狰狞凶悍。

刀疤脸对那老头露出了一口黑黄的牙齿，声音嘶哑地笑道："张老，好久不见了。"

老头笑眯眯地说道："是啊，帮你整出了这张脸后，足足一年多的时间没有见面了。怎么样？任务完成了？”

刀疤脸点点头说道：“是的，花了一年又五个月的时间，总算把这家伙的势力并入组织了。”说着，他拍拍自己的脸蛋。

张老头看到刀疤脸走到医疗躺椅前坐下，嘀咕道：“我就知道你这没良心的家伙，不会那么好心来找我聊天。”

说到这儿，他提高声音继续道：“又有新任务了？这次要扮演谁啊？”

刀疤脸笑了笑：“没有特定要扮演谁，这次的任务，需要扮演一个很有吸引力的成熟男子，年龄大约在三十岁左右。”

张老头皱皱眉头，问道：“这次的任务是勾引深闺怨妇？还是勾引有夫之妇？”

刀疤脸摇摇头说道：“不是这些，这次的任务时间长达三年，目标是某个势力首脑的亲信。”

“哦，美男计！不过这个任务很危险啊，首脑的女亲信，等于是首脑的情人呢！要是让首脑发现了，你和那个亲信都得完蛋。除非那个首脑是个女的。不过，如果是这样的话，为什么不把目标定在首脑身上？”张老头不解地问。

刀疤脸笑道：“呵呵，那个首脑是个二十岁的年轻人，亲信的年龄都比首脑大了许多，情报显示首脑和这些亲信没有什么暧昧关系，而且这些亲信全部都是单身美女。不然，直接用卧底计，也好过用美男计。”

张老头搔着头说道：“既然如此，告诉我关于你的目标的资料，不然不知道要弄一个什么样的帅哥，才能够吸引她们。”

刀疤脸说道：“大目标一个，资料完全没有，只知道她是首脑的姐姐，拥有一支一千艘巨型战舰的私人舰队。

"中等目标六个，全是美女，掌握着极大的权力，有的冷漠如冰、有的热情如火、有的温文尔雅、有的胆小害羞、有的平淡如水、有的刚强如刀。

"小目标数百个，几乎是什么性格的人都有。不过，这些首脑的亲信有一个共同点，那就是对她们的首脑忠心耿耿。"

"哦……我想你的目标，肯定是放在中上这七个目标吧！呵呵，都是些位高权重、事业心强，并且对上司忠心耿耿的美女哦！我说，你这次的任务也太难了一点吧？

"虽然期限是三年，但目标都是些女皇级的人物，她们什么俊男帅哥没有看过？看来你这次的主要武器，就是男人味了。"

张老头说到这儿，开始操作医疗仪器，一边说道："虽然我可以把你的外表弄成一个非常吸引异性，又成熟帅气的男子，但是，那种最吸引异性的男人味是来自于内涵的，这方面只能靠你自己表现了。

"不过，我相信对你来说并不成问题，我不敢说你这个家伙才高八斗，但七斗半还是有的。记住，到了那里不要毛毛躁躁的，女皇级的美女，没有几个喜欢毛躁的家伙！"

刀疤脸笑了笑："我明白你想说什么，成功的女子只会在意成功的男子。开始的一两年，都是以印象来取胜的，我没有愚蠢到在一开始就立刻发动攻势。"

"呵呵，你不会这样，但不代表别人不会这样啊。"张老头神秘地笑道。

"怎么？难道还有人接到同样的任务？"刀疤脸奇怪地问。

"是不是就不知道了，不过这几天，组织里突然多了许多大帅哥，并且这些大帅哥正拼命进行仪态训练，猛K各种知识呢。"

说到这儿，张老头拿起了一个氧气罩，按在刀疤脸的脸上，说道："来，开始麻醉。"

看来，委托人不放心只派一个人去呢，这倒也是，这么多个目标，人多一点的话，成功率也比较高。想着这些，刀疤脸慢慢进入了深度睡眠。

不知道过了多久，坐在椅子上看着杂志的张老头看看手表，点点头说道："嗯，时间到了。"他起身来到一个椭圆形状、两米长、一米宽、半米厚的白色玻璃罩前，按下一个按钮后，玻璃罩慢慢地升起，白色的烟雾飘散了出来。

烟雾消散后，一具棱角分明、黄金比例的男性身躯，出现在他的眼前。

这个美男子呻吟了一声，睁开眼睛问道："完成了？"原本沙哑的声音，已经变得带有磁性的感觉，好听极了。

张老头点点头，指着墙角的大镜子说道："完成了，你去照照镜子，熟悉一下新的模样。"

男子起身，就这样光溜溜地走到镜子前，一看到自己的模样，不由得一呆，这是一副刚毅不凡，同时充满男性魅力的帅气脸孔。

笔挺的鼻梁、性感的下巴、紧绷的嘴唇，特别是那双略带忧郁神情的眼睛，这么动人的脸孔，恐怕对异性来说，足以大小通杀了。

男子开始检查全身的状况。张老头笑道："男人的功能我也帮你特别加强了。要知道，单凭外表和内在，并不能完全俘虏女皇级的美女，要真正让美女对你死心塌地，靠的还是男人那里的功能。"

男子听到这话，苦笑着摇摇头。

"对了，你已经为组织完成了四十九次任务了吧？"张老头不经意地问道。

男子开始穿衣服，听到这话猛地一停，说道："是的，完成这件任务，就是五十次了。"

张老头拿起杂志，一边翻动，一边点头说道："嗯，三年后你就自由了。这次准备用什么名字？"

男子说道："这次组织给我的名字是张杰。"

看到男子穿好衣服准备离去，张老头放下杂志道："到时候，别忘了给我报个信。"

已经打开门的男子缓缓地扭过头，向张老头露出了一个灿烂的笑容，原本黑黄的牙齿已经变得整齐、洁白、光亮，而那好听的声音，正从这张嘴巴传出："我会的，爷爷。"

第十七章　整装再出发

天堂星 D 区古兰街附近的黑帮分子，惊奇地看着数百辆救护车呼啸着驶入古兰街。一个小瘪三向他的头目问道："大哥，刚才我没有眼花吧？救护车居然开进了古兰街？"

头目说："我也不清楚我是不是眼花了，古兰街那帮穷鬼，居然可以叫救护车？"

"是呀，要知道，他们以前受了伤，都是用一些土办法自己解决的。"

说到这儿，小瘪三恍然大悟地说道："我知道了，刚才的爆炸声，一定是另外一个黑帮并吞他们发出来的，这些救护车一定是那个黑帮叫来的！"

头目点点头："看来应该是这样，不然，古兰街的人怎么可能叫得起救护车呢？

"要知道，那种治疗光线，用一次都要一万武莱币，别说他们用不起，就连我们都用不起呢。"

小瘪三笑道："大哥你说，是哪个黑帮笨到牺牲大量的人手去进攻古兰街啊？那条街根本没有什么油水。"

"可能不是为了并吞，而是为了出气，毕竟，没有谁会要古

兰街这条破街的。"头目这些话才刚说完，无数运载着各种材料的工程车，像蚂蚁搬家一样涌进了古兰街，还有一辆银行的运钞车紧随其后。

小瘪三看到这一幕，吃惊地说："工程车！大哥，看来那个黑帮要改建古兰街啊！"

头目愣了一下，但很快就反应了过来，喊道："快去报告帮主！"

不久之后，古兰街附近的黑帮头目，都在同一时间接到了手下的报告，说古兰街出现了大变化。

虽然从警局那里知道，是一个新成立的飞龙会攻占了古兰街，但是由于情报太少了，各帮派还是纷纷派人出去打听。

唐龙付出几亿武莱币后，工程队立刻开始拆除工作，而那些已经治好伤的古兰街黑帮分子，则在街上围着一大堆从运钞车上卸下来的钞票发呆。

唐金站在钞票堆上，看到下面这群人的样子，耸耸肩膀说道："我说你们也太乡巴佬了吧？不就是几千万的现金吗？有啥好大惊小怪的。

"原来各帮的帮主请出来，帮我发钞票给兄弟们，每人一叠。记住，领取钞票的兄弟，都要报出自己的名字！"

原来的十个帮主立刻跑出来喊道："排队！排队！一个一个按照顺序来！"

那些原本在发呆的帮众，听到帮主的话，立刻排成十条长长的队列，依序报名，从原老大的手中领走了一叠钞票。

唐金则利用这个机会，很轻易地把这几千人的模样和名字都记了下来。

如果是人类的话，没有办法同时记住这么多人，但他是机器人，只要把声音和图像存档，以后就可以随时调出来了。

唐金发完钱，地上还有上百万现金，他便对那十个欢天喜地聚在一起数着钞票的原帮主喊道："维纳！你们十个头目过来，把这些钱拿去买些食物和美酒回来，要最好的！"

听到要买吃的，维纳等几个飞龙会的新头目，立刻招呼了数十个手下跑过来。

本来这种事情打个电话就行了，但是唐金颇乐意发号施令，看到那些帮众乐呵呵数着钞票的表情，唐金有一种满足感。

难怪这些古兰街流氓转变得这么快，混黑社会也就是为了几个钱。现在的新老大不但手头大方，而且实力强悍，不跟着他们，还要跟着谁？

唐龙说道："还有，帮兄弟们订套制服回来，钱不够就用这张卡，密码是六个一，不用省钱，尽管用。"说着，扔了一张银行卡给维纳。

接住卡片的维纳，向唐金恭敬地说道："大哥大，兄弟们的制服要哪种款式的？"

唐金插嘴喊道："哪种款式？你没有看过电影吗？全套的黑西装、黑领带、白衬衣、白袜子、黑皮鞋、墨镜，这可是标准的黑帮制服，难道你不知道吗？"

"明白了，属下这就去办。"

维纳正要离开，唐龙再次叫住了他："等等，你们抱着这些现金上街，不怕被抢吗？把武器带去，再去找个大军火商过来。"

唐龙说着，解下身上的冲锋枪、手枪、手雷。

唐金见状，也忙着和金一等人，把身上的武器解下，交给这些准备外出的帮派成员。

唐龙本来还想让他们顺便叫几辆清洁车过来，但是看到整条街道都是建筑材料，尘土飞扬，就打消了这个念头。

他没有注意到，那些黑帮分子在看到自己解下枪后，都露出的奇怪神情。

"是，谢谢大哥大赐枪！"维纳满脸激动地捡起唐龙的那把手枪，他身后的几个头目，纷纷争夺起唐龙的那把冲锋枪，到最后，没有抢夺成功的头目，只好捡起几颗手雷了。

这些头目很感激唐龙对自己的信任。在几千个刚刚招募到的手下面前解下自己的武器，不是信任，是什么？

他们没有其他念头。在见识过唐龙雄厚的财力后，他们再不想回到从前那种吃了上顿没下顿的日子了。

旁边的工程人员根本没有理会唐龙他们这帮人的动作，都在全心全意地拆除建筑。这些人都是官方的雇员，非常清楚在天堂星，好奇心是足以让人丢掉性命的。

为什么天堂星的工程队是官方的？在这天堂星上，官方最挣钱的部门，除了D区警察外，就是工程队了。

每次黑帮火拼后，掌权的都要花费大量的金钱，来装修他们地盘内的建筑。如果到处破破烂烂的，哪里还有客人会上门？

维纳腰间插着崭新的手枪，迈着八字步，带着数十个背着冲锋枪，或是别着手枪、手雷的兄弟，扛着一个大麻袋往外走去。

那些待在街口探听情报的黑帮分子，一看到古兰街的地头蛇出来了，立刻就上前去套近乎。

正当维纳和他们打哈哈的时候，一个阴阳怪气的声音传了过来："哟，维纳哥，有钱了啊？居然换了把新手枪呢。怎么，看不起兄弟是不是？连招呼都不打一个，就闯进来了啊？"

围着维纳一伙的黑帮分子纷纷散开，他们知道说这话的人，是隔壁那条街的头目，一个恶心又难缠的角色。

这个隔街头目，摆明了就是要来找维纳麻烦的。附近的人都知道，古兰街之所以这么落后，根本就是因为这附近几条街的黑帮联手夹杀的缘故。

"啊呀！蛇哥，瞧您说的，我这不就向您请安了吗？"维纳满脸笑容，向这个又瘦又高、秃头、没有眉毛，正用一把匕首刮脸的男子鞠躬说道。

维纳鞠完躬，回头对自己的兄弟们喊道："来，快给蛇哥问好！"

几个头目和帮众都恭敬地喊道："蛇哥好！"

看到这帮以前宁死不屈的古兰街流氓，现在居然向自己鞠躬问好，蛇哥一时间也愣住了。

但是，他很快就反应了过来，含笑说道："好好好，你们准备去干什么啊？"

蛇哥一脸笑容，心里却骂开了：他妈的！这帮杂碎怎么突然变得这么乖巧？搞得我现在想拦截他们也没有理由了。

要不是周围有这么多其他帮派的人，我还会笑嘻嘻地和你们说话吗？

蛇哥非常清楚，如果今天拦下古兰街的流氓，自己心胸狭窄的评价，就会传遍整个 D 区，到时候恐怕就没有几个客人会来自己的地盘玩乐了。

"噢，蛇哥，我们是奉老大的命令去购买食物的。"维纳含笑说道。

"咦？奉老大命令？你们几个原来不都是老大吗？现在怎么全成了人家的部下了？"蛇哥和附近的黑帮分子都吃惊地看着维

纳。他们知道古兰街曾出现战斗，但没想到这些原来帮派的老大，不但能完整地走出来，而且还投靠了新老大。

按照黑帮之间武力并吞后的习惯，胜利的一方绝对不会放过失败一方的头目，这叫斩草除根。

"是啊，我们的老大既豪迈又大方，新老大肯要我们，我们这些没有什么本事的人，当然是跟着新老大了，大家混黑帮，不就是图那几个钱嘛。"维纳笑道。

蛇哥思考了一下后，说道："哦，对了，你们是说要去购买食物吧？怎么不来光顾我蛇哥的店啊？是不是看不起我蛇哥啊？"他准备借着这个机会，好好打听一下这个新帮会的底细。

维纳立刻醒悟了过来，说道："哪儿的话！我这不是来找蛇哥帮忙了吗？"说完，向背着大麻袋的手下挥挥手说道，"把钱拿过来。"

麻袋被打开，露出了上百叠的钞票，周围的黑帮分子们都不由自主地吞了吞口水，他们都是些底层的帮派成员，哪里见过这么多的钞票啊。

蛇哥虽然经手过许多金钱，但那都只是屏幕上的一组数字，他根本就没有见过这么多的钞票摆在面前。看到这一堆纸质的物品，蛇哥暗暗嘀咕："钱还是看得见、摸得着，才过瘾啊，等一下我就去银行，领他个上千万，摆在办公室里好好欣赏欣赏。"

"蛇哥，这里是一百三十二万，请您准备四千人的饭菜，能送到古兰街最好，不行的话，通知我们过来取。"维纳说道。

他不怕蛇哥吞掉这笔钱，这里有这么多帮派成员，如果蛇哥敢这么做，早就不用在这地方混了。

"嗯，好，到时我会亲自送上门的。"蛇哥点点头说。

听到这话，小瘪三们都露出了惊讶的神情，觉得蛇哥这个老大，有必要为一百多万亲自送货上门吗？

而那些老油条，则若有所思地点了点头。

他们都清楚，蛇哥不会把这一百多万放在眼里。他会亲自送上门，是为了能够见识一下新帮会的老大。

蛇哥若是不先了解一下这个新邻居的底细，他连睡觉也不会安稳啊。

维纳就是这些老油条中的一根，他也没有多说，只是回了句："有劳您了。"就转移了话题，"蛇哥，不知道您这里有没有服装店呢？我家老大要我们去订购兄弟们的制服。"

"订购制服？"蛇哥看了看身旁这些身穿各种衣服的手下们，晃晃脑袋笑道，"没有，你去其他街看看吧。呵呵，你们老大还真古怪，混黑社会要什么制服啊。"他的话引起了周围的黑帮分子一阵哄堂大笑。

维纳没有接话，先制止身旁愤怒的兄弟们，向蛇哥行个礼，说了一句："那就不打扰您了。"然后带着手下走了。

"大哥，我觉得好窝囊！"维纳身旁的一个大汉突然喊道，其他成员也跟着嚷叫了起来。

维纳喝道："够了，难道我就不窝囊吗？你们要知道，我们现在都是会长的手下，不能意气用事。放心，这口气一能讨回来的！"

"能讨回来？"帮众都疑惑地看着维纳。

"当然能啊。你们想，我们会长老大那大手笔的气势，他会让飞龙会就窝在古兰街吗？"维纳说出这话，帮众们想了一下，都摇摇头。

一来就大肆派钱、大兴土木，这样的老大，哪里会甘心窝在小小的一条古兰街啊？想到这儿，帮众们都露出了兴奋的神情。

"刘哥，你带人去找大军火商，我带人去订购制服。"维纳向一个原帮派的老大说道。那个刘哥也不多说，点点头，带走了一半人。

"小谢，你不是有个舅舅在做服装吗？带我们去那儿，肥水不落外人田嘛。"维纳向一个手下笑道。

小谢撇撇嘴："他看不起我这个穷鬼的。"

"我说小谢啊，你现在口袋里就有一万元，哪里还是穷鬼啊！再说，我们这次可是去订购数千套制服哦！这么大的生意上门，你那舅舅巴结都还来不及，哪里还会看不起你啊！"知道小谢底细的帮众纷纷打趣。

小谢立刻抬头挺胸地喊道："跟我来！"

看到他那小人得志的样子，帮众都笑了起来。

"怎么？又来打秋风了？我说你怎么不长进呢，随便在哪儿混，也好过在古兰街啊。"小谢刚走进一家店铺，一个中年人就语气尖酸地数落他。

小谢气得满脸通红，说不出话来。维纳拍拍小谢的肩膀，从口袋里抽出自己那叠工资，狠狠地拍在桌上说道："这些够不够还小谢跟你借的钱啊？"

其他帮众也同样抽出自己的那叠钞票，砸在桌上喝道："这些够不够啊？"

中年人被吓呆了，但他很快两眼放光，看着桌上的钞票，一边吞着口水说："够……够……"一边把手伸过去。

小谢拦住中年人伸向钞票的手，冷着脸从口袋里抽出了二十张面额一百的钞票，扔给中年人说道："加倍还给你！"

说完，他感激地对四周的帮众说道："谢谢各位大哥！不过，我才跟他借了一千元，各位大哥把钱拿回去吧。"

维纳这帮人也不是大傻子，立刻把自己的钱收了回来。接着，维纳掏出了唐龙给的那张银行卡说道："老板，做四千套标准黑帮服装，需要多少钱啊？"

正在懊恼不已的中年人听到这些话，不由得一愣："标准黑帮服装？"

小谢插嘴说道："就是电影里面黑帮分子穿的那种黑西装、白衬衣、黑领带、墨镜、白袜、黑皮鞋！"

中年人一边搓着手，一边紧紧地盯着维纳手中那张卡片，说道："原来是那种啊，这五件一套的西装……我就亏本一点，每套收你们两千元好了，四千套一共是八百万元整，请付头期订金四百万元。"

"有没有搞错！一套西装要两千元？你以为你做的是名牌啊！"小谢立刻嚷道。

中年人瞪了小谢一眼，满脸为难之色，对维纳说道："这位大哥，我给你们做的西装，可都是选用最上等的布料，两千元一套，算是亏本的了。"

维纳挥挥手说道："两千就两千，如果不是上等布料，你就等着关门吧！"说着，他把卡扔给中年人，"收了钱就快点跟我们去量尺寸，带几个帮手，我可不想到天黑都还没量完。"

"是……您稍等……"中年人说着，就用银行便捷转账机转账。不过，他一看卡内的数字，顿时就呆住了。

小谢怕他舅舅搞鬼，一直跟在身边，看到了数字，也和他舅

舅一样呆了一下，但他很快就清醒过来，慌张地喊道："大哥！你们快来看看！"

维纳几个人立刻靠了过来，他们看到转账机上的数字，也不由得一呆，好一会儿才齐声惊叹道："天哪！居然有上万亿资金！"

他们很快捂住了嘴巴，小心地四处张望，看看四周有没有碍眼的人。在发现没有什么不对劲之后，他们才松了口气，面面相觑。

"会长的老大好有钱哦！随便拿出一张卡就有上万亿，不愧是超级大黑帮的头目！"一个帮众感叹道。众人听到后，纷纷点头赞同。

维纳严肃地说道："大家听我说，大哥大把这张卡的密码都告诉我们，这表明对我们绝对信任。

"大哥大从来不露出真面目，也不亲自掌控飞龙会，这说明了他不想让别人知道太多。所以，我们以后就不要再提起什么大黑帮的话题。"

帮众听到这些话，狠狠地点了点头。这些底层的流氓，听说过太多某些人因为知道上司的秘密而被灭口的事，他们可不想这样不明不白地被人干掉。

维纳说完，盯着那个中年人，恶狠狠地说道："老板，你既然能在D区活到现在，应该非常清楚什么事情应该记得，什么事情应该忘记吧！"

中年人不愧是在D区长大的，一脸笑容地说道："来，先生，请输入密码转账，收到订金后，本店保证三天内就能完成您所需要的衣服。"

看到中年人这么识相，维纳满意地点点头，输入了密码，转账成功后就把卡片收回，贴身收起。然后带着中年人和他那几个帮手，一同往古兰街走去。

他们回到古兰街，发现刘哥早就把军火商人带回来了，蛇哥的食物也送过来了，帮众正蹲在街道旁，吃着饭菜、喝着美酒，会长也正在和那个军火商人商讨着什么。

维纳没打扰会长，直接吩咐中年人去替帮众量尺寸。接着把卡片交还给唐龙，汇报了消费情况，就带着手下跑去吃饭了。

唐金送走军火商人，兴冲冲地来到唐龙身边，说道："老大，我跟那个军火商人买了可以装备一个师的单兵装备，他只收我一百亿哦！而且还是货到付款呢。"

唐龙正吃着东西，有点奇怪地看着唐金说道："这很正常啊，有什么好兴奋的呢？"

"嘻嘻，想到不久之后，就可以带着部下去开战、去抢夺地盘，我就忍不住兴奋啊！"唐金笑道。

唐龙一听这话，连忙劝道："你不要整天想着开战好不好？如果你肆无忌惮地攻击其他黑帮，恐怕会引得整个D区的黑帮围攻你呢。

"以后攻打其他帮派，一定要有充分的理由，懂吗？没有理由，不可以随便攻击。还有啊，别忘了我交代给你的任务。"

唐金得意洋洋地说道："老大！我没有忘啊，刚才税务官来查我们飞龙会的税务，我就送了一百万给他，和他拉关系。

"他一收下钱，就确定我们飞龙会现在的税收，一年只需要缴纳一万元哦！"

唐龙差点把饭给喷出来，吃惊地说道："你就当着这么多人的面，直接给那个税务官一百万？"

唐金不解地摸摸脑袋说："对呀，有什么奇怪？那家伙和我见面的第一句话就是：'给我好处，我降低你们的税收。'所以我立刻就塞钱给他了。"

唐龙整个人愣在那里，这里的官员还真够厉害的，居然直接开口要钱，原本还以为要偷偷摸摸去送钱呢。

唐龙想了一下，对唐金说道："你就顺着这个税务官的线，去巴结其他官员。而警察方面，你就顺着那个在宇宙港附近的汤姆警长的线，去巴结其他的警察。

"反正，不论官职大小，只要是手握实权的人物，全部把他们收买下来。"

"嗯，我会的。"

唐金说道："老大，现在我们怎么办？就这样看着工程队施工吗？"

唐龙摇摇头说道："不要浪费时间，好好训练一下这些黑帮分子，把他们训练成有严格纪律的战斗人员。像他们这么散懒，怎么进行火拼呢？"

"我明白了。"唐金确实明白唐龙的意思，唐龙是想把这些黑帮分子训练成军队。这样一来，等于在武莱国的心脏附近，安插了一颗致命的钉子。

那些吃饱了躺在墙角、三三两两聚在一起聊天的帮众们，突然发现了他们的会长，一手拿着一根不知从哪儿弄来的鞭子，一手拿着一个扩音器，站在大街的中央。

帮众们十分好奇，纷纷探头张望。

唐金干咳了一下，喊道："兄弟们，相信大家也知道，混黑社会最重要的，就是要有傲人的体能和过人的胆识，拥有了这两样，才能够混出个样子来！"

听到这话，帮众们纷纷点着头，他们很奇怪地看着唐金，不知道唐金说这些话干什么，这点谁都知道啊。

"为了让我们飞龙会能够早日傲视天堂星，我——你们的会长，决定对你们进行一系列的严格训练！简单一句话，就是我要在最短的时间内，提高你们的体能和胆识！

"我和这五位长老，将给予你们最严格的训练！好，现在我念到名字的，到第一队去，由金一长老教导。"

对于这种训练帮众没有什么意见，毕竟以前的帮派老大，也不时带着大伙进行各种体能格斗的训练。

帮众按照唐金的安排分成六队后，他们才惊讶地发现，会长居然能够叫出每个人的名字。

连续喊了四千个人的名字，他的声音居然不会沙哑，依然洪亮。

有心人很快就发现，每一队里没有哪个原来帮派的人能够占据优势。十个原帮派成员的人数，在队里面分配得非常均衡，看来，会长是要借着训练的机会，把原来帮派的建制打散掉。

一开始被唐金亲自率领的帮众还沾沾自喜，因为自己是由会长来训练的。

不过，他们慢慢地发现了，根本没有什么值得高兴的。

其他几队的人被带到还没有拆迁的建筑楼顶，或被带入那些建筑内。唐金突然凌空猛抽鞭子，喊道："所有的人听着！给我从街头跑到街尾，来回十趟！没有跑完的人不许吃饭！快跑！"

看着眼前这条堆满了建筑材料的街道，帮众傻了眼，在这样的地方跑，这岂不是比跑障碍赛还困难吗？

唐金看没有动静，冷笑了一声，喝叱道："怀疑啊！不跑是吧？看手雷！"说着，掏出一颗手雷，往人群里一扔。

帮众看到手雷朝着自己飞来，立刻吓得向前飞奔。

一声巨响，帮众们心有余悸地回头，却看见唐金面目狰狞，正提着冲锋枪追来，一边追，一边狂笑大喊道："啊哈哈哈哈哈—快给我跑啊！"

随着他的话音落下，无数的激光束射在帮众们的脚下。帮众们立刻跌跌撞撞地奔跑了起来。

唐龙看到了这一幕，不由得想起了自己以前在训练营的情况，看来这些机器人都有虐待的倾向。

第十八章　错　过

一个礼拜过去了，古兰街焕然一新。

街道两旁是明亮的街灯和漂亮的坐椅，还有翠绿的树木，和错落有致的小喷泉，这一切都让古兰街充满了洁净宜人的味道。

这条一千米长的街道两旁，除了一座巨大而豪华的夜总会，以及一座同样巨大而豪华的酒店外，没有任何其他建筑物。

夜总会和酒店的名字，都有相同的"飞龙"两个字。

此刻，两栋建筑的大门口，排着一个四千人的方阵，全都是黑西装、黑领带、白衬衣、墨镜的标准黑帮打扮，让人一看就觉得有一股森然凶悍的气势直扑而来。

唐龙满意地拍拍唐金的肩膀说道："以后这里就交给你了。记住，一开始尽量不要急着去和其他黑帮火拼，要先专心提高自己地盘的人气。"

唐金点点头，接着他有点担忧地说道："老大，你一个人去S区没问题吗？要不要让金一他们几个陪你去？"

唐龙笑道："没问题，S区不是治安最好的吗？我又不是去闹事，只是去看看而已，能出什么事？再说，我最多在那儿待一天就会回中州星，金一他们还是留在这里帮你吧。"

"那好吧，老大回到家后给个信，别让我们惦记了。"唐金想想，确实如此，就同意了。

唐龙两手空空地走出古兰街。不过，他很快就感到苦恼起来。

他找来找去，都找不到车站，最后找到警察时，警察却告诉他，D区没有直接通往S区的通道，要乘飞船到武莱国首都星转机，才能够进入S区。

"唉，这个天堂星怎么这么变态？同在一个星球上的区域，居然没有通道连接？算了，顺便见识一下，这个号称宇宙第一大国的首都，究竟是个什么样子吧。"唐龙一边嘀咕着，一边登上了飞向武莱国首都的飞船。

天堂星S区某家豪华大酒店的餐厅。餐厅中央的立体电视，正播放着武莱国的新人气偶像——星零的MTV。

大家都沉醉在星零那甜美的歌声中。一个正和身旁女伴说悄悄话的英俊男士，突然抬头看了一下屏幕上星零的影像，接着向服务员招招手。

服务员上前来，礼貌地笑道："先生，有什么能为您效劳的吗？"

英俊男子拍拍身旁美女的肩膀，对服务员说道："我的女朋友不相信我有本事和那个星零上床，你们能不能帮我证明一下呢？"

服务员眼中光芒一闪，深深地鞠个躬说道："请您稍等一下。"转身就离开了。

那个美丽的女子看着服务员就这样走了，向英俊男子问道："他怎么就走了？不是说这里……"

英俊男子打断美女的话，晃晃手指头笑道："我的公主，这你就不明白了，他们要先计算一下完成委托的费用总共是多少呢。你看，那个服务员不正在向上头汇报吗？"

美女抬头看去，发现那个服务员正对着通讯器说话，点了点头。

美女喝了口酒，突然看着英俊男子笑道："你对这些这么清楚，你的太子之位是不是也是这样继承而来的？"

英俊的男子做出一个夸张的表情说道："天哪，你怎么能这样说呢？我的皇兄真的是因为空难而去世的啊。"

美女笑了笑："好了，你不用急着辩解，如果你那皇兄不是意外逝世的话，我也不会属于你的。"说着，她深情地凝望着英俊男子。

英俊男子靠上去吻了一下美女，低声说道："是啊，所以在我得知皇兄逝世后，我立刻就向天神祈祷，感谢天神对我的宠爱。"

美女还想说什么，那个服务员走过来送上了一份菜单，并且悄声说道："抱歉，有许多个老板都点了和您一样的菜，您只能排在第六位了。"

"第六位？"

英俊男子皱了皱眉，拿起菜单一看，和美女相视一笑，然后对服务员说道："如果我付出十倍的价钱，那么我可以排到第几位呢？"

"哦，如果是这样的话，那么您将是第一个享用这道菜的人。"服务员满脸恭敬地说道。

"嗯，那么去付账吧。"

英俊男子递出一张卡，服务员接过卡片后说了一句："请等待三天。"就退下了。

看到身边没有什么人，英俊男子向身旁的美女说道："怎么样，是不是迫不及待地希望三天时间快点过去呢？"

美女脸红了一下："看你把我说得像一个饥渴的淫妇一样，有你这样的未婚夫吗？"

"嘻嘻，你不是淫妇，你只是个喜欢美女的公主而已。"英俊男子嬉皮笑脸地回答。

美女瞟了英俊男子一眼，娇嗔道："到最后，还不是都便宜了你这个色狼皇太子吗？"

"那还不得多谢你啊，没有你，我哪能占那么多便宜呢？"英俊男子说完，和美女热吻了起来。

这家酒店的顶层某房间内。一个中年人看了屏幕上显示的资料后，乐道："这个星零还真值钱，居然有人愿意花费一万亿和她一夜春宵。好，去找她的经纪人，让她立刻过来陪客。"

他对站在面前的一个年轻人说的。

年轻人点点头，去执行命令。

几小时后，这个年轻人再次出现在中年人面前，他满脸羞愧地说道："抱歉老板，星零的经纪人不同意，我看只有出动部队才行。"

中年人有点不相信："不同意？她的经纪人不知道我们是谁吗？她不知道费用有多少吗？"

年轻人说道："我已经报出我们兄弟会的名字了，并且说明有一万亿的收入，但是对方还是毫不客气地拒绝了！"

中年人正掏出根雪茄点着，立刻恼怒地喝道："居然不把我们放在眼里！这个经纪人是谁？有什么背景？"

年轻人说道："这个经纪人叫雯娜，是星零的好朋友，没有什么背景。"

中年人愣了一下，说道："没有什么背景的人，怎么会这么牛？星零是怎么在娱乐圈混出名的？"

年轻人想了一下，说道："星零没有靠谁捧，而是靠自己的实力出名的。"

中年人冷笑道："靠自己的实力？哼，我原本还想把星零捧成一个女皇级的交际花呢！

"看来，她是有福不会享呢，也好，省下那笔收入。派部队把她绑架过来，我要让她成为我们的摇钱树！"

"是，老板。"年轻人行礼退下了。

星零刚刚结束一场巡回武莱国各地的演唱会，回到武莱国首都星休息。看到了雯娜气愤地挂掉电话，她笑着问道："怎么？又是骚扰电话？"

雯娜点点头。她不会告诉星零，这是有人要她过去陪客的电话。

虽然雯娜隐约听过这个兄弟会有很大的势力，但是这种让星零陪客的电话，几乎天天都有，所以她也并没有怎么在意。

雯娜坐在星零身旁，担忧地说："小姐，你为什么不让护卫们近距离保护你呢？要知道，现在你越来越像人类了，而我们也越来越难掌握你的信号。

"要是你有什么不妥，我们会来不及救援的。"

星零笑了笑说："没事，来武莱国这么久了，我不也没有什么事吗？"

雯娜撇撇嘴说道："你还说，一到武莱国就被黑帮分子看中，

紧接着进入娱乐圈，又经常受到那些导演制片之类的实权人物骚扰。

"而登台亮相以后，你又有多少次差点被绑走？你还说没有什么事？"

"纳特先生不是一直都让我安然无恙吗？"星零一边整理行李，一边笑嘻嘻地说道。

雯娜小心地问道："小姐，那个在飞船上认识的纳特先生，虽然是武莱国总统的儿子，但是他自己并没有什么本事，你该不会是喜欢上他了吧？"

"喜欢？"

星零歪着脑袋，想了一下，笑道："我是喜欢他啊，你不觉得他很风趣幽默吗？而且还风度翩翩，很会讨女孩子喜欢呢。"

雯娜不死心地再次说道："想追求女孩子的，肯定会风度翩翩、风趣幽默，可是你不觉得，他是个徒有其表的人吗？"

"徒有其表？不会呀，他很有内涵啊，美酒的年份，各地的风情之类的东西，他非常清楚呢。"星零再次替那个纳特辩解。

雯娜无奈地问了一句："那么，唐龙先生呢？"

星零听到这句话，身子一震，手中的衣物也掉落在地上。

过了好一会儿，星零才露出一个勉强的笑容说道："他是我的弟弟啊。"

雯娜摇摇头，不再和星零说什么了。

她不清楚为了体验人类感情而四处和人交往的小姐，现在性格怎么会变得这么矛盾。小姐也不是一定要喜欢上唐龙才行，毕竟那个唐龙早就音讯全无了。

没有人会强迫小姐去喜欢哪个特定的人类，只要是小姐真心喜欢的，自己都会衷心地祝福小姐。

可是，小姐却没有分辨人类善恶的能力。那些和小姐交往的人，都只是觊觎她的美色，根本没有谁意愿陪伴小姐度过漫长的人生。

那个纳特先生单从外表和言行来看，的确是个不错的人选，可不知怎么搞的，她就是对他没有什么好感。难道，这就是人类和机器人之间的区别？

我们这些机器人看人类顺不顺眼，第一眼就是看他是否给人强悍的感觉。

小姐已经越来越接近人类。她的审美观应该和我们机器人不同吧？算了，只要纳特先生不伤害小姐就行了。

这时，一个机器人护卫敲门进来，说道："小姐，纳特先生如约来接您去进餐，现在正在客厅等着。"

"好的，告诉纳特先生，我很快就出去。"星零说着，开始挑选晚礼服。

雯娜呆呆地问道："小姐，纳特先生约了你去进餐吗？为什么我不知道？"

星零正在挑着衣服，随口应了一句："哦，纳特先生直接打我的电话，所以你不知道。"

雯娜身子一震，难过地看了星零一眼，说道："那么小姐，我出去了。"随后就离开了房间。

她之所以这么难过，是因为星零把只有自己这些人知道的电话号码告诉给一个外人。而且这个外人约了小姐，小姐居然不告诉自己，因此在感觉上，自己是被小姐排在外人那一列了。

一个拥有一头金发、高大英俊的年轻帅哥正在客厅里，看到雯娜走了出来，忙站起来向雯娜行了个礼，用温和的语气说道：
"美丽的雯娜小姐，你好，我们有一个礼拜没有见面了吧？"

"哦，您好，纳特先生。小姐正在换衣服，请您稍等一下。"
雯娜虽然没有什么心情理会这个年轻人，仍强装笑容回应纳特的
问候。

善于察言观色的纳特，发现雯娜的笑容有点勉强，也就不多
说，点点头坐下了。

两个人坐在客厅没话可说。这时，满面春风的星零穿着一套
低胸露背的黑色晚礼服，从房内走了出来。

纳特立刻起身走近星零，一手送上鲜花，一手托起星零的手，
在手背上轻轻地吻了一下。

两人一边寒暄，一边往外走去。走到门口，纳特回头对雯娜
笑道："请放心，晚上十二点之前，我会把星零小姐送回来的。"

星零坐上纳特的跑车驶远后，雯娜带着机器人护卫开车跟在
后面。

很快的，进入市区的纳特停下车，带着戴了墨镜的星零进入
了一家首饰店。雯娜的车则停在远处，监视着四周的情况。

雯娜身旁的护卫感觉到雯娜的脑电波有点混乱，于是问道：
"怎么了？雯娜，你的程式有点混乱呢。"

雯娜遥看着星零欢快地挑选着各种首饰，闻听此言一愣，但
是马上便摇摇头说道："没什么。"

坐在驾驶室的护卫回头笑道："还说没什么，我们这些人都能
感应到你的磁场很混乱呢。是不是感觉到小姐疏远了我们？"

雯娜叹了一口气说："你们也有这种感觉吗？"

护卫笑道："我们这种感觉比你还早出现。毕竟，在我们被小

姐调到外围守护的时候，你还陪在小姐的身边。

"不用担心，小姐越来越像人类，她需要自主的时间就会越来越多。我建议你去看看《父母和孩子》这本书，你现在这种患得患失的感觉，就是父母看到孩子长大，觉得孩子不再需要自己照顾了的那种失落感。"

雯娜呆了呆，叹了口气，说道："也许是这样的缘故吧，唉，顺其自然好了。"

就在这时，驾驶副座的护卫指着街上的一个人说道："那个人非常强大，他的精神承受力比其他人大了好几十倍。"

雯娜转头看去，发现一个穿着全套黑色西装，戴着W型墨镜，拥有一头飘逸黑发的年轻人，正在街道上朝这儿漫步走来。

"嗯，他的瞬间爆发力非常强悍，耐力和持久方面也强得吓人，绝对是个优秀的人才。"雯娜身旁的护卫，已经开始对这个人进行全息扫描了。

而驾驶室的那个护卫更是夸张地对他进行裸体扫描，一边说道："哇，看他这身肌肉，每一块里面都包含着强大的力量。

"他的身体年龄只有二十岁左右，看过了这么多人，从没见过如此年轻优秀的人物啊，绝对值得珍藏！"

另外三个护卫则同时喊道："好东西一个人享用？还不快传给我们，让我们欣赏一下！"

雯娜苦笑地摇摇头。她虽然了解机器人的审美观，是以一个人强悍与否来做标准的，但没想到身边这几个伙伴，竟开始疯狂收集强悍人类的影像。

幸好他们是机器人，不然，自己肯定会怀疑他们的性取向。因为他们收集的强悍人类影像中，绝大部分都是男人。

雯娜把自己定位于女性，所以她看人的眼光和这几个伙伴不同，也不同于人类女性的审美观。她看重的是气势，为此她还特别制作了一个程式呢。

这个程式，是通过感测目标周围的温度、气味、身体反光之类的东西，来断定这个人拥有什么样的一种气势。

例如杀人如麻的家伙，他的气势就是血红色的。如果对方是个平凡家伙，那气势就是一种乳黄色。那个纳特就是这种颜色，所以雯娜才不喜欢他。

雯娜看到伙伴这么兴奋，也随意感测了一下那个人的气势。这一感测，雯娜不由得呆住了，因为那个人的气势，居然有金、红两种颜色。

金色是只有常年身居高位的人才会具有的气势。红色不用说，是杀人无数的人才会拥有的气势。而同时拥有这两种气势的人也不是没有，一些征战沙场多年的将军，就有这样的气势。

但是，同时拥有这两种颜色，而且浓度如此高的人，却是从来没有遇见过的。难道这个二十多岁的年轻人，年纪轻轻就具备崇高的地位，而且早已征战沙场多年了？

"他不是个普通人，而是一个拥有崇高地位、经过战火洗礼的军人。"

雯娜关掉程式，说道。几个护卫立刻点点头，说了声："难怪。"就继续偷拍。

雯娜突然发现，原来人类也有可以察觉出这种气势的人。街上的那些女性，不是都偷偷地看着这个戴着墨镜的小伙子吗？这些女性中各种年龄层的都有。

这样看来，那个走在街上，偶尔会有少女回头看两眼的纳特，和这个小伙子根本没法比啊。为什么这么说？因为人家连墨镜都没摘下，就吸引了这么多异性的目光。

她相信这些女性并不是看重他的外貌。戴着墨镜等于遮住了脸，帅不帅谁能看出来？可惜自己的小姐就没有辨别人类气势的能力，不然也不会跟那个纳特约会了。

走在街上的唐龙根本没有注意到，自己已经被几个审美观与众不同的家伙偷拍了。他边走边看，还一边嘀咕着："这就是宇宙第一强国的首都？不就是车多了点，人多了点，楼房多了点而已嘛！唉，真是失败，早知道武莱的首都是这样的，我直接在机场转机不就得了，还跑出来浪费时间。

"不过既然来了，就住上一宿吧，去看看武莱首都的夜景也不错。有点口渴了，先找家冷饮店休息一下。"说着，唐龙开始四处张望。

正当唐龙把头扭到一边时，星零正好和纳特有说有笑从店里走出来。

双方似乎都没有留意到对方。砰的一声，星零被撞倒在地，唐龙这才反应了过来，说着对不起，并想扶起星零。

可是，纳特早一步拦住了唐龙，一边扶起星零，一边对唐龙骂道："他妈的！你没长眼睛啊！怎么走路的！戴副墨镜炫耀什么啊？是瞎子就拿根盲人杖再出来现世！"

他这么激动，是因为他看到唐龙碰到了星零身上那个自己梦寐以求的地方。他却不知道，这些话连星零也骂进去了。

唐龙许久没有挨过骂，本来因为是自己撞了人而准备忍气吞声的，但听到纳特骂得那么难听，立刻恼怒地骂了回去："我已经道歉了，你还骂个鸟啊！装什么让女士优先的绅士风度？这是街道，如果你自己先出门，我还可以把你撞个终身残废！

"还有，你说戴墨镜的是瞎子，你身边的女人也戴了墨镜，是不是她也是个瞎子啊？难道你是导盲犬不成？"

纳特听到这话，连忙向星零道歉，然后面目狰狞地对唐龙喊道："你知道我是谁吗？竟敢这样子跟我说话！"这时，纳特的保镖已经靠了过来。

唐龙骂道："我才不管你是谁，不服气的话就单挑，就算你是武莱总统的儿子，我也照样会打爆你的头！"

此刻，对街车内的一个护卫向雯娜问道："我们要不要去帮忙啊？他们有可能打起来呢。"

雯娜还没有出声，另外一个护卫就笑道："帮什么忙，那种保镖来二十个也不是那个年轻人的对手。"

他这话一出，立刻有护卫喊道："依我看，他可以挡住三十个！"

"不，他能挡住二十五个！"

"打赌！"

"赌就赌，赌你的那瓶润滑油！"

"瞄上了我的收藏品？赌就赌，谁怕谁！我要你的那把维修刀！"

听到这些，雯娜只能摇摇头，说道："小姐在那里，他们打不起来的。"听到这句话，护卫们立刻有气无力地"哦"了一声。

纳特正要让保镖把这个嚣张的小子狠狠地教训一顿，星零却不忍心让眼前这个年轻人受到伤害，拉住了纳特的手劝道："算了，既然人家已经道歉了，我们就算了吧。"由于怕被人认出自己的身份，她一直低着头。

唐龙的目光则被纳特和围在他身边的保镖吸引了，一直没有看清自己撞倒的人究竟长得什么模样。

不过，就算他看清了，恐怕也就只有戴墨镜的美女这个印象了。他只在电视上看过星零一次啊！到无乱星系后，根本没有时间看电视听音乐。

被玉手一握，纳特的心情立刻舒畅了，满脸笑容地说道："好，既然你开了口，就放他一马吧。"说着，他不再理会唐龙，径自送星零上了车。

不过，他上车的时候，扭头向那几个围住唐龙的保镖使了一个眼色，才关上了车门。

车子开走了。一个保镖立刻狰狞地对唐龙笑道："小子，你运气不好，得罪了我们少……"那个"爷"字还没出口，他眼前就出现了一个巨大的拳头，接着感觉鼻头一阵疼痛，就昏倒了。

唐龙挥拳击倒了一个，立刻来了两个侧踢、一个旋风踢，还有一个倒挂金钩，围住他的五个保镖，就这样躺倒在地上了。

唐龙踢踢几个躺在地上的保镖，冷笑道："哼，不堪一击，懒得听你们废话。"拍拍手，继续去寻找冷饮店了。

"哇！精彩，动作如行云流水，比武打明星还厉害，太棒了！"

护卫们观看了全部过程，纷纷为唐龙叫好，搞得雯娜无奈地说："拜托，快点跟上小姐吧，他们走了有一段时间了。"

"噢，好的。"护卫立刻发动车子，朝着脑中地图上的一个亮点驶去。

轿车上的星零虽然应和着纳特的话，她的心中却老在思考着，那个小伙子骂人的声音，怎么会让自己觉得那么熟悉呢？

这时候，她听到纳特说什么加点"糖"味道就比较好了，星零的身子猛地一震，惊喜地喊道："唐……唐龙！他是唐龙！"

"嗯？唐龙？什么唐龙？"

纳特看到星零这么激动，心中一抖，因为唐龙这个名字，绝对是个男人的名字。

"快回刚才那家首饰店！"星零大喊道。

开车的司机被吓了一跳，他接送星零这么多次了，还没有见过星零大喊大叫的样子。

纳特沉重地点点头，示意司机可以掉头。

车子往回赶的途中，纳特小心地问道："那个唐龙……是不是戴墨镜的那个年轻人？"

星零满脸欢喜地说道："是的，就是他。"

说到这儿，星零懊恼起来："我怎么会没有听出他的声音呢？我应该在他开口说话时就认出他来的啊！"

纳特看到星零神态失常，立刻知道这个叫唐龙的人，对星零来说很重要，他偷偷地拿出手机，准备发个信息给自己的保镖，让那个人永远消失。

他一边输入信息，一边强装笑脸地问道："那个唐龙……是你的什么人啊？"这句话完全没有了以前那种温和的语气。

星零完全没有注意到这点，心不在焉地说道："他是我弟弟。"

"你弟弟？哦，该死！"

纳特一听，立刻慌张地拿起手机拨号，一接通便急切地喊道："你们没对那个人怎么样吧？"

他完全没有想到，如果那个人真的是星零的弟弟，一见面她就应该知道的，怎么可能在事情过后才认出来呢？

"少爷，对不起……我们……没能好好教训他，反而还……被他狠狠地教训了一顿。"保镖的声音，听起来就有一种很痛很痛的感觉。

纳特听见他们并没有得罪未来的小舅子，立刻欢喜地喊道："好，太好了！他是星零小姐的弟弟，你们马上给我找到他！"

保镖听到他说那个年轻人是星零的弟弟，不由得苦笑不已，看来这顿揍是白挨了。

他苦恼了起来，刚才自己这些人都被打晕在地，根本不知道个那年轻人跑到哪儿去了。

这些话当然不能跟少爷说，只好找行人问问了，反正那个戴着W型墨镜的年轻人，无论走到哪儿都很显眼。

而远远跟着的雯娜他们，发现纳特的车子突然掉头，也不由得一愣。他们虽然不知道纳特在搞什么鬼，但也立刻跟着掉头。

来到那家首饰店，纳特的车子还没有停稳，星零就跳下了车，神色焦急地四处张望，而纳特正在训斥着一个留守的倒霉保镖。

雯娜以为发生了什么事，立刻下了车，来到星零跟前询问道："小姐，发生什么事了？"

星零一见雯娜，立刻拉住雯娜的手，焦急地说："那个人是唐龙！那个人就是唐龙啊！"

"唐龙？啊！你说那个戴墨镜的小伙子就是唐龙？"雯娜醒悟过来，惊讶地喊道。

那几个护卫听到了她的话，立刻用眼光交流了一句话：原来他就是唐龙，难怪如此厉害。

星零急切地点头说道："是的，就是他，你们快找到他啊！"

纳特看到四周很多人都望着星零，忙上前来说道："星零小姐，你不用急。你先上车，有人看到你弟弟沿着这条街走了，我的保镖已经先一步追去，相信我们很快就可以找到他了。"

星零也发觉有越来越多的人在注意自己，点点头就上了车。

待续……

《小兵传奇》同人志暨角色 Q 版设计征稿开始啦!

由神秘网络写手玄雨一手炮制,千万网迷狂热追随的星际草民英雄传《小兵传奇》,继日前正式集结出版之后,眼下再传振奋消息!

为了集合广大同样胸怀大志的"小兵迷",与玄雨一起天马行空、纵横宇宙,英特颂公司特举办英特颂杯"《小兵传奇》同人志及角色Q版设计"大赛。《小兵传奇》的读者均可参加。不论你是"小兵"的新相识还是老朋友,都可以加入玄雨的狂想世界,成为个性十足的文字"玩家"和自由挥洒的魅力画手! 尽情演绎小兵的传奇故事,描绘小兵故事中某个角色在你心中的形象! 无论是煽情、恶搞、夸张还是另起新篇,小兵就是你的小兵,他可以是你的死党、邻居、同学......或者干脆就是你自己!

别再观望! 别再等待! 所有喜欢小兵的兄弟姐妹,大家立刻行动起来! 用你自己的睿智灵感、无穷想像,营造属于自己、属于每一个人的真正的明星小兵!

主办方: 英特颂图书有限公司 263 网上家园

一、参赛规则:

《小兵传奇》同人志

要求: 稿件字数 800-3000,体裁以微型小说、叙事散文为主;

情节设置动态符合《小兵传奇》已出版部分的内容和故事背景。

《小兵传奇》角色 Q 版形象设计

要求: Q 版或另类版形象需提供规范彩色画稿,尺寸不小于 210*295mm(A4 纸大小);

二、参赛时间: 第一期投稿截止日期为 8 月 31 日(以邮戳日期为准)。

三、参赛方法:

完整填写书后"英特颂"玄幻俱乐部会员调查表,与作品一起邮寄至组委会,将书后有《小兵传奇》字样的贴纸贴在信封上作为凭证。稿件均需附上参赛者的(真实姓名／联系电话／邮寄地址／年龄／学历)信息,否则无法参赛。

四、参赛奖励:

9 月底揭晓比赛结果

● 专家评选: 由评委会成员选出入围名单。

同人志入围 20 名,从中评选出一等奖 2 名、二等奖 3 名、三等奖 4 名,其余为优胜奖。

角色 Q 版形象设计入围 10 名,从中评选出一等奖 1 名、二等奖 2 名、三等奖 3 名,其余为优胜奖。

● 读者投票点评:

读者阅读网上发布、《小兵传奇》正文后附录刊登的入围作品后,来信投票点评（附填写完整的"英特颂"玄幻俱乐部会员调查表）。为鼓励读者参与，设阶段抽奖活动，奖品为时尚数码相机、手机、MP3 和畅销书籍等。

　　263 网上家园将全程报道，并刊发优秀来稿！另有其他多家主流媒体支持！

五、评委会组成：

　　知名作家、漫画家、人气网络写手；资深出版人；动漫类媒体编辑；主办、协办方人员。

注：凡参赛参选者，均优先加入"英特颂"玄幻俱乐部。

玄幻集中营

　　所有喜欢天马行空地幻想、喜欢标新立异别具一格、喜欢自信满满"臭屁""臭美"的兄弟姐妹们听着：英特颂玄幻俱乐部正式成立啦！鼓掌，欢呼吧！！　*^0^*

　　自从英特颂玄幻俱乐部征募会员的消息公布，就不断地收到来自全国各地的来信。玄幻粉丝们的热情支持，真是让我们这些老编小编好感动啊~~不过，我们也有个不情之请，拜托各位不要再叫我们"叔叔"、"阿姨"了，"哥哥"、"姐姐"，OK？　　╰_╯

　　在所有希望加入俱乐部的申请者中，年龄最大的是一位年近70的伯伯（没想到吧），最小的是还在上预备班的弟弟。我们组建这个玄幻俱乐部，就是为了让所有志同道合的玄幻迷们能第一时间分享到精彩的玄幻故事、知道最新的玄幻小说消息，最重要的是希望大家都能成为好朋友。只要把完整填写的会员调查表（拜托，请字迹工整点，各位不想让小编的眼镜片越来越厚吧~55555~~）寄回上海英特颂图书有限公司，耐心等待，就能收到我们寄给你的会员卡（所以地址邮编一定要写详细啊）。

　　小编们人手有限，又要不断编辑出精彩的新书奉献给各位翘首以待的书迷朋友，所以请恕我们不一一回信了。但如果你发邮件至 tianmaxingkong2005@citiz.net，我们还是会尽量回复的。

　　现在，只要你登陆 www.interzonereading.com，就能查阅有关玄幻俱乐部的最新资料。网站建设初期，如果有不尽如人意的地方，还请各位多多包涵，更由衷欢迎各路网络高手自动请缨出谋划策（有精美的大幅玄幻畅销书海报犒劳你哦），让我们共同建设属于我们自己的家。

　　还等什么，快快加入我们的玄幻集中营吧，就等你啦！

玄幻俱乐部 会员调查表

个人资料：

姓名：_____

性别： □男 □女

年龄： □15岁以下 □15 — 20岁 □20 — 25岁 □25岁以上

职业：

□学生 □办公室白领 □自由职业者 □其他_____

调查问卷：

1、你从什么渠道得知《小兵传奇》"英特颂"玄幻系列丛书？

□网络 □书店广告 □广播 □电视 □报刊

□朋友推荐 □其他_____

2、你最喜欢玄幻文学的什么特点？

□超时空想像力 □时尚流行风格 □主人公个性魅力

□惊险刺激情节 □最新兵器装备

3、你觉得东方玄幻文学和国外的科幻作品相比，更加_____

□神秘玄妙 □贴近国人审美

□具人文历史色彩和哲理 □其他_____

4、你觉得和第一代科幻玄异文学相比，第二代玄幻文学的亮点在哪里？

□想像力更丰富 □科幻色彩更逼真

□人物个性更鲜活可爱 □主角更加平民化

□更多游戏开发空间

□_____

5、你选择阅读某本玄幻小说的依据是

□网站点击率排行 □网站或论坛推荐

□媒体介绍 □朋友推荐 □看作者

□情节 □人物 □文笔 □兵种或武器 □随意浏览

6、玄幻小说主人公留给你的最深印象是_____

□传奇经历 □幽默语言 □过人才干 □鲜明个性 □超好运气

7、如果《小兵传奇》被开发成游戏产品，你希望是什么种类：

□手机游戏 □家用游戏（PS/Gameboy/Mbox） □电脑联机游戏

□电脑单机游戏 □电脑网络游戏

8、你希望以什么方式参加"英特颂"玄幻俱乐部的互动？

□同人志大赛 □Cosplay 大赛

□书评征集大赛 □其他 _____

9、如果《小兵传奇》拍成影视剧，你觉得主角唐龙最适合由谁扮演？

□陈冠希 □陈柏霖 □王力宏 □黄晓明 □其他 _____

10、你经常的购书方式有：

□书店 □网络邮购 □书市 □其他 _____

11、你平时喜欢阅读的书籍种类有 _____

□文学 □商业 □军事 □历史 □旅游 □艺术 □科学 □推理

□传记 □生活 □励志 □教育 □心理 □其他 _____

联系方式：

电话：

学校或家庭地址： **邮编：**

QQ 或 MSN： **Email：**

个人档案：

最欣赏的作家： **最喜欢的书：**

最爱的消遣：

自我描述：

恭喜你！只要完整填写以上调查表，即可加入英特颂"英特颂"玄幻俱乐部！以 15 元／本的优惠价邮购《小兵传奇》及其他"英特颂"玄幻丛书系列，更可优先获赠品发送和参加俱乐部会员活动！

邮购地址： 上海市局门路 427 号 B 幢 5 楼 英特颂图书有限公司

邮政编码： 200023

电子信箱： tianmaxiangkong2005@citiz.net

注：请在汇款单附言栏写明购买的书名和册号，并按 15 元 x 集数的数目汇款，款到 10 个工作日内发书。